Le baiser du danger

CHRISTINE MICHELS

Le baiser
du danger

Traduit de l'américain
par Valérie Dariot

Éditions J'ai lu

A ma sœur Esther

Titre original :

DANGER'S KISS
This edition published by arrangement
with Dorchester Publishing Co., Inc.

PROLOGUE

La pièce n'était plus éclairée que par la clarté bleutée de la télévision. Des ombres rampaient sur les meubles, telles des créatures douées de vie. Il les regardait, les yeux brillants dans la pénombre. Lentement, il tendit le bras vers l'interrupteur.

— Bouh! s'exclama-t-il en allumant la lumière.

Les ombres s'évanouirent. Un sourire aux lèvres, il passa doucement la main sur la reliure usée d'un livre qu'il avait posé sur ses genoux. L'ouvrage s'ouvrit à la page qu'il avait marquée par une épaisse tresse de cheveux blonds. L'homme baissa les yeux.

Parmi les poèmes qu'elle l'avait forcé à lire durant toutes ces années, seuls quelques-uns avaient eu une signification pour lui. Et cette poésie de John Donne était de ceux-là. Elle semblait si pure, si simple. Et pourtant, chaque fois qu'il la relisait, il y découvrait des nuances cachées, des allusions qu'il n'avait pas su interpréter. Il lut encore.

L'Enterrement

Qui vient m'ensevelir ne lèse ou questionne
*   Ce bracelet*
Tressé de fins cheveux qui mon poignet couronne;
Ce signe, ce mystère il ne faut point toucher:
*   C'est mon âme charnelle*
Qu'ayant gagné le Ciel mon âme délégua
*   Pour garder en tutelle*
Et tenir réunis mes membres, ses Etats.

Car si les nerfs qu'en moi mon cerveau fait descendre

> *Par tout mon corps*
> *De moi font unité, ne peut-on point attendre*
> *De cheveux qui tiraient et montaient leur ressort*
> > *De plus noble cervelle*
> *Qu'ils fassent encore mieux? Ou, montrant son dessein,*
> > *M'aurait-elle, cruelle,*
> *Mis comme aux condamnés à mort les fers aux mains?*
>
> *Enterrez avec moi ce qu'elle signifie*
> > *Car puisque enfin*
> *Je suis martyr d'amour je crains idolâtrie*
> *Si la Relique un jour tombait en d'autres mains.*
> > *Si ce fut humble gage*
> *De faire en son honneur tout ce qu'une âme peut,*
> > *C'est aussi grand courage,*
> *Quand tu m'as tout perdu, de t'enterrer un peu.*

Sa lecture finie, il éteignit la lampe pour méditer. Il aimait l'obscurité. Mentalement, il se récita le poème qu'il connaissait par cœur. En avait-il tiré tous les enseignements?

Tout en réfléchissant, il caressait la tresse blonde. Elle était si chaude et si vivante dans sa paume, cette chevelure qui, exposée à la fraîcheur de l'air, lui avait semblé froide et morte. Il l'approcha de son visage. Elle avait la douceur du satin. Un parfum subtil, printanier s'en échappait encore. Oh, Candace! A la fin, elle s'était soumise et avait accepté son châtiment. Il s'était senti si libre! La tension insupportable qui l'habitait depuis toujours avait quelque temps relâché son emprise. Il avait enfin connu l'apaisement. Mais, peu à peu, la terrible angoisse avait refait surface. Ses doigts se serrèrent sur le livre. Il s'obligea à se détendre et sourit. L'attente touchait à son terme.

Dans la pièce obscure, une image sur l'écran de

télévision attira soudain son attention : une jolie brune gambadait sur une plage ensoleillée. En la voyant, il pensa à une autre femme. La bête immonde tapie au tréfonds de son être eut un sursaut. Il devait être patient.

1

Elle devait porter malheur : tous les hommes qu'elle avait aimés dans sa vie avaient été assassinés. En conducteur averti, Kim manœuvrait sa petite Chrysler rouge dans les virages serrés d'une route de montagne.

A l'âge de treize ans, elle avait perdu son père, poignardé par des cambrioleurs à Lillooet Creek alors qu'il s'apprêtait à fermer sa station-service. On n'avait jamais retrouvé les agresseurs. Deux ans auparavant, Ken, son mari, avait été tué, lui aussi. Officier de police à Seattle, il avait été abattu lors d'une intervention pour une simple scène de ménage. Son meurtrier s'était fait sauter la cervelle avant d'être appréhendé. Maintenant, c'était le tour de son cousin Trent qui avait grandi avec elle à Lillooet Creek. Et son assassin courait encore.

Elle sentit le chagrin l'envahir mais elle s'arma de courage. Elle avait déjà fait le deuil de Trent. Lorsqu'elle avait appris la nouvelle, elle s'était enfermée dans sa chambre où elle avait pleuré toutes les larmes de son corps. Désormais, c'est dans l'action qu'elle chercherait le réconfort. Elle serait bientôt à Lillooet Creek. Les funérailles de Trent auraient lieu le lendemain. Dès son arrivée, elle se rendrait au bureau du shérif, bien que, depuis le décès de son père, elle eût perdu toute confiance dans la police locale.

Les dents serrées pour contenir une soudaine montée de culpabilité et de rage, elle enfonça la pédale de l'accélérateur. Trent avait été assassiné à Lillooet Creek tout comme son père. La même équipe d'incapables serait chargée de l'enquête. Mais elle se promettait que, cette fois, le meurtrier serait puni.

Sans accorder le moindre regard au paysage grandiose qui l'entourait, elle négocia un dernier virage et aperçut bientôt l'immense panneau qui annonçait la bourgade.

Depuis dix-sept ans qu'elle et sa mère avaient quitté la région, Kim n'était revenue ici qu'à l'occasion de rares visites à sa famille. Pourtant, elle était très liée avec sa tante et ses cousins qui venaient la voir à Seattle presque tous les mois. Kim éprouvait une réelle aversion pour cette ville. C'est pourquoi, lors de ses séjours à Lillooet Creek, elle répugnait à sortir de chez sa tante et à s'aventurer dans les alentours.

Elle s'était convaincue qu'elle détestait cet endroit. En réalité, les rues de Lillooet Creek ravivaient trop de souvenirs de sa vie d'autrefois. Elle ne pouvait les arpenter sans ressentir les émotions violentes qui l'avaient secouée lors de cette nuit terrible où elle avait été le témoin impuissant du meurtre de son père. Car il ne lui restait plus que ça, des émotions. Deux années de psychothérapie et plusieurs séances d'hypnose n'y avaient rien changé. Elle ne pouvait se remémorer le moindre fait tangible. D'où sa culpabilité. Pourquoi ne se souvenait-elle de rien ? A cause d'elle, l'assassin de son père n'avait jamais pu être arrêté. Si elle avait eu quelques années de plus alors, tout aurait été différent. Elle aurait pu reconstituer la scène. Elle se serait battue pour que l'enquête ne soit pas abandonnée.

Kim tourna à gauche dans Lone Pine Road, un itinéraire qui avait l'avantage d'éviter le centre-ville. Elle venait de parcourir quelques centaines de mètres quand elle entendit un coup de klaxon. Un camion lui coupa la route malgré le stop qui aurait dû l'obliger à s'arrêter. Kim freina brusquement et parvint à s'immobiliser à quelques centimètres de l'autre véhicule. C'était un de ces camions qui servent habituellement au transport du bois. Il était arrêté maintenant au beau milieu du carrefour.

Encore secouée, Kim leva les yeux vers la cabine, cherchant à apercevoir le conducteur. L'homme, le coude dépassant de la fenêtre ouverte, la regardait avec un air indifférent. Il avait des yeux vert pâle, étranges et froids. Au bout d'un moment, il détourna la tête, remit le contact et s'éloigna. Kim poussa un soupir de soulagement. Elle n'aurait pas aimé rencontrer ce type dans une rue déserte.

Elle repartit en direction du palais de justice qui abritait le bureau du shérif. Arrivée devant un grand bâtiment de brique, elle sortit de sa voiture et remonta l'allée de ciment d'une démarche volontaire.

Alors qu'elle venait de pousser la porte, elle se heurta à une femme qu'elle reconnut aussitôt, bien qu'elle ne l'eût pas vue depuis dix ans.

— Tante Willie! s'exclama-t-elle.

Sa main tendue fut écrasée dans une paume calleuse. Tante Willie était une force de la nature. Elle était vêtue ce jour-là d'un jean et d'une chemise de trappeur. Ses longs cheveux blancs rassemblés en une tresse pendaient sur sa poitrine jusqu'à sa taille. Malgré un visage aux traits réguliers, tante Willie était une femme à l'allure très masculine. Pourtant, Kim remarqua non sans surprise que ses ongles étaient recouverts d'un vernis rouge vif.

Tante Willie dévisagea la jeune femme de ses yeux verts et fronça légèrement les sourcils.

— Mais tu ne serais pas la fille Clayton? Kimberley, ça me revient!

— Tout juste, répondit Kim avec un sourire. Seulement, je m'appelle Kimberley Tannas maintenant. Comment m'as-tu reconnue?

— J'ai une mémoire d'éléphant, ma fille.

En fait, Wilma Nielsen n'était pas une parente. Kim l'appelait tante Willie, comme tout le monde à Lillooet Creek.

— Quel dommage que tu nous rendes visite dans ces circonstances! soupira tante Willie. Je sais que tu étais très proche de Trent et de Deirdre. Je suis sincèrement désolée.

Kim sentit ses lèvres trembler derrière son sourire. Elle détestait cette sollicitude qui lui faisait monter les larmes aux yeux.

— Je suis désolée, moi aussi, dit-elle en évitant le regard de son interlocutrice.

— Je vais devoir te quitter. Je partais pêcher dans la crique. (Tante Willie sortit et enfila une paire de bottes en caoutchouc qu'elle avait laissées devant la porte.) Nous nous verrons demain alors?

— Oui, à demain, répondit Kim.

La vieille femme s'empara de sa canne à pêche, tira de sa poche une casquette qu'elle enfonça sur sa tête et s'éloigna. Malgré ses allures excentriques et ses manières un peu brusques, tante Willie affichait à soixante ans passés une vitalité étonnante qui forçait l'admiration.

Kim entra dans le poste de police. Assis près d'une table sur laquelle était posée une cafetière, un des adjoints du shérif la regardait. Malgré sa musculature d'athlète, ce n'était pas un homme séduisant. Ses traits étaient anguleux et son nez tordu semblait avoir été cassé. Il rappela à Kimberley les brutes épaisses à qui l'on faisait jouer les gardes du corps dans les films de gangsters. Mais, soudain, l'homme sourit et son visage se transforma:

— Bonjour, dit-il, je m'appelle Lewis. Je suis adjoint du shérif. Que puis-je faire pour vous?

— Serait-il possible de voir le shérif? demanda Kimberley.

L'homme tourna son regard vers une porte fermée qui se trouvait sur sa droite.

— Je ne sais pas. J'étais absent et je reviens à l'instant. (A ce moment, une jolie femme brune fit son entrée.) Voilà Melissa, elle pourra vous répondre mieux que moi.

Sans rien ajouter, il disparut derrière une porte. La jeune femme s'assit derrière le bureau d'accueil et adressa un sourire à Kim tout en la regardant d'une façon étrange. Elle alluma une cigarette et souffla un énorme nuage de fumée. D'après ce qui était écrit sur son badge, elle s'appelait Melissa Adams. Ce nom ne disait rien à Kim, et pourtant elle était sûre de connaître cette jeune femme. Soudain, elle se souvint :

— Melissa Johnson !

— Ça alors, tu m'as reconnue !

— Pas tout de suite, non. Tu es très différente sans tes couettes. Mais je n'oublierai jamais toutes les bêtises que nous avons faites ensemble pendant mon dernier été ici.

Elle frémit en se rappelant pourquoi leur amitié brève et tumultueuse avait brusquement tourné court. Elle se demandait ce qu'aurait été sa vie si son père n'avait pas été tué.

— Raconte, dit-elle avec un sourire forcé. Qui est ton mari ? Je ne me souviens d'aucun Adams.

— Pas étonnant, il est arrivé ici il y a neuf ans. Il est dentiste.

— Je déteste les dentistes ! s'écria Kim avec une moue de dégoût.

— Tu n'es pas la seule. Mais il laisse sa roulette à son cabinet quand il a fini son travail. (Le visage de Melissa s'assombrit soudain.) Je suis désolée pour ce qui est arrivé à Trent.

Afin d'éviter le regard de Melissa, Kim se mit à fixer des yeux sur le mur la photo d'une plage tropicale.

— En fait, c'est justement à propos de Trent que je suis ici. Est-ce que le shérif est là ?

— Tu as de la veine. Il est rentré il y a quelques minutes à peine. Tiens, le voilà justement qui sort de son bureau.

Kim eut le souffle coupé. Le temps semblait s'être suspendu. Seul son cœur, battant la chamade dans sa poitrine, marquait encore le rythme des secondes. Elle regarda l'homme qui sortait de son bureau et se versait une tasse de café. Il avait ce charme viril et envoûtant qu'elle avait vu aux acteurs des vieux westerns. Elle l'imaginait entrant dans un saloon et, sans prononcer une parole, imposer le respect à tous les escrocs, les bandits et les joueurs de l'endroit. Pourtant, il n'était pas très grand. Mais il possédait cette présence, cette autorité naturelle qu'elle n'avait jamais rencontrées que sur les écrans de cinéma. Pour couronner le tout, c'était un très bel homme. Mais Kim savait par expérience que les Adonis étaient aussi des monstres d'arrogance et d'égoïsme qui se moquaient bien des sentiments d'autrui, et elle les avait toujours tenus en profond mépris.

Elle se retrouva soudain projetée des années en arrière. Elle avait seize ans, elle était naïve, et, dans la salle de gym du collège, un garçon au physique ravageur avait lâchement abusé de sa crédulité. Gage Linson, un collégien mal dégrossi, certes, mais qui avait en commun avec ce shérif cette beauté qui lui donnait tous les droits. Il était de ces gens qui s'imaginent qu'un physique attrayant peut faire oublier un manque total de personnalité.

— Shérif, Kimberley Clayton souhaiterait vous parler, dit Melissa.

— Tannas, la reprit Kimberley d'un ton sec. (Puis elle ajouta d'une voix radoucie :) Je m'appelle Kimberley Tannas, maintenant.

— Kimberley, je te présente le shérif Garrett.

Toutes les défenses que Kim avait patiemment bâties pour se protéger d'individus tels que Gage Linson s'effondrèrent en un instant. L'homme s'avançait vers elle et Kim luttait de toutes ses forces pour ne pas

14

prêter attention à ces épaules carrées qui tendaient l'étoffe sous la chemise kaki, à ces cuisses musclées qu'elle devinait sous le large pantalon, à ce sourire éclatant qui faisait chavirer les cœurs.

— Madame Tannas.

Garrett lui tendit une main longue et bronzée que Kim serra furtivement.

— Shérif, parvint-elle à articuler, pourrais-je vous parler un instant ?

— Certainement. Passons dans mon bureau, proposa-t-il en la prenant par le bras pour la guider. Asseyez-vous, je vous en prie.

Il lui indiqua une chaise tandis qu'il refermait la porte derrière eux. Kim le regarda traverser la pièce. Il portait l'uniforme en homme qui a su gagner le respect dû à sa fonction. Il avait sans aucun doute remporté les élections grâce à son charisme.

— Que puis-je faire pour vous, madame Tannas ? demanda-t-il en se balançant dans son fauteuil, les mains croisées sur la nuque.

Une posture de mâle convaincu de sa supériorité.

— Je voudrais savoir exactement ce que vous faites pour retrouver l'assassin de mon cousin.

Elle avait prononcé ces paroles sur un ton péremptoire qu'elle regretta aussitôt. Bien qu'elle détestât tout ce que représentait Garrett en tant qu'individu, elle devait ménager le shérif si elle voulait obtenir des renseignements de lui.

Garrett lui jeta un regard froid. Ses yeux avaient des reflets d'or. Il s'éclaircit la gorge et, avançant ses larges épaules, posa les coudes sur son bureau.

— Je vois, dit-il.

Puis il se tut. Un silence pesant s'installa entre eux, mais Kim était bien décidée à ne pas le combler.

— Je peux vous assurer, madame, que nous faisons tout ce qui est en notre pouvoir.

— Mais où en êtes-vous précisément ? Avez-vous des suspects, des témoins ?

— Madame Tannas, je trouve votre attitude blessante. Je vous répète que mes services font de leur mieux pour résoudre cette affaire. Votre jolie petite tête ne devrait pas se tracasser avec des histoires pareilles.

Cette dernière phrase était une déclaration de guerre.

— Quant à moi, je suis blessée par votre condescendance et je suis parfaitement capable de comprendre les tenants et les aboutissants d'une enquête criminelle.

— Malheureusement, je n'ai ni le temps ni le désir de vous instruire en la matière. De plus, votre attitude ne m'incite aucunement à partager avec vous les informations dont je dispose.

Kim se raidit. Elle aurait voulu dire à cet homme ce qu'elle pensait de lui, mais son instinct lui soufflait qu'elle aurait beaucoup à y perdre. Elle se força à sourire et adopta un ton conciliant.

— Shérif, comprenez-moi. Je ne veux pas qu'un autre criminel échappe à la justice à cause de... (Et zut, voilà qu'elle allait ajouter : «A cause de l'incompétence des autorités locales.» Elle s'empressa de trouver une nouvelle formulation à la fin de sa phrase.)... A cause d'une mauvaise communication entre les services de police et la municipalité.

— De quel autre criminel parlez-vous au juste ?

— De celui qui a abattu mon père il y a dix-sept ans de ça.

Il hocha la tête et la regarda d'un air pensif.

— Kimberley Clayton, ça me revient maintenant.

Kim fronça les sourcils. Comment pouvait-il se souvenir ? Qui donc était cet homme ? Elle fouilla dans ses souvenirs à la recherche d'un Garrett qu'elle aurait pu connaître à l'époque, mais elle ne trouva rien.

— Bravo pour votre mémoire ! rétorqua-t-elle sur un ton sarcastique, oubliant une fois de plus qu'une telle attitude ne lui vaudrait rien de bon. Maintenant, sans abuser de votre temps, j'aimerais avoir une réponse à ma question. Lorsque vous m'aurez mise au courant, soyez certain que je ne vous importunerai plus que de temps en temps pour m'assurer que ce dossier reste bien une priorité pour vous et pour votre équipe.

Cette femme avait vraiment du toupet. Garrett regrettait de n'avoir pas écouté son instinct. Lorsqu'il avait aperçu Kim dans le couloir, il avait éprouvé un choc. Certes, il se souvenait de l'avoir fréquentée de loin en loin à l'époque, mais l'émotion qu'il avait éprouvée n'était pas tant liée à la personne de Kim qu'au type de femme auquel elle appartenait.

Avec ses cheveux blonds ramenés en une natte stricte et sa jupe noire, elle respirait l'assurance et la confiance en soi. Elle était juchée sur des escarpins à talons vertigineux, probablement destinés à compenser un léger manque du côté de la taille, avait pensé Garrett avec méchanceté. Sans ses chaussures, Kim ne devait pas mesurer plus d'un mètre soixante. Et sous sa veste rouge à la coupe ample, elle devait se tenir droite comme un I. Campée sur ses hauts talons, un attaché-case à la main, elle le regardait droit dans les yeux. Cette fille exigeait d'être prise au sérieux.

Certaines femmes veulent prouver au monde qu'elles peuvent faire aussi bien qu'un homme, sinon mieux. Garrett avait tout de suite rangé son interlocutrice dans cette catégorie. Pourtant, devant les grands yeux bleus de Kim et l'ovale de son visage, il avait fait taire la voix intérieure qui lui rappelait ses expériences passées et lui dictait de se tenir sur ses gardes.

Une fois encore, il admira le regard bleu clair de la jeune femme, le galbe de ses jambes, et le désir s'empara de lui. Il devait être masochiste. Heureusement, Kim était mariée et donc inaccessible. Garrett plaignait sincèrement l'homme qui l'avait épousée. Perdu dans ses pensées, il avait cessé d'écouter la jeune femme. Qu'avait-elle dit? Ah, oui!

— Ecoutez-moi bien, madame Tannas. Mes hommes et moi-même avons interrogé presque tous les habitants de cette ville. Personne n'a rien vu et nous n'avons pas de suspect pour l'instant.

— Votre dossier est vide, alors?

— Non, nous avons quelques indices, mais rien de suffisant pour tirer la moindre conclusion.

— Je vois.

Kim se leva puis arpenta la pièce. Finalement, elle décida qu'ils n'avaient plus rien à se dire. Se plantant devant le bureau, elle toisa Garrett de toute sa hauteur.

— Shérif, je vous remercie pour cet entretien. Je reste en contact. Attendez-vous à me revoir.

Ce ton sarcastique irrita profondément Garrett.

— Ne prenez pas la peine de vous déplacer la prochaine fois, rétorqua-t-il. Appelez-moi.

— Telle était mon intention.

— Parfait. Je ne voudrais pas que notre petite ville connaisse un autre meurtre.

— Est-ce une menace?

Pour toute réponse, il lui décocha un large sourire.

— Au revoir, Kimberley.

La maison de tante Vivian se trouvait sur les hauteurs de la ville. En remontant dans sa voiture, Kim se massa les tempes pour calmer une migraine naissante. Elle avait eu des propos très durs. Mais cette agressivité avait toujours été sa défense contre le machisme. Les hommes tels que Garrett ou Kyle Ward, le mari de sa cousine Deirdre, avaient le don de la mettre hors d'elle. Elle supportait Kyle avec patience pour ne pas faire de la peine à Deirdre. Et récemment, elle s'était même surprise à apprécier cet homme. Kyle avait fait preuve d'un grand sang-froid après la mort de Trent. Abandonnant pendant un temps son égocentrisme, il avait même organisé les obsèques.

Cela dit, il n'avait pas eu le choix : tante Vivian, terrassée par le chagrin, était incapable de réagir et Deirdre avait toujours été trop fragile pour s'occuper de ce genre de démarches. De son côté, Kim n'avait pas pu abandonner au pied levé sa petite boutique de cadeaux à Seattle. Son associée, Kathy, était en Californie et elle n'avait pas pu la contacter tout de suite. Finalement, Kathy avait décidé d'écourter ses vacances plutôt que de fermer le magasin à une période propice aux affaires.

Kim s'engagea dans la longue allée qui menait à la maison de sa tante et alla ranger sa voiture dans l'un des deux garages. Cet endroit ne changeait pas. Depuis la mort de son père, il avait été pour Kim son seul port d'attache. Elle rêvait de pouvoir les transporter, lui et ses habitants, dans une autre ville, loin de Lillooet Creek et des souvenirs douloureux.

Après une nuit interminable, l'heure de la cérémonie arriva enfin. Pauvre Trent ! L'odeur de la terre retournée, encore humide de pluie, dominait toutes les autres. Kim ferma les yeux devant cette tombe fraîchement creusée, la gorge serrée. Elle ravala les sanglots qui lui comprimaient la poitrine. Elle ne voulait pas pleurer en public.

A travers ses yeux mi-clos, elle aperçut son oncle Jake, un peu à l'écart. Au moins était-il venu seul. Kim était surprise de le voir ; ses relations avec le reste de la famille étaient très orageuses depuis quelques années.

Enfin, Deirdre s'avança et, tenant tante Vivian par le bras, alla déposer une fleur sur le cercueil. Kim regrettait l'absence de sa mère. Mais maintenant qu'elle était remariée et vivait en Australie, il lui était évidemment impossible de venir. Elle avait cependant envoyé un télégramme de condoléances.

Soudain, des sanglots déchirèrent le silence. Tante Vivian n'avait pu contenir plus longtemps sa douleur. Kim se précipita pour aider Deirdre à la soutenir, mais oncle Jake lui fit signe de reculer et se porta lui-même au secours de son ex-femme. La famille se reformait pour la première fois en cinq ans.

Kim sentait son chagrin peser sur elle comme une chape de plomb. Elle chercha quelque chose, un objet sur lequel elle pourrait concentrer toute son attention pour oublier sa douleur. Elle aperçut une minuscule goutte d'eau accrochée à un brin d'herbe. Il avait plu durant la nuit et de lourds nuages gris couraient encore dans le ciel. Soudain, un rayon de soleil vint frapper la gouttelette qu'il transforma en une petite perle éclatante de lumière. A ce spectacle, Kim se sentit réconfortée.

C'était son tour de s'avancer vers le cercueil pour faire ses adieux à Trent. Elle tenait à la main une jonquille, une fleur que son cousin avait toujours adorée. Il lui en avait offert un énorme bouquet lorsqu'elle avait obtenu son diplôme de fin d'études. A ce souvenir, Kim eut un sourire triste.

— Merci pour tout, cousin, murmura-t-elle. Garde-moi une place là-haut.

Kim fut surprise par ses propres paroles. Elle n'avait rien dit de tel à Trent depuis le temps heureux de leur enfance. Ses cousins et elle étaient inséparables alors. Une belle amitié qui avait pris fin quand elle était partie pour Seattle après la mort de son père.

Perdue dans ses souvenirs, Kim était restée devant le cercueil, interrompant la procession. Doucement, quelqu'un la repoussa vers sa tante qu'elle prit par le bras. De l'autre côté, Deirdre soutenait toujours sa mère, et les trois femmes se dirigèrent lentement vers le parking. Oncle Jake, qui les avait précédées, remontait déjà dans sa voiture.

Soudain le soleil apparut, les gens se remirent à parler autour d'elles. La vie continue, pensa Kim.

— Madame Farris !

Elles se retournèrent. Le shérif Garrett venait vers elles. Il était vêtu d'une chemise noire et d'un complet gris à fines rayures. Ses cheveux d'un blond foncé, peignés avec soin, bouclaient légèrement sur le col de sa veste. Il avançait avec cette démarche volontaire que Kim avait remarquée lors de leur précédente rencontre. Cette nouvelle apparition ne changeait en rien l'impression qu'elle avait de lui. Qu'est-ce qu'il fabriquait dans un trou comme Lillooet Creek ? Avec son physique et sa personnalité de prédateur, il était destiné à faire carrière dans une grande ville.

— Madame Farris, étant donné que je ne pourrai pas venir jusque chez vous, je voulais vous présenter mes condoléances.

Non sans surprise, Kim remarqua qu'il avait les yeux rougis par les larmes. C'est donc qu'il connaissait bien Trent. Pourtant, son cousin ne lui avait jamais parlé de ce Garrett. Mais, depuis dix-sept ans qu'elle avait quitté la région, elle avait rarement eu l'occasion de parler longuement avec lui. Il n'était pas surprenant, au fond, qu'elle n'ait pas connu ses amis.

— Merci, Vaughn. J'apprécie ta compassion. (Serrant la main tendue de Garrett, elle ajouta en le regardant fixement:) Mais si tu veux vraiment m'aider, arrête cet assassin. Je ne connaîtrai pas le repos tant que… (Sa voix se brisa.) Je t'en supplie !

— Je ferai tout ce qui sera en mon pouvoir, madame Farris. Je vous en donne ma parole.

Tante Vivian eut un petit sourire avant de monter dans la voiture. Alors que Kim s'apprêtait à ouvrir la portière, elle vit qu'une main tenait déjà la poignée. Déconcertée, elle se retourna et rencontra les yeux d'or de Garrett. En gentleman, il lui ouvrait la portière.

— Ravi de vous revoir, Kimberley.

La note de sarcasme dans ces paroles n'échappa pas à Kim.

Elle se sentait incapable de sourire. Aussi se contenta-t-elle de le remercier par un hochement de tête hautain. Avant de quitter le parking, elle jeta un dernier coup d'œil en direction de l'homme au complet gris. Vaughn. Ce nom ne lui était pas étranger. Soudain, elle se souvint. Elle avait connu un Vaughn Garrett à l'école primaire. C'était un des orphelins recueillis par Anna Irving. Elle se rappelait un petit garçon maigrichon aux cheveux coupés en brosse, toujours sur la défensive. Il était perpétuellement vêtu d'une veste de cuir noir que tout le monde soupçonnait d'avoir été volée. C'était un rebelle dont le destin était de finir en prison. Il ne pouvait pas s'agir de la même personne. On ne pouvait pas se métamorphoser à ce point. Pourtant, c'était indiscutablement le seul Vaughn Garrett qu'elle eût jamais connu dans cette ville.

Pour ne plus penser à lui, elle décida de réfléchir à la façon dont elle occuperait les quelques heures qu'elle devait encore passer à Lillooet Creek avant de reprendre la route pour Seattle.

Elle espérait que Deirdre ne craquerait pas. Lorsqu'ils étaient enfants, elle avait toujours été la plus fragile de la bande, celle que l'on devait protéger. Kim tourna la tête vers sa cousine. Pour l'instant, elle tenait le coup, mais la journée n'était pas finie. Après la cérémonie, Kyle avait emmené les enfants. Deirdre n'était pas en état de supporter deux gamins pleins de vitalité.

Le jeune couple habitait dans les montagnes, à une douzaine de kilomètres de Lillooet Creek. Kim n'avait jamais été chez eux. Un de ces jours il faudrait qu'elle fasse l'effort d'aller jusque là-bas. D'un autre côté, ses relations avec Kyle n'étaient pas des plus détendues et Deirdre lui donnait l'impression de vouloir la tenir à distance. Kim se demanda si Kyle et Garrett étaient amis. Ils étaient si semblables qu'on aurait pu les croire frères.

●◆●

Quand elle plongea ses jambes lourdes dans l'eau tiède, Elizabeth Murphy soupira d'aise. Cet idiot de médecin qu'elle avait consulté pour ses douleurs lui avait conseillé simplement de se reposer et d'arrêter de courir à travers tout le pays. Quelle absurdité ! Alors que son métier d'écrivain et de photographe lui donnait enfin une indépendance à laquelle elle avait toujours aspiré ! En tant qu'auteur de guides touristiques, elle voyageait l'été, et passait l'hiver à peindre et à rédiger ses ouvrages. Une existence idéale, en somme, si elle n'avait été si solitaire. Comme elle aurait voulu que Walter fût encore à ses côtés ! Mais il était décédé un an après que leur deuxième enfant eut quitté la maison, à quelques mois d'une retraite bien méritée.

Elle s'abandonna à l'effet réconfortant de cette eau tiède sur ses jambes fatiguées. Son budget lui permettait une nuit de luxe par semaine. Ce soir, elle ne dormirait pas dans son camping-car. Elle avait loué une chambre au Sheraton. En pensant à la nuit douillette qui s'annonçait, elle esquissa un sourire. Quelques minutes plus tard, elle était en train de se sécher les cheveux avec une serviette lorsque son regard se posa par hasard sur la une du *Seattle Times*. Un gros titre au bas de la page attira immédiatement son attention : « Crime odieux à Lillooet Creek. » Les mains tremblantes, elle prit le journal et s'obligea à lire l'article.

Pendant un instant, elle fut abasourdie par les mots qu'elle venait de lire et par les images qui défilaient devant ses yeux comme autant de cadres d'un film d'horreur. Puis, soudain, elle passa à l'action. Ayant attrapé le téléphone, elle composa un numéro. Mon Dieu ! Pourvu qu'ils soient là ! Tandis que les premières sonneries résonnaient dans l'écouteur, elle prit plusieurs inspirations profondes. Elle devait retrouver une voix normale pour ne pas les inquiéter. Enfin, quelqu'un décrocha. Il s'écoula quelques secondes interminables avant que ne se fît entendre la voix espérée.

— Allô?

— Caroline, c'est maman. Je suis à Seattle. Comment vas-tu?

— Bonjour, maman. Je vais bien et les enfants aussi.

Pendant quelques instants, elles parlèrent des petits tracas de la vie quotidienne. Cette conversation si ordinaire mettait du baume au cœur anxieux de Liz.

Pourtant, il fallait qu'elle fût fixée.

— Tu n'as pas l'intention... de venir dans l'Etat de Washington, par hasard?

— Hélas non! Robert ne pourra pas prendre de vacances avant plusieurs mois. Pourquoi?

— Oh, pour rien. Dans ce cas, j'attendrai d'être rentrée pour vous voir.

Il lui restait à composer un numéro. Elle décrocha immédiatement le combiné qu'elle venait de reposer. Une fois encore, elle pria. Pourvu qu'il soit chez lui!

— Allô?

— David, c'est maman.

— Maman? Mais où es-tu? Tout va bien?

David avait toujours été le plus clairvoyant de ses deux enfants. Elle devait être prudente.

— Je vais très bien, chéri. Je suis à Seattle. Et toi, comment vas-tu? Les affaires marchent?

— Oh, moi, ça va. Quant aux affaires... C'est la récession, tu sais. Les logiciels ne sont pas la priorité des ménages.

— C'est le moment de partir en vacances, alors. Tu n'en prends jamais.

— J'en ai parlé avec Wendy, mais elle ne peut pas quitter l'hôpital en ce moment. Ils ont trop de travail. Et moi, je trouverai toujours à m'occuper.

Soulagée, Liz ferma les yeux. La tension accumulée dans son dos se relâcha. Elle échangea encore quelques paroles avec son fils.

David n'approuvait pas les déplacements incessants de sa mère. Bien sûr, voyager seule quand on était une femme pouvait être dangereux, mais qu'est-ce qui ne l'était pas, dans la vie ?

Lorsqu'elle eut raccroché, elle alla reprendre le journal et éprouva encore le même pressentiment. Elle fronça les sourcils. Elle ne comprenait pas le sens de cet avertissement. Ses deux enfants étaient à l'abri chez eux et n'avaient pas la moindre intention de se rendre à Lillooet Creek, ni même dans l'Etat de Washington. Alors pourquoi ? Ses intuitions ne l'avaient jamais trompée et, chaque fois, elles avaient concerné un proche, parent ou ami. Connaissait-elle quelqu'un à Lillooet Creek ? Une personne qu'elle aimait était-elle menacée par ce tueur ?

Elle se concentra, et peu à peu une image se dessina dans son esprit. Elle voyait, dans un miroir, le reflet d'un couteau de chasse maculé de sang. Des gouttes rouges, en coulant, avaient dessiné comme sur du verre la forme d'une bouche. Derrière le miroir, la pièce était plongée dans l'obscurité. Une silhouette se découpait dans l'ouverture de la porte. Le visage de Liz était devenu blanc comme un linge. Elle n'avait pas le choix. Elle partirait pour Lillooet Creek dès le lendemain matin.

2

Il était plus de sept heures quand Vaughn avait enfin pu quitter son bureau et il ne s'était pas senti d'humeur à faire la cuisine. Aussi s'était-il arrêté chez un traiteur chinois avant de rentrer.

Il se trouvait maintenant devant chez lui et cherchait à extirper ses clés de sa poche sans faire tomber son dîner et le dossier qu'il avait rapporté. Mais la serrure neuve résistait. Il cala finalement les documents sous son menton, tandis qu'il laissait reposer les cartons du traiteur sur son genou. Les deux mains ainsi libérées, il parvint enfin à ouvrir la porte et rattrapa juste à temps son dîner qui allait dégringoler.

Les mains toujours encombrées, il manœuvra l'interrupteur avec l'épaule et envoya voler ses chaussures. Arrivé dans le salon, il jeta un coup d'œil en direction de son répondeur pour vérifier s'il y avait des messages. Comme le voyant ne clignotait pas, il se dirigea directement vers la cuisine où il déposa tous ses paquets sur la table.

Il allait se préparer un bon café, puis il s'attaquerait au dossier de Trent. Il avait rapporté tous les documents dont il disposait. Il y passerait la nuit s'il le fallait, mais il découvrirait la clé de l'énigme. Il était sûr que la réponse se trouvait là, sous ses yeux, et cette certitude le rendait fou.

Il prit des couverts dans un tiroir, puis vint s'asseoir à la table. Il ouvrit l'un des cartons et avala quelques bouchées de Chop-suey, les yeux rivés sur le percolateur qui gargouillait déjà.

Un meurtre avait été commis dans sa ville et la victime était l'un de ses amis. En tant que shérif, il se devait d'arrêter cet assassin, mais il était aussi impliqué personnellement dans cette affaire. Et pour plusieurs raisons.

Le premier incident s'était produit trois semaines avant la mort de Trent. Un matin, en se levant, il avait trouvé, placée en évidence sur la table de sa cuisine, une coupure de journal un peu jaunie. L'article remontait à l'année précédente. Une jeune femme assassinée à Seattle, Candace Smyth.

Vaughn la connaissait, ou plutôt, il l'avait connue. Ils étaient sortis ensemble quelquefois lorsqu'ils étaient adolescents. Vaughn n'avait jamais entendu parler de ce meurtre. Candace avait quitté Lillooet Creek des années plus tôt. Pendant un temps, elle était revenue l'été rendre visite à sa grand-mère, mais après la mort de celle-ci, il ne l'avait plus jamais revue.

C'était précisément la nuit qui avait suivi la découverte de cet article que ses cauchemars avaient recommencé. Il n'en avait plus eu depuis qu'il avait quitté la maison d'Anna Irving. Etait-ce la mort violente de Candace qui avait fait renaître ses angoisses ou bien cette violation de sa vie privée par un inconnu ? Il n'en savait rien.

Depuis lors, à plusieurs reprises, il avait eu le sentiment, en rentrant chez lui le soir, que des objets avaient été déplacés. Plutôt qu'une certitude, c'était une impression vague. Et puis, un matin, en ouvrant sa penderie, il n'y avait pas trouvé son blouson en jean.

Vaughn se leva pour se servir du café. Il lui fallait découvrir qui s'immisçait ainsi dans sa vie, et pourquoi. Distraitement, il fit tomber deux morceaux de sucre dans sa tasse. Trent Farris aussi avait constaté des intrusions du même ordre. Mais, dans son cas, les événements avaient pris un cours bien plus effrayant. Merde, Trent, pourquoi ne m'as-tu pas parlé de ces harcèlements quand il en était encore temps? pensa Vaughn.

Mais Trent avait toujours été jaloux de son indépendance. Il avait mis sur le compte d'adolescents désœuvrés les effractions et les poèmes griffonnés sur des bouts de papier qu'il retrouvait chez lui. Il n'avait pas parlé de tout ça à la police jusqu'au jour où il avait découvert son berger allemand massacré sur le pas de sa porte. Et lorsqu'il s'était enfin décidé, il était déjà trop tard. Il ne lui restait plus que quelques heures à vivre. Vaughn lui avait proposé de faire surveiller sa maison par l'un de ses adjoints, mais Trent avait refusé. Malgré ces poèmes menaçants et les coups de fil parlant de vengeance, il refusait d'admettre qu'on en voulût à sa vie. Les mâchoires serrées, Vaughn repensa à ces poésies. Aucune ne disait de quel crime Trent était accusé ni quel châtiment l'attendait. Ils n'avaient eu aucune parade contre l'assassin.

Vaughn alla se rasseoir en sirotant son café et décida de ne plus penser à cette affaire avant d'avoir fini de dîner. Il perdait l'appétit mais il avait besoin de reprendre des forces. Il n'avait rien avalé depuis son petit déjeuner. Bien calé dans sa chaise, il commença à se détendre et à apprécier ce qu'il mangeait.

Vaughn était un bon vivant. Il aimait faire la cuisine et déguster un bon repas, mais son métier lui laissait peu de temps pour ce genre de loisirs. La cuisine qu'il s'était aménagée était à la fois plaisante et fonctionnelle. Les poignées qui fermaient les placards de chêne étaient joliment sculptées. Le plan de travail était recouvert de carreaux de céramique bleu cobalt et des ustensiles en cuivre pendaient au plafond, accrochés à de grosses poutres. La pièce elle-même, lumineuse et vaste, avait sur lui un effet apaisant.

Il avait entrepris tous ces travaux lorsque Doreen Hanson, son ex-petite amie, lui avait annoncé qu'elle attendait un enfant de lui. Mais son fils, Landon, n'avait jamais mis les pieds dans cette maison, encore moins dans la chambre que son père avait décorée pour lui. Et Vaughn souffrait de cette absence.

Toutefois, la duperie dont il avait été l'objet était plus douloureuse encore. Doreen n'avait jamais eu la moindre intention de fonder une famille avec lui, ni avec personne d'autre. Lorsque Vaughn avait appris sa grossesse et lui avait proposé le mariage, elle lui avait avoué la vérité : elle ne l'aimait pas. Elle était incapable d'aimer un homme, c'est pourquoi elle consacrait toute son énergie à sa carrière. Par des calculs qui auraient fait rougir l'homme d'affaires le plus endurci, elle l'avait sélectionné pour être le géniteur de son enfant. Elle avait ensuite lancé une grande offensive de séduction et Vaughn s'était laissé berner. Doreen s'était servie de lui. Elle avait beau être une petite institutrice, il n'y avait en elle rien de simple ni de modeste. Ses loisirs, elle ne les consacrait pas comme d'autres à lire des romans ou à regarder la télévision. Lorsqu'elle avait du temps libre, Doreen suivait des cours par correspondance et apprenait à gérer son portefeuille d'actions.

Heureusement, son plan machiavélique prévoyait aussi la plus grande discrétion sur leur liaison. Tout le monde avait toujours ignoré de qui était l'enfant de Doreen, et Vaughn avait au moins réussi à sauver son honneur. Il venait voir son fils aussi souvent que le permettait la décence, mais la décision de Doreen était irrévocable. Elle l'avait seulement autorisé, en tant qu'ami de la famille, à devenir le parrain de Landon.

Vaughn se rappelait Doreen lors de leur dernière rencontre. Ses cheveux bruns coiffés en un chignon impeccable, son visage maquillé à la perfection, sa silhouette élancée mise en valeur par un tailleur classique qui avait dû lui coûter un bon quart de son salaire. Mais, sous l'apparence de la beauté, cette femme cachait un instinct de mante religieuse.

Tandis qu'il repensait à Doreen, l'image de Kimberley Tannas s'imposa soudain à lui. Cette femme l'horripilait. Elle lui rappelait tellement Doreen : la même démarche volontaire, la même assurance, la même façon d'en imposer. Seul le regard qu'elle portait différait. Celui de Doreen était toujours plein d'une concupiscence qui le flattait et l'excitait à la fois, même s'il faisait partie de la mascarade au même titre que le reste. Kim, elle, l'avait toisé comme s'il n'avait été qu'un insecte. Ce mépris l'irritait, jamais une femme ne l'avait regardé de cette façon.

Elle n'était qu'une petite garce emmerdeuse, une autre mangeuse d'hommes, et il n'avait pas besoin de ça en ce moment. Pourtant il mourait d'envie de fendre cette carapace de glace pour voir si elle renfermait une femme tendre et passionnée. Décidément, la leçon ne lui avait pas suffi. Il en redemandait.

Ces divagations prenaient un tour dangereux et irritaient Vaughn qui remercia le Ciel pour l'alliance qu'il avait remarquée au doigt de Kimberley. Elle constituait une barrière qu'il était résolu à ne jamais franchir, même pour la plus belle femme du monde. Il se leva et alla ranger les restes de son repas dans le réfrigérateur. En ouvrant la porte, il sursauta. Sur l'une des étagères, quelqu'un avait déposé une jonquille d'un beau jaune vif. Exaspéré, il attrapa la fleur et la jeta dans la poubelle.

Comment ce salaud était-il entré chez lui ? Il se passa la main dans les cheveux d'un geste nerveux. La colère montait en lui comme une lave bouillonnante. Les poings serrés, il aurait voulu frapper n'importe quoi, histoire de libérer un peu de cette tension qui l'habitait. Il venait de faire changer toutes les serrures. Ce type était forcément un professionnel et, dans ce cas, il avait un casier. Une empreinte, et il était cuit.

Il n'avait pas pu passer par l'entrée principale, Vaughn aurait remarqué des traces d'effraction. Il ne restait que la porte de derrière. Il alla voir. En regardant attentivement, il remarqua qu'il manquait un peu de peinture à l'endroit où la serrure avait été forcée, probablement avec un pied-de-biche.

Vaughn fut pris d'un accès de rage. Il devait mettre la main sur ce type. Ce salopard avait fait jusque-là un parcours sans faute, mais son heure avait peut-être sonné. Vaughn alla ouvrir un placard où il avait rangé un nécessaire à relever les empreintes. L'autre finirait bien par commettre un faux pas, et Vaughn serait là pour le cueillir quand il se planterait.

Malheureusement, les seules empreintes qu'il trouva étaient les siennes. Il décida d'abandonner provisoirement la partie et retourna à la lecture du dossier qu'il avait laissé sur la table. Il devait bien y avoir un indice quelque part.

Ce fut une épreuve de regarder les photos du corps de Trent. On l'avait retrouvé dans un fossé à la sortie de la ville. Le rituel qui avait entouré ce meurtre présentait de nombreuses similitudes avec ce que Vaughn avait lu de la mort de Candace Smyth. Lorsqu'il avait compris cela, Vaughn avait immédiatement informé le FBI à qui il avait demandé de rechercher dans leur base de données si d'autres cas d'homicides non élucidés présentaient les mêmes caractéristiques.

Trente-six heures plus tard, le FBI confirmait que le mode d'opération dans les deux affaires était le même. Ils avaient aussi retrouvé deux cas similaires sur lesquels toutefois ils ne pouvaient se prononcer.

Vaughn était convaincu d'avoir affaire à un tueur en série. L'homme avait frappé dans deux endroits différents, à Seattle et à Lillooet Creek. S'il se déplaçait, il serait plus difficile de retrouver sa trace. Mais Vaughn était sûr que tel n'était pas le cas. Un instinct viscéral lui disait qu'il connaissait l'assassin. Il avait vite compris que cette affaire dépassait ses compétences, aussi avait-il demandé de l'aide. L'agent spécial Stone du FBI devait arriver le lendemain. Vaughn avait hâte de le rencontrer. Mais, là encore, le tueur avait fait en sorte que Vaughn n'en dise pas trop : l'arme du crime lui appartenait. Il était formel sur ce point. Il avait tout de suite reconnu le couteau à une encoche sur la poignée qu'il avait faite lui-même un jour, par accident. C'était un bon couteau de chasse dont il se servait pour faire ses sculptures sur bois.

Comment avait-il pu tomber entre les mains de cet assassin alors que Vaughn n'avait jamais noté de marques d'effraction sur la porte de son atelier ? Et pourquoi cet homme l'avait-il laissé bien en vue sur le cadavre ? Vaughn se sentait écœuré, sali, comme si lui-même était pour quelque chose dans la mort de son ami.

Il n'avait mentionné cette arme dans aucun rapport. Avait-il bien fait ? Il ne savait plus. Lorsqu'il l'avait retrouvée sur le corps, il avait tout de suite pensé à un coup monté. Mais le couteau ne portait aucune empreinte, pas même les siennes. Comment Vaughn devait-il interpréter cela ? L'assassin voulait-il le narguer ? Peut-être cherchait-il à se faire prendre ? Vaughn avait lu que c'était souvent le cas. Pourtant, encore une fois, son intuition lui disait qu'il y avait autre chose. Il avait l'impression d'être manipulé comme une marionnette. Le tueur semblait anticiper le moindre de ses gestes. Mais personne ne le connaissait aussi intimement !

Ses yeux se posèrent sur la corolle jaune dans la poubelle. Cette jonquille avait dû être volée sur la tombe de Trent. Bon sang ! Son meilleur ami venait de mourir et ce salaud se livrait à des jeux idiots. Il se massa la nuque. Il ne devait pas se laisser dominer par ses émotions. Il était Vaughn Garrett, le shérif, et il devait réfléchir posément. Quelle était la signification de cette fleur ? Parmi les personnes présentes aux obsèques, qui avait déposé des jonquilles sur le cercueil ? Seulement les parents, il en était certain : Vivian Farris, Deirdre Ward et Kimberley Tannas. Peut-être y avait-il là un message adressé à l'un des membres de la famille ?

Une fois de plus, l'image de Kimberley Tannas se présenta à lui. Il ne pouvait pas se laisser distraire en ce moment. Mécontent, il alla se verser une autre tasse de café. Il avait besoin d'une bonne dose de caféine, car il ne fermerait probablement pas l'œil de la nuit.

●◆●

En se retournant, il aperçut au-dessus de sa tête une photo qui le représentait en compagnie de Trent lors d'une partie de pêche qu'ils avaient organisée l'été précédent. Buck Reece, le propriétaire de l'unique boutique d'articles de sport de la ville, les accompagnait ce jour-là. C'était lui qui avait pris ce cliché et l'avait donné à Trent. Le matin qui avait suivi la mort de son ami, Vaughn avait retrouvé cette photo sur sa table et il se demandait pourquoi on l'avait mise là.

Vaughn retourna s'asseoir et relut les trois poèmes retrouvés chez Trent. Deux d'entre eux lui semblaient familiers, mais il ignorait d'où il les connaissait. Il les mit de côté et reprit le dossier. Il avait l'impression de le connaître par cœur et pourtant, il le savait, un détail lui avait échappé, un indice qui lui révélerait l'identité du tueur. Il devait le découvrir coûte que coûte.

●◆●

Pour échapper à l'atmosphère oppressante de la maison, Kim alla s'asseoir sous la véranda. Des bruits de voix lui parvenaient de derrière la porte. Beaucoup d'invités étaient déjà repartis. Elle avait regardé les voitures descendre la route en direction de la ville. Tante Vivian habitait une vieille bâtisse gigantesque construite sur une saillie rocheuse qui dominait Lillooet Creek.

De l'endroit où elle était assise, Kim voyait toute la ville. Rien n'avait vraiment changé depuis ses treize ans. A l'exception de quelques nouveaux immeubles, le paysage était tel qu'elle l'avait toujours connu. Quelques commerces avaient changé de mains. Le vieux Hilliard avait vendu son magasin de bricolage à un neveu et était parti vivre en Floride. Le nouveau propriétaire n'avait pas pris la peine de changer l'enseigne. A quoi bon ! Les habitants de Lillooet Creek continueraient à appeler la boutique par son ancien nom.

La flèche blanche de l'église catholique se détachait sur le ciel cramoisi, baignée par les derniers rayons du soleil couchant. En face, on apercevait le parc. Kim distinguait un petit morceau de la piscine découverte. Le reste était caché par le toit du bâtiment qui servait de vestiaire. Elle se rappela avec nostalgie un souvenir de son dernier été passé à Lillooet Creek.

Avec Deirdre, Melissa et d'autres filles, elle avait pris l'habitude de venir là chaque nuit pour un bain clandestin. Tout s'était très bien passé pendant deux semaines jusqu'au jour où Trent avait eu vent de leurs escapades. Il avait prévenu quelques-uns de ses amis. C'est avec embarras que Kim se rappelait cette nuit où les garçons les avaient surprises nues dans la piscine. Avec des cris stridents de gamines, elles avaient couru vers leurs vêtements que les garçons hilares cherchaient à leur voler. Dans la mêlée qui s'était ensuivie, Kim n'avait jamais pu retrouver son T-shirt et son soutien-gorge. Empruntant les petites rues et les allées, elle était enfin arrivée chez elle pour découvrir que la fenêtre de sa chambre était fermée. Ses parents s'étaient aperçus de sa fuite et avaient voulu lui tendre un piège. Elle se souvenait encore de la honte qu'elle avait ressentie à l'idée d'entrer dans le salon de ses parents à moitié nue.

Au bout de quelques minutes interminables, durant lesquelles elle avait même envisagé le suicide, elle s'était finalement décidée à sonner à la porte. Les mains posées sur sa poitrine naissante, elle avait attendu qu'on vînt lui ouvrir. Elle souriait maintenant de sa mésaventure en se rappelant l'expression horrifiée puis amusée de son père qui l'avait découverte dans cette tenue. A la suite de cet incident, elle avait été privée de sorties pendant un long mois. Mais cet épisode lui avait permis de passer plus de temps avec son père et elle en était heureuse. Car, quatre mois plus tard, il était mort.

Un miaulement se fit soudain entendre. Kim tourna la tête et aperçut, derrière la porte vitrée, Charity, la chatte de tante Vivian, qui la regardait d'un air suppliant. Kim se demanda pendant un instant si elle se lèverait pour laisser sortir la pauvre bête, mais elle ne se sentait pas assez d'énergie. La persane resta à la fixer de ses grands yeux aux reflets d'or qui rappelèrent soudain à Kim un autre regard...

Elle ne pouvait toujours pas croire que le shérif était le même Vaughn Garrett qu'elle avait connu dans son enfance. Ce garçon malingre et boudeur était devenu un homme fait, et par-dessus le marché, le shérif du comté de Waterford. C'était drôle de voir à quel point les gens pouvaient changer.

Apparemment, tante Vivian partageait maintenant son rocher et sa vue imprenable sur la ville avec le shérif qui s'était fait construire une maison derrière le bois de sapins qui longeait au nord la propriété des Farris. Kim regarda dans cette direction. La rumeur disait que le shérif Garrett était un menuisier accompli et un excellent sculpteur sur bois.

Cette anecdote avait intrigué Kim qui n'imaginait pas Garrett travaillant de ses mains. Et zut ! voilà qu'elle pensait encore à ce type. Heureusement, elle quitterait Lillooet Creek et son beau shérif le lendemain pour ne pas y revenir de sitôt.

Evidemment, il faudrait surveiller les progrès de

l'enquête. Tante Vivian et Deirdre n'avaient pas son opiniâtreté, il se débarrasserait vite des deux femmes. Mais elle pouvait faire ça par téléphone. Un petit coup de fil de temps en temps suffirait à rappeler au shérif que l'assassin de Trent était toujours dans la nature. Cette fois, le dossier n'était pas près de se refermer.

La porte d'entrée grinça. Kim tourna la tête et vit Deirdre sortir de la maison. Charity se faufila derrière elle.

— Il nous reste assez de provisions pour nourrir une armée, dit-elle avec un sourire triste. Les invités n'ont rien mangé et sont presque tous rentrés chez eux.

Kim hocha la tête en signe d'assentiment.

— Oui, j'ai vu les voitures descendre la route.

Charity s'était approchée d'elle et se frottait contre ses jambes. Kim passa la main dans la fourrure soyeuse tandis qu'elle observait sa cousine. Des filles de la famille, Deirdre avait toujours été la plus jolie avec ses cheveux d'un blond chaud qui encadraient un visage à l'ovale parfait. Toutes deux se ressemblaient pourtant, mais Deirdre était aussi plus grande que sa cousine. Ses yeux avaient la teinte du saphir tandis que ceux de Kim étaient d'un bleu un peu délavé. Sa voix était mélodieuse tandis que celle de Kim était plus grave et rauque. Pourtant, malgré ces différences, il n'y avait jamais eu de jalousie entre elles. Il était acquis une fois pour toutes que, des deux cousines, Deirdre avait la beauté et Kim l'intelligence.

La pauvre Deirdre était incapable de déchiffrer son relevé bancaire sans éclater en sanglots. Elle avait la larme facile. En cela, Kim était très différente de sa cousine. Elle aurait pu prendre en charge toute la comptabilité d'une entreprise si elle l'avait voulu et puis, elle n'avait pas cette nature émotive. Pourtant, elle en avait versé, des larmes, depuis quelques jours. Elle n'avait pas pleuré autant depuis l'enterrement de Ken.

Kim alla s'asseoir sur la balancelle et invita Deirdre à prendre place près d'elle. Deirdre s'exécuta en silence et se mit à regarder la ville en contrebas comme Kim l'avait fait quelques instants plus tôt.

— Comment va tante Vivian ? demanda Kim.

— Elle tient le coup. Tante Willie est avec elle. C'est exactement la personne qu'il lui faut en ce moment.

Charity s'était éloignée pour s'installer sur la rambarde, dans une jardinière où tante Vivian avait planté des géraniums carmin. Elle ronronnait bruyamment en fixant Deirdre et Kim de son regard d'or.

— Tante Willie n'a pas changé du tout.

Deirdre sourit.

— Tante Willie ne changera jamais, elle est immuable comme cette ville.

— Je pensais justement que le temps semblait être suspendu ici. (Elle se tourna vers Deirdre.) Si je ne me trompe, Anna Irving, la sœur de tante Willie, est morte il y a plusieurs années, n'est-ce pas ?

— Oui, il y a environ huit ans. Elle a péri dans l'incendie de sa maison. Je ne l'ai jamais beaucoup aimée. Elle avait toute la rudesse de tante Willie, sans sa compassion ni son humour. Mais tout de même, mourir comme ça !

Elles restèrent silencieuses pendant un moment, plongées toutes deux dans leurs pensées.

— Oncle Jake n'est pas venu à la maison ? demanda soudain Kim.

Deirdre secoua la tête.

— Non. Il était très secoué. Après tout, Trent était son fils aussi. Mais il a préféré ne pas venir et je pense qu'il a eu raison. Ça fait cinq ans qu'il est parti vivre avec cette femme et maman commençait tout juste à s'en remettre. Elle souffrait assez comme ça, il n'était pas nécessaire de lui rappeler en plus sa rupture.

Kim acquiesça. La douleur pouvait revêtir tant de formes différentes ! Chaque blessure qu'infligeait la vie finissait par se refermer, mais certaines avaient besoin de plus de temps que d'autres. Surtout lorsque justice n'avait pas été rendue.

— Mon Dieu, j'ai tellement hâte de partir ! (Elle avait dit ces paroles avec une véhémence qui la surprit elle-même. Devant l'étonnement qu'elle lut sur le visage de Deirdre, elle chercha à se disculper.) Je suis désolée, mais je hais cette ville.

— Non, tu te trompes, rétorqua Deirdre. Ce que tu détestes, c'est ce qui s'y est passé. Le fait qu'un assassin ait échappé à sa punition. Mais cette ville a aussi du bon et tu dois apprendre à la voir avec d'autres yeux.

— Comment peux-tu dire une chose pareille ? Ton propre frère vient de se faire tuer ici ! Et tu penses toujours que c'est un endroit où il fait bon vivre ! Trent ne serait sûrement pas d'accord avec toi.

Un masque de souffrance apparut sur le visage de Deirdre et Kim regretta ses paroles. Quelle idiote elle faisait ! Pourquoi fallait-il toujours qu'elle soit si dure ?

— Excuse-moi, Deirdre. (Elle serra sa cousine dans ses bras.) Frappe-moi si ça peut te soulager. Je le mérite, vas-y.

Deirdre renifla. Elle passa la main dans le dos de Kim pour la réconforter.

— Oui, tu le mériterais. Mais je suis trop grande maintenant pour te frapper. Je tâcherai de trouver une autre vengeance.

— D'accord. (Kim relâcha son étreinte.) Mais au moins, j'ai réussi une chose.

— Quoi donc ?

— Tu ne regretteras plus de me voir partir demain matin.

— Ça, c'est bien vrai, répondit Deirdre, reprenant l'une des expressions favorites de tante Willie.

Elle donna à sa cousine une légère claque sur la cuisse.

Au loin, la ville allumait ses lumières tandis que la vallée se perdait dans l'obscurité du crépuscule. Pour Kim, la nuit qui s'annonçait serait plus noire que jamais. Un assassin était tapi quelque part, dans l'une de ces maisons. Echapperait-il lui aussi à la justice ? Deirdre dut percevoir les sombres pensées de sa cousine car elle se leva brusquement et attrapa Kim par le bras.

— Rentrons. Il faut convaincre tante Willie de retourner chez elle et de laisser maman se reposer. Nous devons aussi faire un peu de ménage avant que je reparte chez moi.

●◆●

Caché près de la maison, il écoutait la conversation. Il avait connu Kim petite fille. Elle était une femme, maintenant, mais toutes ces années ne l'avaient pas beaucoup changée. Il se la rappelait bien, comme tous les autres. Il l'avait mise elle aussi sur sa liste.

Quand il était revenu, beaucoup d'entre eux avaient quitté la ville. C'était le cas de Kim et il avait pensé qu'il devrait renoncer à elle. Mais la providence venait de la lui livrer. Il lui faudrait simplement agir plus vite, avant qu'elle ne reparte. Il livrerait son premier cadeau cette nuit même. A cette pensée, il sourit. Bientôt elle lui appartiendrait tout entière. Elle ne pourrait plus cesser de penser à lui. Car c'est lui qui choisirait l'heure de sa mort. Et si elle décidait malgré tout de repartir le lendemain matin, eh bien, il connaissait son adresse désormais, et Seattle n'était pas au bout du monde.

Il commencerait par déposer son premier présent, puis il verrait bien quel tour prendraient les événements. Il ricana dans la pénombre. La vie lui avait appris à s'adapter aux circonstances.

La porte grinça quand les deux jeunes femmes entrèrent dans la maison. Un écureuil bondit dans un arbre voisin. L'homme recula silencieusement vers une rangée d'arbres. Il avait déjà sa petite idée. Parfois, quand l'inspiration lui manquait, il lui fallait recourir au travail des autres, mais il n'aimait pas ça. Un véritable artiste ne devait puiser sa créativité qu'en lui-même. Il s'immobilisa et leva les yeux vers l'animal qui s'était immobilisé et le regardait de ses yeux noirs. Il tenait son plan. Kim allait adorer.

3

— Eh bien, je crois que nous avons fini, décréta Deirdre en jetant un coup d'œil sur la pendule. (Il était vingt et une heures passées de quelques minutes.) Il faut que je rentre à la maison. Kyle et les enfants doivent m'attendre.

— Bien sûr, vas-y. (Kim passa un dernier coup d'éponge sur la table de la cuisine.) La vaisselle est faite, nous avons tout rangé et ta mère est endormie ou feint de l'être.

— J'espère qu'elle dort vraiment, elle a tellement besoin de repos, répondit Deirdre avec une moue.

— Ne t'inquiète pas pour elle, la rassura Kim qui, pendant un instant, avait vu passer une ombre d'appréhension sur le visage de sa cousine.

Deux ans auparavant, tante Vivian avait eu une crise cardiaque et Deirdre redoutait probablement l'effet désastreux que toutes ces émotions pourraient avoir sur sa mère.

— Tu as raison, dit Deirdre. J'ai beau me dire que tout se passera bien, je ne peux pas m'en empêcher.

— Je sais.

Deirdre sourit.

— Pourquoi ne monterais-tu pas dans ta chambre voir si rien ne te manque avant mon départ ?

Elle avait déjà rassemblé, sur la table de la cuisine, son porte-monnaie et ses clés. Kim lui lança un regard exaspéré.

— Je suis sûre que tout est parfait. Tu peux rentrer chez toi.

Kim reprit, près de l'évier, les bagues qu'elle avait retirées pour faire la vaisselle et les glissa à ses doigts.

— D'accord, mais avant ça, je veux m'assurer que maman va bien. Tu m'accompagnes ?

Comme la chambre d'ami était contiguë avec celle de tante Vivian, Kim comprit la manœuvre de sa cousine, mais elle ne chercha pas à argumenter.

Deirdre ouvrit doucement la porte de la chambre et entra. Pour ne pas les déranger, Kim préféra rester dehors. Deirdre s'était approchée du lit et remontait la couverture sur les épaules de sa mère. Puis elle se retourna et, sur la pointe des pieds, marcha jusqu'à la porte.

— Dee, c'est toi ?

Deirdre s'immobilisa, désappointée.

— Maman ! Je croyais que tu dormais ? Il faut te reposer.

— Rassure-toi, j'ai un peu somnolé. Tu partais ?

— Oui, il est plus de neuf heures et Kim veut aller se coucher tôt. Elle a une longue route à faire demain matin.

— Approche-toi, ma chérie. Embrasse-moi.

Pour ne pas déranger les deux femmes, Kim se rendit dans la pièce voisine. Les portes de la maison rappelaient le style colonial, elles étaient taillées dans un bois sombre qui ressemblait à de l'acajou. En poussant celle de sa chambre, Kim s'attendait à un grincement sinistre qui eût été en parfaite harmonie avec l'atmosphère de la vieille demeure. Mais aucun bruit ne se fit entendre. La pièce était plongée dans l'obscurité la plus totale.

Kim tendit la main vers l'interrupteur. Aussitôt, la chambre fut éclairée par la lumière aveuglante d'une ampoule nue. Elle doit faire au moins cent watts, pensa-t-elle en clignant des yeux.

Elle avança dans la pièce. Elle n'avait pas dormi

ici depuis longtemps, mais rien n'avait changé. La même carpette bleue était posée au pied du lit. Trent avait occupé cette chambre jusqu'à ce qu'il quittât la maison, plus de dix ans auparavant. Tante Vivian n'avait jamais pris la peine de décrocher des murs les posters de groupes de rock et les casquettes de base-ball. D'après elle, ces objets donnaient à cette chambre tout son caractère. Kim posa un regard nostalgique sur une affiche de KISS. Tante Vivian avait raison : cet endroit était habité et on avait plaisir à s'y trouver.

Kim aperçut son nécessaire de toilette sur le lit. Elle l'ouvrit et en tira un peigne et une brosse qu'elle s'apprêta à aller ranger sur la coiffeuse. Se retournant, elle resta paralysée par l'effroi. L'écureuil avait une position étrange. Sa fourrure rousse était maculée de sang et ses pattes de devant étaient refermées sur un petit bouquet de fleurs.

— Mon Dieu ! s'exclama-t-elle d'une voix étranglée.

Elle recula. Son peigne et sa brosse tombèrent sur le sol. Quel monstre était capable d'une chose pareille ? Un goût amer de bile lui envahit la bouche. Elle n'arrivait plus à détacher les yeux de ce spectacle macabre.

Soudain, son attention fut attirée par un morceau de papier blanc collé sur le miroir. Elle s'avança à contrecœur et se figea à un mètre de la coiffeuse. De là où elle était, elle pouvait déchiffrer le message dactylographié sur la feuille. Aussi ne s'approcha-t-elle pas davantage.

Quand dans ton cou tu sentiras
Courir le baiser du danger
Surtout ne te retourne pas,
Car bientôt tu seras à moi.

Sous le poème, on avait dessiné une pierre tombale. Interdite, Kim regarda pendant un instant le croquis sans comprendre. Enfin, elle eut un éclair de lucidité. Quelqu'un en voulait à sa vie. C'était impossible ! Ça ne pouvait pas lui arriver, pas à elle !

— Kim !

La voix de Deirdre lui sembla lointaine ; elle ne pouvait détacher le regard du terrible avertissement.

— Kim, il y a un problème ? J'ai entendu un objet tomber. Seigneur ! (Kim sentit sa cousine l'attraper par le bras.) Allons-nous-en d'ici, Kim !

Mue par une force irrésistible, Deirdre attira Kim vers la porte. Elles entendirent tante Vivian les appeler depuis la chambre adjacente.

— Deirdre, Kim, que se passe-t-il ?

Mais Deirdre était incapable de répondre. Vidée de ses dernières forces par les événements des jours écoulés, elle restait debout dans le couloir, se tordant les mains.

— C'est affreux ! Il était ici, dans notre maison ! Ô mon Dieu ! psalmodiait-elle tandis que des sanglots lui secouaient la poitrine.

Kim n'était guère plus fringante. Après tout, le message s'adressait à elle. Elle ne pleurait pas, mais commençait à se sentir gagnée par une étrange paralysie. Elle n'était plus capable d'une pensée cohérente. Son instinct lui dictait de prendre ses jambes à son cou, mais était-ce vraiment ce qu'elle devait faire ?

Entre-temps, tante Vivian s'était levée et, tout en enfilant sa robe de chambre, était venue les rejoindre dans le couloir. Elle attrapa sa fille par les épaules et se mit à la secouer.

— Arrête ! Ça suffit, Deirdre !

Deirdre qui, depuis toujours, était habituée à obéir à cette voix parvint à se calmer.

— A présent, raconte-moi tout, ordonna tante Vivian.

Deirdre indiqua du doigt la porte de la chambre d'ami.

— La coiffeuse... Il... Oh, maman, il est entré ici !

s'écria-t-elle d'une voix stridente, au bord de l'hystérie.

Tante Vivian blêmit.

— Deirdre, appelle immédiatement le shérif.

Une fois encore, ses paroles apaisèrent Deirdre qui
hocha la tête et s'exécuta en essuyant les larmes
qui lui coulaient sur les joues. Restait à s'occuper de
Kim. Tante Vivian se tourna vers sa nièce qui, instinctivement, alla se placer en travers de la porte.
Elle voulait épargner à sa tante cette nouvelle
épreuve.

— Ne t'inquiète pas, Kim. Je n'ai pas la moindre
envie de voir ce qu'il y a dans cette pièce. Comment
te sens-tu ?

— Je vais mieux, mais je dois quitter cette maison
immédiatement, cette nuit même. Il est après moi
maintenant.

Kim se mit à arpenter la pièce pour essayer de
réfléchir.

— Mais qui peut nous en vouloir ainsi ?

Comprenant que sa tante était sur le point de craquer à son tour, Kim oublia les vieilles peurs qui
venaient de refaire surface. Elle la prit par le bras.

— Viens, descendons attendre le shérif dans la cuisine.

Dès qu'il arriverait et prendrait les choses en
main, elle décamperait. A cette pensée, Kim faillit
éclater de rire. Voilà qu'elle attendait avec impatience la venue d'un homme qu'elle avait souhaité ne
jamais revoir de sa vie.

●◆●

Quand son bip se mit à sonner, Vaughn était profondément absorbé dans la lecture du rapport d'autopsie. Irrité d'être ainsi dérangé, il saisit l'appareil
accroché à sa ceinture et le jeta violemment sur la
table, puis il s'empara du téléphone.

— O.K., Melissa. Qu'est-ce que c'est, cette fois ?

— Je viens d'avoir un appel de Deirdre Ward. Elle

est chez sa mère. Son histoire était un peu embrouillée. J'ai juste compris qu'elle parlait d'un écureuil retrouvé mort sur une coiffeuse. Elle n'arrêtait pas de répéter : «Il était ici.» J'ai pensé que je ferais mieux de vous prévenir.

— Qui est de service ce soir? Cheney?

Vaughn entendit Melissa tirer une longue bouffée sur sa cigarette à l'autre bout du fil.

— Oui, et il est déjà en route. J'ai aussi prévenu le Dr Harcourt. J'ai bien l'impression qu'il leur faudra des tranquillisants, là-bas.

— Vous avez bien fait. Merci de votre appel. Si vous avez besoin de moi, vous savez où me joindre?

La question était toute rhétorique, mais Melissa décida d'y répondre.

— J'ai dans l'idée que vous serez chez les Farris, shérif.

Vaughn raccrocha sans se donner la peine de répliquer.

Il contempla les documents disséminés sur la table. Même s'il ne sortait pas pour longtemps, il ne pouvait les laisser à la vue de tous. Son hôte indésirable pouvait avoir envie de lui rendre une petite visite. Il rassembla les papiers qu'il glissa sous son bras avant de se diriger vers la porte, qu'il verrouilla avec soin. Une fois installé au volant de sa Land Rover, il plaça le dossier sur la banquette à côté de lui. En démarrant, il jeta un coup d'œil sur le siège arrière afin de s'assurer que sa mallette noire était toujours là. Elle contenait tout son nécessaire de détective : un mètre à ruban, des gants de chirurgien, des étiquettes et des sacs pour la collecte et l'identification des preuves, une pince à épiler, des ciseaux et tout ce qui pouvait lui être utile — de l'aspirine, un tube de colle et même un flacon de Vicks.

Les Farris étaient ses plus proches voisins. Leur maison se trouvait à cinq cents mètres de chez lui. Une promenade qu'il faisait à pied en temps ordinaire, mais ce soir, il était pressé.

Il se gara derrière le Dr Harcourt qui arrivait. La voiture de patrouille de Ray Cheney était là, elle aussi.

— Bonsoir, shérif Garrett.

— Bonsoir, docteur Harcourt.

Jim Harcourt sortit de son véhicule et attendit que Vaughn vînt le rejoindre. Il s'était lié d'amitié avec lui quelques années plus tôt, lorsqu'il était arrivé à Lillooet Creek pour remplacer le Dr Bowen. Quand, peu de temps après, Vaughn avait été élu, Harcourt s'était mis à l'appeler «shérif Garrett». En retour, Vaughn lui donnait du «docteur Harcourt». Cette plaisanterie un peu stupide était peu à peu devenue une habitude dont ils n'arrivaient plus à se débarrasser.

— Tu sais de quoi il s'agit? interrogea Harcourt alors qu'ils se dirigeaient vers la maison.

— Ouais, répondit Vaughn, laconique.

Cheney vint leur ouvrir.

— Je suis bien content de vous voir, doc. Ces dames ont eu une peur bleue. Il va falloir les calmer un peu si nous voulons obtenir une déposition cohérente.

Le médecin pénétra dans la maison, suivi de Vaughn. Cheney était un colosse d'un mètre quatre-vingts aux cheveux grisonnants et au regard plein de bonté. Il avait élevé trois enfants. Quand le dernier avait quitté le nid, six ans auparavant, sa femme et lui, qui approchaient de la cinquantaine, avaient décidé de vivre enfin pour eux-mêmes. Mais, quatre ans après, Betty avait été emportée par un cancer du sein. Ray ne s'était jamais remis de cette perte et trompait son chagrin en consacrant de plus en plus de temps à son travail.

Vaughn entendit quelqu'un sangloter bruyamment dans la cuisine.

— Je crois qu'on a besoin de toi là-bas, dit-il à Harcourt. (Puis il se tourna vers son adjoint.) Qu'as-tu trouvé, Cheney?

— Suis-moi. Ce type est vraiment dérangé.

La vieille horloge sonna la demie quand ils débouchèrent sur le palier du premier étage. Vaughn sursauta.

— Qu'est-ce qu'il y a ? demanda Cheney.

— Oh, rien. C'est juste que je déteste le bruit de ces vieilles pendules.

Ils entrèrent dans la chambre d'ami.

— Est-ce qu'on a touché à quelque chose ? interrogea Vaughn.

— Non. La petite dame s'est approchée juste assez pour lire le mot sur le miroir. Je crois qu'elle a raison et que ce message lui est bien destiné. Comme cette chambre n'est plus occupée depuis longtemps, ce type devait savoir que c'est elle qui passerait la nuit là. (Il indiqua du menton la valise restée sur le lit.) Et s'il a vu ses affaires ici, il n'a pas eu trop de mal à deviner.

Vaughn regarda autour de lui d'un air pensif.

— Tu as une idée de la façon dont il a pu entrer sans se faire remarquer ?

Cheney parut gêné.

— Il y a eu une réception ici après l'enterrement de Trent et je crois que celui qui a fait ça comptait au nombre des personnes présentes.

Vaughn, écœuré, secoua la tête.

— Il a bien choisi son jour. La moitié de la ville a dû défiler dans cette maison aujourd'hui. Merde ! Je serai bien content quand ce gars du FBI s'amènera. Bon, nous allons nous concentrer sur cette pièce. Avec un peu de chance, ce salaud aura commis une erreur, cette fois. Prends des photos et fourre-moi ça dans un sac, dit-il en montrant l'écureuil et la feuille de papier. Nous les enverrons au labo. Essaie de me trouver des empreintes. Cette chambre n'a pas été utilisée depuis longtemps, alors cherche-moi tout ce qui aurait pu y être apporté récemment.

— Quoi, par exemple ?

Vaughn soupira et se passa la main dans les cheveux.

— Je ne sais pas, moi. Un brin d'herbe, un cheveu, une trace de boue… N'importe quoi. Si tu as besoin de quoi que ce soit, ma mallette est sur le siège arrière de ma voiture.

— D'accord. Tu veux que je prenne les dépositions d'abord ou tu t'en charges ?

— Tu prendras celles de Deirdre et de sa mère, et moi celle de Kim. Ça nous fera gagner du temps.

En un pareil cas, le règlement recommandait de faire déposer les témoins séparément. Les policiers savaient par expérience que plusieurs personnes interrogées ensemble se mettaient à argumenter sur ce qu'elles avaient vu et finissaient par s'accorder sur une version cohérente mais inexacte des faits. Dans ce genre de situation, celui qui avait le plus de personnalité l'emportait toujours sur les autres. Et, en l'occurrence, il savait bien qui, des trois femmes, était la plus forte. Toutefois, cette précaution ne s'imposait pas : rien n'avait été touché et, vraisemblablement, aucun des témoins n'aurait remarqué quoi que ce soit d'anormal dans la journée. Pourtant, Vaughn choisit de s'en tenir au règlement.

S'il souhaitait s'adresser personnellement à Kim, c'était aussi pour une raison plus importante. De toute évidence, le tueur était désormais après elle et il projetait d'utiliser la jeune femme comme appât. Bien sûr, elle n'approuverait pas ce plan. Il ne l'aimait pas lui-même, mais il fallait réussir à la convaincre. Il suffisait qu'elle restât à Lillooet Creek quelques jours de plus que prévu. Elle trouverait bien un moyen de s'arranger avec son employeur. Si elle travaillait.

Le Dr Harcourt se retira quelques minutes plus tard, après avoir administré un tranquillisant à Vivian Farris et donné à Deirdre des cachets qu'elle prendrait une fois rentrée chez elle. Cheney se trouvait dans le salon où il s'apprêtait à interroger les deux femmes. Vaughn conduisit Kim dans la cuisine et la pria de s'asseoir.

Il étudia la jeune femme avec intérêt comme il l'avait fait lors de leurs deux précédentes rencontres. Elle était belle. Attirante, plutôt. Un peu trop à son goût et ça l'irritait prodigieusement. Ses grands yeux d'un bleu azur étaient doux, presque innocents. Mais les apparences étaient trompeuses, il l'avait appris à ses dépens. Ses lèvres charnues avaient la couleur du corail et donnaient à sa bouche une moue sensuelle.

— Si j'ai bien compris, c'est vous qui avez découvert la petite mise en scène là-haut?

— Oui.

Elle avait posé les mains devant elle sur la table et jouait nerveusement avec son alliance. Bon sang! Il avait oublié le mari. Il pensait toujours à elle comme à Kimberley Clayton, cette petite fille gâtée et un peu pimbêche avec qui il était allé en classe.

— J'ai besoin de votre déposition pour mon rapport. Votre nom, s'il vous plaît?

— Kimberley Rhae Tannas.

Elle épela son nom. Sa voix était grave et chaude. Une voix qui évoquait des lumières tamisées et des draps froissés. Vaughn, que cette pensée embarrassait, remua sur sa chaise. Nom de Dieu, comme s'il n'avait pas déjà assez de problèmes!.

— Je voudrais que vous me décriviez ce que vous avez trouvé là-haut. Vous vous en sentez capable?

Elle avala sa salive et hocha la tête. Elle leva les yeux vers la pendule. Bientôt vingt-trois heures.

— Il était un peu plus de vingt et une heures trente, je crois. Deirdre était sur le point de rentrer chez elle.

Trop agitée pour rester assise, elle se mit à arpenter la pièce tandis qu'elle faisait à Vaughn le récit des événements de la soirée.

Tout en prenant des notes, Vaughn l'étudiait de son œil averti de policier. Elle ne lui rappelait plus Doreen — celle-ci ne se serait jamais laissé surprendre dans la tenue qu'arborait Kim à cet instant. Maintenant qu'elle était pieds nus, il remarqua qu'il ne s'était pas trompé sur sa taille. Elle ne devait pas mesurer plus d'un mètre soixante. Elle avait troqué le tailleur noir qu'elle portait aux funérailles contre un jean usé qui la moulait à la perfection et un chemisier de soie rose à manches courtes. Ses cheveux blonds étaient toujours rassemblés en queue-de-cheval mais quelques mèches s'étaient échappées, adoucissant ses traits et rehaussant l'ovale de son visage.

— Je crois vous avoir tout dit, conclut la jeune femme. Nous sommes descendues dans la cuisine pour attendre l'arrivée de votre adjoint. Encore une chose : Deirdre ne veut pas laisser sa mère seule ici ce soir après ce qui s'est passé, elle a décidé de l'emmener chez elle. En fait, nous espérons toutes trois vider les lieux dès que vous aurez fini votre travail.

Elle lui lança un regard de défi qu'il feignit de ne pas voir.

— Vous passez la nuit chez Deirdre, vous aussi ?

— Non, elle n'a pas la place de me loger. Je rentre à Seattle.

Il la regarda, estomaqué. Après la journée qu'elle venait de vivre, cette femme avait l'intention de retourner à Seattle par des routes de montagne, au beau milieu de la nuit. Elle était complètement cinglée.

— Croyez-vous que ce soit une bonne idée ? Qu'en penserait votre mari ?

Kim se raidit.

— Mon mari est mort assassiné il y a deux ans, shérif Garrett.

L'aveu surprit Vaughn qui éprouva aussi une certaine honte car il se réjouissait que ce mari ne vînt plus contrarier son plan.

Deirdre apparut.

— Kim, nous avons fini à côté. J'emmène maman. S'il te plaît, pense à laisser de l'eau et de la nourriture à Charity quand tu partiras. Appelle-moi demain pour me donner de tes nouvelles.

— D'accord, Dee. Va te reposer, tu l'as bien mérité.

Dès que sa cousine eut disparu, Kim baissa le masque. Elle s'adossa au mur et se massa les tempes. Vaughn aurait voulu la réconforter, mais il se contint.

— Avons-nous terminé, shérif?

Il referma son carnet et glissa son stylo dans sa poche.

— Oui. Comment est-ce arrivé?

— Quoi donc?

— Votre mari. Comment est-il mort?

Les lèvres de la jeune femme se crispèrent. Elle aperçut un paquet de cigarettes qui dépassait de la poche de Vaughn.

— Je peux en avoir une?

— Bien sûr. Mais je vous préviens. Je ne fume plus que trois cigarettes par jour et celle-ci est la dernière du paquet. Elle doit être plutôt desséchée. Vous la voulez toujours?

— Laissez tomber. J'ai arrêté de fumer il y a six mois. (Elle fixa un point sur le mur derrière Vaughn.) Vous vouliez savoir ce qui était arrivé à Ken?

— Oui, à moins que vous ne vouliez pas en parler.

— Non, ça ira. (Elle inspira profondément.) Ken a été appelé pour une scène de ménage et... il... a été abattu.

— Il était flic? demanda Vaughn, incrédule.

Kim acquiesça et se tourna vers le percolateur.

— J'ai besoin d'un bon café, vous en prendrez une tasse avec moi, shérif?

Vaughn savait que c'était une proposition de pure forme et qu'elle n'appréciait pas vraiment sa compagnie. Certes, elle avait été moins blessante que lors de leur première rencontre, mais le ton de sa voix restait glacial. Pourtant, il fallait bien qu'il trouvât un moyen pour l'empêcher de partir. En outre, une impulsion perverse le poussait à contrarier la jeune femme.

— Avec plaisir. Vous pouvez m'appeler Vaughn, vous savez. C'est une petite ville, ici, et les gens jaseraient si on continuait à s'adresser l'un à l'autre de cette façon. Et puis, ce n'est pas comme si on ne se connaissait pas, tous les deux.

Kim prépara le café.

— Mais je ne vous aurais jamais reconnu. Nous ne nous sommes pas vus depuis dix-sept ans et nous n'étions pas vraiment amis, à l'époque.

— Vous avez raison. Nous sommes de parfaits étrangers l'un pour l'autre. Continuez à m'appeler shérif, alors.

Le café était prêt. Tandis qu'elle posait deux tasses sur la table, Kim observait Garrett. Il avait remis son uniforme, et la chemise kaki qu'il portait s'harmonisait parfaitement avec son teint hâlé. Elle baissa les yeux vers le pantalon qui, bien qu'un peu large, révélait des formes très attrayantes. Il semblait porter tous les styles de vêtements avec la même élégance. Jusqu'à son pistolet qui pendait à sa hanche gauche et qui semblait faire partie de lui.

Elle venait d'ouvrir la porte du réfrigérateur et Charity se précipita, la queue en panache, réclamant sa pitance avec force miaulements sonores.

— Ma parole, ce chat a un radar, fit remarquer Vaughn.

Il avait une voix basse que Kim trouvait très agréable, à son corps défendant.

— C'est ce que j'ai toujours pensé, répondit-elle en allant prendre dans un placard un bol dans lequel elle versa un peu de lait.

Elle laissa le chat laper avec gourmandise et versa le café dans les tasses. En levant les yeux vers Garrett, elle lui trouva l'air préoccupé. Sans mot dire, elle prit place en face de lui et but quelques gorgées.

— A propos, Kim, je me demandais...

— Vous vous demandiez quoi ?

Garrett arrêta son regard sur Charity.

— Eh bien, je me demandais pourquoi ce chat portait un nom pareil.

Kim n'était pas idiote, elle savait bien qu'il avait eu l'intention de lui poser une autre question. Mais elle décida de jouer le jeu et de se débarrasser de Garrett au plus vite.

— Alors qu'elle n'était encore qu'un chaton, elle s'est présentée un jour à la porte en demandant la charité, comme disait tante Vivian. Elle n'est plus jamais repartie et le nom lui est resté.

Vaughn hocha la tête, l'air faussement intéressé, mais Kim savait pertinemment que son esprit était ailleurs.

— Allez-vous maintenant me poser la vraie question ? finit-elle par demander.

— Eh bien, je viens de me rendre compte que je ne sais rien de vous, si vous travaillez, par exemple.

— Je possède une boutique de cadeaux que je tiens avec une amie. Nous vendons des bouquins, des objets artisanaux, ce genre de choses.

— Vous êtes votre patronne, alors. Et si vous voulez prendre quelques jours de vacances, vous n'avez de comptes à rendre à personne.

Pourquoi la regardait-il avec tant d'insistance ?

— En effet. Mais Kathy, mon associée, peut se montrer parfois très exigeante.

Elle sembla discerner dans le regard de Garrett une lueur de satisfaction avant qu'il ne baissât les yeux sur sa tasse. Il s'éclaircit la gorge.

— Je ne sais pas comment vous dire ça...

Kim commençait à éprouver une certaine appréhension. Garrett se pencha, repoussa sa tasse et la regarda fixement.

— Après ce qui s'est passé cette nuit, nous pouvons supposer que le tueur vous a choisie comme victime. Par le fait, vous vous trouvez dans une situation exceptionnelle.

— Ah, vraiment ? (Elle s'était levée et marchait de long en large dans la cuisine.) La plupart des gens qui meurent à mon âge n'ont pas eu le temps de mettre leurs affaires en ordre. Après tout, en m'avertissant, ce type me rend service.

— Ce n'est pas ce que je voulais dire, laissez-moi terminer.

— Non !

Sa voix trahissait la panique qui venait soudain de refaire surface. Elle essaya de se maîtriser.

— Non, répéta-t-elle. (Son ton était plus calme mais ses mains s'étaient remises à trembler.) Je ne veux pas en entendre davantage. J'aimerais que vous vous en alliez, maintenant, je dois partir bientôt.

Vaughn se leva et s'avança vers elle.

— Kim, vous seule êtes en mesure de nous aider. Si vous restez, il viendra jusqu'à vous et nous le coincerons. Bien sûr, vous pouvez repartir, mais il saura où vous trouver, et alors il n'y aura plus personne pour vous protéger.

— Qu'est-ce que vous racontez ? Comment pourrait-il me retrouver à Seattle ?

— Vous vous souvenez de Candace Smyth ? Elle venait passer l'été ici tous les ans jusqu'à la mort de sa grand-mère. (Il marqua une pause et lut dans les yeux de Kim qu'elle se souvenait.) Candace est morte à Seattle il y a un an, assassinée de la même façon que Trent.

— Ô mon Dieu !

— Ne comprenez-vous pas ? Vous êtes notre meilleur atout.

Les ténèbres se refermaient sur elle.

— Savez-vous ce que vous me demandez ?

Un cri du passé résonna dans ses oreilles. Un effroi irrépressible fissurait le mur qu'elle s'était bâti pour se protéger pendant toutes ces années. Cherchant un ultime moyen de défense, elle leva son regard vers les yeux d'or de Garrett.

— Je suis désolée. Je ne peux pas.

Sa voix était à peine audible, elle se demanda s'il l'avait entendue.

— Alors, vous fuyez, dit-il d'un ton accusateur. Vous préférez succomber à la peur que vous inspire cet homme plutôt que de nous aider à venger la mort de Trent.

Il s'était rapproché d'elle et la fixait de ses yeux froids, les mâchoires serrées pour réprimer un tremblement de colère. Il l'attrapa par les épaules. Elle sentit la chaleur de ces mains brûlantes traverser la soie fine de son chemisier. Allait-elle une fois encore laisser s'échapper un assassin à cause de sa lâcheté ? Tout son corps était parcouru de frissons. Pourrait-elle vivre avec ce nouveau meurtre impuni sur la conscience ?

— Je vous demande de réfléchir, Kim. Nous avons besoin de vous.

Elle ferma les yeux et ravala la peur qui lui serrait la gorge. Il avait raison. Son retour à Seattle était une fuite et elle n'avait pas le droit de se dérober.

— C'est d'accord, murmura-t-elle. Je reste.

Cette fois, l'assassin paierait pour son crime. En rouvrant les yeux, elle rencontra le regard de Garrett.

— Je reste, répéta-t-elle d'une voix ferme.

4

Vaughn avait vu dans les yeux de Kim la terreur qu'elle s'efforçait de dissimuler et il en fut un peu surpris. Il connaissait assez la jeune femme pour savoir que les incidents de la nuit n'avaient pu à eux seuls déclencher cette panique. Venant de Deirdre, un tel comportement aurait été prévisible. Il l'avait vue une fois piquer une crise de nerfs à cause d'une souris. Mais Kim était d'une autre trempe. Il résolut d'en savoir un peu plus sur elle ; il irait en ville glaner quelques rumeurs la concernant.

Son regard était toujours plongé dans les yeux bleus de la jeune femme et, soudain, il eut une révélation : le mari n'était plus un obstacle. Le visage de Kim exprimait un mélange de souffrance et de bravoure. C'était un sacré petit bout de femme. Il fut pris d'un désir violent de l'étreindre et de poser ses lèvres sur cette bouche charnue et sensuelle. Mais il se contenta de lui serrer les épaules.

— Vous êtes courageuse. Ne vous en faites pas, nous ne le laisserons pas vous faire du mal.

Pour toute réponse, elle hocha la tête. Mais l'expression de son visage n'avait pas changé. Il s'éloigna d'elle.

— Je vais charger Cheney de surveiller la maison cette nuit. Dorénavant, vous serez protégée vingt-quatre heures sur vingt-quatre. Y a-t-il un ami ou un parent qui pourrait venir habiter ici avec vous ?

— Non. De toute façon, je ne demanderais à personne de prendre un tel risque.

Vaughn observa le visage las de la jeune femme. Elle avait décidément un sens aigu des responsabilités.

— Très bien. Il faut aller vous reposer, maintenant. Ne vous inquiétez pas, il y a peu de chances pour qu'il revienne cette nuit.

Elle semblait peu à peu reprendre le dessus. Lui tournant le dos, elle alla se verser une autre tasse de café. Il avait obtenu d'elle ce qu'il désirait, et pourtant il n'avait pas envie de la quitter.

— Bon, je vais donner mes ordres à Cheney. Je vous appelle demain.

— D'accord.

Assise à la table, elle buvait son café. Elle avait l'air épuisée, mais il savait qu'elle n'irait pas se coucher. Après tout, il ne pouvait pas l'envoyer de force au lit. Et puis, ce n'était pas son problème…

●◆●

Vaughn s'agitait dans son sommeil. Dans le rectangle noir d'une fenêtre, un visage blanc le regardait. Il avançait les bras pour attraper cette image évanescente, mais l'apparition s'éloignait, se fondait dans l'obscurité. La terreur s'empara de lui. Son cœur battait à se rompre. Il poussa un cri qui le tira de son cauchemar. D'un bond, il s'assit dans son lit.

Lentement, l'angoisse reflua. Reconnaissant le décor familier de sa chambre, il poussa un soupir de soulagement : au moins n'était-il plus somnambule. Il se rappelait ses frayeurs, lorsque, enfant, en s'éveillant d'un de ses cauchemars, il se retrouvait dans un endroit inconnu. Son pouls s'était ralenti. Il posa les pieds par terre et passa la main dans ses cheveux trempés de sueur.

Ses mauvais rêves avaient disparu depuis plus de dix ans. Pourquoi revenaient-ils aujourd'hui ? Le cauchemar qu'il venait de faire surpassait en horreur tous les autres. Il se sentait vidé et seul. Il n'avait jamais réussi à trouver la cause de ce sentiment de peur et de solitude extrêmes qu'il éprouvait dans ces moments-là. Il ferma les yeux, cherchant à se remémorer le moindre détail de son rêve. En vain.

Il souleva les paupières et aperçut, par la fenêtre, les grands cèdres que baignait la lumière du petit matin. La beauté de ce paysage de montagne l'apaisa. Il aimait cet endroit. Il s'y était toujours senti chez lui, malgré sa souffrance et sa peur, malgré la solitude et ce sentiment d'être différent des autres. C'est sans doute pour cette raison que, des quatre orphelins confiés à Anna Irving, il était le seul à s'être installé à Lillooet Creek.

Il avait quitté la région à dix-huit ans, impatient, comme tout adolescent, de découvrir le monde. Après avoir terminé l'école de police, il s'était installé à Seattle, mais il n'y était pas heureux. Il aimait son boulot, et pourtant le tumulte de la ville ne lui plaisait pas. Alors il avait cherché un poste à la campagne et, finalement, au moment où il s'apprêtait à quitter la police pour s'établir menuisier et réaliser enfin son rêve, la chance lui avait souri. Il était parti pour la petite bourgade de Chelan sans le moindre remords. Pourtant, même là, la vie avait fini par lui sembler monotone. Il n'était pas chez lui. Lillooet Creek l'attirait comme un aimant. Il avait fini par abandonner un nouveau travail qu'il aimait pour revenir à ses racines. Un an plus tard, le poste de shérif étant vacant, il s'était porté candidat et avait été élu. Il n'avait jamais regretté son choix.

Vaughn se leva, étira son corps mince et bronzé et, complètement nu, alla ouvrir la porte-fenêtre. Les bruits de la montagne le saluèrent. Les arbres bruissaient dans le vent, les oiseaux chantaient et, au loin, on entendait gronder une cascade. Il emplit ses poumons de cet air plein de senteurs qui éveillait ses sens. Mais cette grandeur ne devait pas lui faire oublier son devoir. Il tourna la tête pour jeter un coup d'œil au réveil. Six heures. Il n'avait dormi que cinq heures, mais c'était suffisant pour attaquer la journée. De toute façon, il ne pourrait pas se rendormir : son esprit était déjà au travail.

Peu après, rafraîchi par une douche, il enfilait un jean et une chemise bleue, oubliant pour un jour son uniforme. Il prit son insigne, glissa son revolver dans son étui et s'apprêta à partir.

Il débuterait sa journée par un petit déjeuner au café-restaurant d'Erma, où il prêterait l'oreille aux derniers cancans de Lillooet Creek. Il se rendait là-bas une ou deux fois par semaine pour se tenir au courant. Le café jouxtait l'hôtel Fairview dont Erma et son mari, Tom, étaient également propriétaires. Ils possédaient aussi un bar, en face, que tenait Tom. Erma détestait l'alcool et les alcooliques. Elle avait travaillé au bar pendant un temps, mais comme elle s'obstinait à servir une tasse de café à tous ceux qu'elle trouvait un peu éméchés, Tom avait dû intervenir dans l'intérêt de son commerce. Il avait fait construire pour sa femme un petit restaurant où elle pourrait enfin servir le café qu'elle semblait tant affectionner. Et elle ne viendrait plus fourrer son nez dans ses affaires. Ce statu quo durait depuis plus de vingt ans.

Alors qu'il garait sa Land Rover devant le restaurant, Vaughn aperçut les frères Barlow adossés à la devanture.

— Bonjour, Phil, bonjour, Bill. Déjà debout de si bon matin ?

Phil répondit en ricanant, ses yeux injectés de sang levés vers le ciel.

— Ouais, pour être debout, on l'est, mais c'est pas pour ça qu'on est réveillés.

Bill éclata de rire et se claqua les cuisses.

— Ha, ha ! Faut dire qu'on s'est pas encore couchés !

Les frères Barlow avaient ça de bien qu'ils étaient

toujours de bonne humeur, même avec la gueule de bois. Il émanait d'eux une aigre odeur de bière.

— Je croyais que vous ne vous soûliez que le week-end. Hier, c'était jeudi, non?

— On commence plus tôt cette semaine, parce qu'on n'a pas de boulot, bredouilla Phil qui se frottait les tempes en arborant un sourire niais.

Les frères Barlow vivaient à une dizaine de kilomètres de la ville. La municipalité les employait comme cantonniers. Ils faisaient leur travail sérieusement, pour un salaire convenable. Mais tous les week-ends, régulièrement, ils prenaient une cuite.

Vaughn remarqua leurs vêtements froissés.

— Vous avez passé la nuit à l'hôtel?

— Ben, comme on voulait pas dépenser nos sous, on a dormi à l'arrière d'un camion.

— Vous allez rentrer chez vous maintenant? interrogea Vaughn.

Les yeux rivés sur la pointe de ses chaussures, Phil ressemblait plus à un garçonnet qu'à un homme de trente-cinq ans.

— On s'est dit comme ça que c'était pas la peine d'user de l'essence. De toute façon, ma femme va me coller une raclée quand je rentrerai. Alors on va attendre sagement que le bar ouvre et on ira s'en jeter un ou deux, si vous voyez ce que je veux dire.

Vaughn prit un air exaspéré.

— Vous devriez avaler quelque chose. Venez, je vous invite à prendre un petit déjeuner chez Erma.

— Merci bien, shérif, mais du fric, on en a. C'est juste qu'on veut pas se gâcher l'appétit.

— Comme vous voudrez. Et allez-y doucement ce soir, je ne voudrais pas vous arrêter pour conduite en état d'ivresse.

Phil prit un air innocent.

— Pour ça, shérif, on a retenu la leçon la dernière fois. C'est juré!

— C'est ce qu'on verra, répondit Vaughn, sceptique. A plus tard, les gars.

Le doigt pointé en signe d'avertissement, il se retourna et entra dans le restaurant.

La plupart des habitués étaient déjà là. John Winslow, le plombier, était assis sur son tabouret au comptoir, plaisantant avec Florence Potter, une créature aux hanches larges et au buste imposant qui était certainement l'une des plus gentilles femmes du comté. Elle aimait le changement, c'est pourquoi elle était encore célibataire à quarante ans, mais quel homme en ville s'en serait plaint?

— Bonjour, shérif!

Erma le regardait de derrière la porte à battants qui séparait le restaurant de la cuisine.

— Bonjour, Erma. Vous nous cuisinez quelque chose ce matin?

— Bien sûr. Je vous sers votre menu habituel?

— S'il vous plaît, lui répondit Vaughn avec un sourire.

Il alla s'asseoir à une table du fond afin d'observer les allées et venues. Il aimait l'atmosphère détendue de cet endroit. Il se sentait chez lui, comme tous ceux qui fréquentaient la maison. Erma était une femme généreuse, maternelle, un peu autoritaire et très bonne cuisinière. Vaughn salivait déjà en pensant aux crêpes à la crème fouettée et au sirop d'érable qu'il dégusterait bientôt.

Florence vint interrompre le cours de ses rêveries.

— Du café, shérif?

Il se redressa sur son siège pour tendre sa tasse.

— Bonjour, Vaughn!

— Ah, bonjour, Steve! Tu viens t'asseoir?

Steve Riley était le maire de la ville. Natif de Lillooet Creek, il avait pris la succession de son père qui était avocat. Steve était un peu plus âgé que Vaughn qui était devenu pour lui un ami autant qu'un collaborateur.

Florence vint servir une tasse de café au nouvel arrivant.

— Qu'est-ce que vous prendrez ce matin, monsieur le maire ?

— Les gâteaux sont frais ?

— Oui, monsieur.

Florence sortit carnet et crayon.

— Alors vous m'en apporterez, accompagnés de cette excellente confiture de fraises, et je prendrai aussi un œuf.

— C'est comme si c'était fait, répondit Florence en s'éloignant vers la cuisine.

Steve regarda Vaughn.

— Des nouvelles ?

— Oui, mais elles ne sont pas bonnes. Il a choisi une nouvelle victime.

— Bon Dieu ! Qui ?

— Kim Tannas. (Devant l'air perplexe de Steve, il ajouta :) Elle s'appelait Clayton avant son mariage.

— Quoi ? La pauvre gosse ! Elle a pourtant eu son lot de malheurs.

— Qu'est-ce qui lui est arrivé ?

Steve le regarda d'un air incrédule.

— Tu ne sais pas ? Je pensais que tout le monde était au courant. C'est vrai que tu étais encore un enfant, à l'époque.

— De quoi parles-tu ?

— Tu n'ignores pas que le père de Kim a été tué ?

— Oui, je m'en souviens. Sa mère et elle ont quitté la ville un mois après.

— Tu te rappelles dans quelles circonstances il est mort ?

— Pour ça, oui. C'était le premier cas d'homicide dans cette ville. Mais ça remonte à dix-sept ans ! Je sais que c'est dur de perdre quelqu'un qu'on aime, mais on ne peut pas passer sa vie à pleurer.

— Sauf si on ne peut faire son deuil.

Ils interrompirent leur conversation le temps que Florence les serve.

— Explique-toi, dit Vaughn quand elle fut repartie.

— Eh bien, Kim se trouvait au garage avec son

père cette nuit-là. Elle a probablement tout vu, mais elle n'a jamais pu se souvenir de quoi que ce soit. J'ai entendu dire qu'elle avait même essayé l'hypnose.

— Et ça n'a rien donné? interrogea Vaughn qui s'apprêtait à engloutir un morceau de crêpe.

Steve secoua la tête.

— Je crois bien que nous ne saurons jamais ce qui s'est passé cette nuit-là. On raconte que Kim se sent coupable de son amnésie. Elle pense que c'est à cause d'elle que l'on n'a jamais pu retrouver le meurtrier de son père.

Vaughn fut pris de remords. Il avait cherché à la culpabiliser pour l'obliger à rester à Lillooet Creek. Certes, de son côté, elle ne se gênait pas pour rejeter la faute sur la police locale. Pourtant, s'il avait su tout ça avant, il aurait procédé avec plus de tact. Quoique... Pour être honnête, si la méthode douce avait échoué, il aurait fini par agir de la même façon.

Tandis que Steve dégustait silencieusement ses gâteaux, Vaughn se mit à observer les habitués du restaurant. Harper et Aimes, deux retraités, étaient assis à la table qu'ils occupaient chaque jour depuis l'ouverture de l'établissement. Et comme chaque jour, ils se plaignaient de leurs épouses respectives. Vaughn les soupçonnait de ne rester avec leurs femmes que pour avoir un sujet de lamentation.

Vaughn et Steve terminèrent leur repas en parlant de choses et d'autres, échangeant les derniers commérages. Vaughn connaissait déjà l'essentiel de ces rumeurs qui ne l'intéressaient pas beaucoup. Toutefois, Steve lui fit part d'un ou deux bruits qui méritaient une investigation plus approfondie. On racontait que Tyler Dobbs avait recommencé à battre sa femme et ses gosses. Vaughn savait que Sarah ne porterait jamais plainte; elle était terrorisée par son mari. Pourtant, il se promit de surveiller ça de plus près. Par ailleurs, Skeeter Barnes, l'exhibitionniste local, semblait avoir retrouvé ses mauvaises habitudes. De multiples avertissements et un petit séjour en prison ne l'avaient pas calmé. Vaughn irait lui parler.

● ◆ ●

Il était huit heures quand il arriva à son bureau. Melissa était déjà là et préparait le café. C'était une petite brune, aux grands yeux marron et au teint mat et doré. Elle était très séduisante et très attachée à son mari. Mais même si elle avait été libre, Vaughn était sûr qu'ils n'auraient jamais été que des amis. Melissa prenait la vie trop à la légère et Vaughn avait une personnalité plus pondérée et introvertie. Il fut étonné de la trouver déjà à pied d'œuvre.

— Je ne m'attendais pas à vous trouver ici ce matin. Vous étiez de service hier soir, n'est-ce pas ?

— Non, je venais juste apporter des réserves de café quand Dee a appelé.

— Vous l'appelez Dee ? Vous êtes une amie de Deirdre Ward ?

—J'étais amie avec elle du temps où elle s'appelait encore Farris, mais nous avons cessé de nous voir quand elle a épousé Kyle.

Vaughn venait d'ouvrir son bureau et s'était appuyé au chambranle de la porte.

— Vous n'aimez pas beaucoup Kyle, hein ?

— Et c'est réciproque.

— Pourquoi ?

Melissa le regarda d'un air incrédule.

— Vous êtes aveugle ! Vous n'avez jamais remarqué que ce type est un vrai con ?

— Effectivement, ça explique beaucoup de choses. Je tâcherai d'être plus observateur à l'avenir. Pourrais-je avoir une tasse de ce café quand il sera prêt ?

Melissa alla s'asseoir derrière sa table, alluma une cigarette et entreprit de trier le courrier. Vaughn était sur le point d'entrer dans son bureau quand la jeune femme l'interpella.

Il se retourna. Il n'aima pas l'air goguenard de Melissa.

— Vous savez que ce jean vous va très bien ? Quand allez-vous vous décider à faire photographier ces jolies petites fesses pour le calendrier de la police ? Que je puisse enfin les contempler sans risquer le divorce.

Il fronça les sourcils — en pure perte : il n'avait aucune autorité sur la jeune femme.

— Bon sang, Melissa ! A la façon dont vous me parlez parfois, je me demande ce que Curt peut bien vous trouver.

Elle prit une expression narquoise.

— Hélas, vous n'aurez jamais l'occasion de le découvrir, je suis une femme mariée.

— C'est exact. Et si vous n'étiez pas si bonne employée, je vous flanquerais dehors pour...

— Pour harcèlement sexuel ? s'empressa d'ajouter Melissa.

— J'allais dire insubordination, mais vous êtes plus proche de la vérité.

— Dans ce cas, j'ai intérêt à bien faire mon travail.

— Enfin, vous m'avez compris.

Dès qu'il fut dans son bureau, à l'abri des regards, Vaughn sourit. Cet échange avec Melissa l'avait mis de bonne humeur. Cette femme valait bien le double de son salaire, mais il ne lui avouerait jamais. Elle serait fichue de lui demander une augmentation.

●◆●

L'agent spécial Stone du FBI arriva à onze heures. Vaughn étudia attentivement l'homme que Melissa introduisait dans son bureau. Il lui plut immédiatement, avec ses longs cheveux noirs et son large front. Il ne devait pas avoir plus de trente-cinq ans. Son regard était franc et amical. De taille et de stature moyennes, il avait une apparence soignée que Vaughn apprécia.

— Comment allez-vous, agent spécial Stone ?

— Très bien, merci. Mais vous pouvez m'appeler Stone, comme tout le monde.

— Je vous en prie, asseyez-vous. Je crois que, pour commencer, vous devriez me dire quelles sont les informations dont vous avez besoin.

Après son entretien avec Stone, Vaughn dut encore classer quelques papiers, si bien que l'après-midi était déjà entamé quand il trouva enfin le temps de se rendre chez les Farris pour prendre des nouvelles de Kim. Il s'arrêta devant la maison et discuta quelques instants avec Martin Lewis, surnommé Marty, qui avait pris la relève de Cheney. Marty n'avait rien remarqué d'anormal.

Vaughn avança vers la porte. Charity accourut, queue dressée, impatiente d'entrer. Vaughn sonna.

— Je n'habite pas ici, le chat. Comme toi, je dois attendre qu'on vienne m'ouvrir.

Voilà que je me mets à parler aux animaux, pensa-t-il. Agacé, il jeta un coup d'œil à travers la fenêtre. Aucun signe de vie. Il sonna encore, puis frappa. Pas un bruit.

Quand Kim ouvrit finalement, Vaughn resta pantelant. Il ne remarqua même pas Charity qui se faufilait entre ses jambes et pénétrait dans la maison. La jeune femme avait perdu toute sa froideur pour laisser la place à une créature un peu ébouriffée et terriblement sexy. Ses cheveux détachés formaient une auréole d'or autour de son visage. Elle le regardait de ses grands yeux pleins de sommeil. Une de ses épaules apparaissait dans l'encolure trop large d'un grand T-shirt qu'elle avait revêtu pour la nuit. En pensant que ce vêtement était probablement la seule chose qu'elle portait, Vaughn resta momentanément sans voix.

— Vous m'avez réveillée, dit-elle d'un ton accusateur. (Elle s'écarta pour le laisser passer.) Entrez et installez-vous. (Voyant qu'il ouvrait la bouche, elle l'arrêta d'un geste de la main.) Pas un mot tant que je ne serai pas habillée et assise devant mon café !

— D'accord.

Vaughn s'assit sur l'accoudoir d'un fauteuil et la regarda grimper l'escalier. Elle avait de jolies jambes. Quand il entendit se refermer la porte de la chambre, il soupira. Peut-être que son plan de la garder ici pendant l'enquête n'était pas si futé que ça, après tout. Ses motivations étaient évidentes au départ, mais elles l'étaient un peu moins maintenant. Bon sang, il n'avait vraiment pas besoin d'une aventure en ce moment, et surtout pas avec cette fille !

Deux minutes plus tard, Kim réapparaissait. Elle avait simplement enfilé son jean dans lequel elle avait hâtivement rentré son T-shirt. Tandis qu'elle descendait l'escalier, elle cherchait à cacher son épaule dénudée mais, chaque fois, le tissu récalcitrant glissait de l'autre côté, laissant voir une épaule tentatrice. Elle avait brossé son épaisse chevelure, mais elle était toujours terriblement attirante.

— Vous ne voyez pas d'objection à ce que nous discutions dans la cuisine ?

Kim mit le percolateur en marche tandis que Vaughn allait s'asseoir à la place qu'il avait occupée la nuit précédente. Apercevant Charity qui s'était plantée devant le réfrigérateur, la jeune femme lui donna à manger, puis vint s'asseoir en face de Vaughn.

Son pied droit posé sur le bord de la chaise, elle entoura ses genoux de ses bras et frotta son visage encore ensommeillé.

— Excusez-moi... Je ne me suis pas endormie avant l'aube.

— Il va falloir que vous appreniez à nous faire confiance, Kim, ou vous ne tiendrez pas le coup.

Elle le regarda. Cet homme lui demandait de remettre sa vie entre ses mains. Il ne manquait pas d'air ! Il n'y avait pas une seule personne au monde à qui elle aurait accordé une telle marque de confiance.

Elle se leva pour aller prendre la cafetière.

— Vous en prendrez une tasse, shérif?

— Non, merci. J'ai déjà eu ma dose de caféine ce matin. Je remarque que vous vous entêtez à m'appeler shérif.

— Pardon. Je peux vous offrir autre chose?

— Oui, je prendrais bien un soda si vous avez ça?

Elle ouvrit le réfrigérateur et jeta un coup d'œil à l'intérieur.

— Il y a du jus d'orange.

— Ça ira.

Elle lui prépara un verre, puis vint reprendre sa place à la table.

— Eh bien, shérif... Vaughn, quel bon vent vous amène?

Il eut un moment d'hésitation.

— Je voulais vous donner le profil établi par le FBI. Il doit y avoir un point commun entre les précédentes victimes et vous-même. Peut-être serez-vous en mesure de m'aider à le découvrir.

— Allez-y, répondit Kim qui sirotait son café brûlant.

— D'après les éléments en notre possession concernant les meurtres de Candace Smyth et de Trent, il semblerait que nous ayons affaire à un homme de race blanche. Si l'on en croit les statistiques, il devrait avoir dans les trente ans, peut-être un peu moins. (Il but un peu de jus d'orange. La tâche se révélait plus délicate que prévu.) L'agent spécial Stone pense qu'il s'agit d'un individu organisé, voire maniaque. Il est possible qu'il soit marié ou qu'il ait une petite amie régulière. Mais il est sans aucun doute bisexuel. A première vue, c'est le genre de gars qui inspire confiance, que l'on ne soupçonnerait jamais d'être un assassin. (Il étudia pendant un instant le visage pâle de Kim.) Vous me suivez?

— Oui. Mais l'homme que vous me décrivez ne me rappelle personne. Dites-moi, comment peuvent-ils connaître tous ces détails?

— Les statistiques et l'expérience, pour la majeure partie.

— Oui, mais pour le reste?

— Le reste a été déduit des rapports d'autopsie.

— Mais comment peuvent-ils dire qu'il est bisexuel? (Elle comprit soudain.) Ô mon Dieu! Ne me dites pas que Trent a été... (Elle avala sa salive.) Il a subi des violences sexuelles, c'est ça? Ils n'ont pu deviner ça que de cette façon.

Vaughn hocha la tête, les yeux baissés pour éviter le regard de Kim.

— C'est immonde, murmura-t-elle, les doigts crispés sur sa tasse.

Vaughn avala ce qui restait dans son verre, mais un goût amer lui restait dans la bouche. Un silence pesant s'abattit dans la pièce. Brusquement, Kim se leva et alla se verser un autre café, puis elle se retourna vers Vaughn.

— Je veux que vous me disiez tout ce que vous savez sur ce type. Je dois savoir précisément ce qui est arrivé à Trent.

— Je ne pense pas que ce soit une très bonne idée.

— Je me fous de ce que vous pouvez penser! (Elle avait haussé le ton, puis elle se tut, les mains ouvertes devant elle comme pour prévenir une éventuelle objection.) Il faut que je connaisse sa façon d'opérer. Comprenez-moi, je dois connaître le sort qu'il me réserve, murmura-t-elle d'une voix à peine audible.

5

Vaughn la contempla pendant un instant. Une épaule dépassait toujours de son T-shirt trop grand mais elle ne semblait plus y prêter attention. Le soleil éclairait la fenêtre de la cuisine et donnait à ses cheveux des reflets d'or. Ses yeux exprimaient un mélange de terreur et de détermination farouche. Vaughn aurait voulu la protéger, lui épargner le récit des détails sordides qui restaient gravés dans sa mémoire. Mais à quoi bon. Si elle tenait vraiment à savoir, eh bien, il lui raconterait tout.

— Entendu, dit-il. En échange, promettez-moi de garder le secret. Méfiez-vous de Barney McCarthy. C'est le correspondant du journal local. En général, il se comporte plutôt bien, mais s'il flaire un scoop, il peut se transformer en rapace. Alors, si vous le voyez dans les parages, pas un mot. D'accord ?

— D'accord. Je vous sers un autre verre ?

Elle se leva. Vaughn la regarda aller jusqu'au réfrigérateur.

— Vous feriez mieux de vous rasseoir, dit-il quand elle posa le jus d'orange sur la table.

Elle obéit et souffla sur une mèche de cheveux qui lui était tombée devant les yeux.

— Je vous écoute.

Vaughn regardait par la fenêtre d'un air pensif. Comment un crime aussi odieux avait-il pu être commis dans ce beau paysage de montagne ? Il soupira et se tourna vers Kim. Le mieux était de commencer par le début.

— D'après les informations qui m'ont été communiquées, Candace Smyth a été tuée avec un couteau très tranchant d'un type particulier qu'utilisent généralement les charpentiers. L'agent spécial Stone semble penser que l'individu recherché travaille dans le bâtiment. Selon les statistiques dont nous disposons, un pourcentage élevé des hommes travaillant dans ce secteur ont des camions pour transporter leur matériel d'un chantier à l'autre. Il est donc probable que l'assassin possède ce genre de véhicule, d'un modèle récent et certainement bien entretenu. Cela nous amène à la signature.

Kim l'interrompit.

— J'ai lu ça dans un roman. Il paraît que les meurtriers en série laissent toujours une signature qui est l'expression de leur fantasme. Je me trompe ?

— Non, c'est l'aspect rituel du crime. D'après Stone, notre homme aurait sa propre signature. Candace Smyth et Trent... (Il fit une courte pause. Il était si difficile de conserver une distance, de parler sans émotion.) Les deux victimes ont eu la tête rasée. Le tueur a attaché Candace avec ses cheveux dont il avait fait une tresse. Comme ceux de Trent étaient courts, il en a collé des touffes sur une corde dont il s'est servi pour lier les mains de sa victime. Candace était également ligotée avec de la corde ordinaire, il semble que nous ayons là une signature. Mais Stone n'a pas encore découvert la signification de ce rituel. (Il avala une gorgée de jus d'orange et se tourna vers la fenêtre, essayant de remettre de l'ordre dans ses idées.) Vous êtes sûre de vouloir entendre la suite ?

— Il le faut.

— Je savais que vous me répondriez ça. (Il jouait avec son verre.) Les deux victimes avaient une feuille de papier glissée dans la gorge. Le message inscrit dessus était le même dans les deux cas.

72

— Que disait-il ?

— Rien qui puisse nous éclairer : *Tic tac, tic tac, une heure sonne à l'horloge. Le crime est consommé. Tic tac, tic tac.*

Le style était infantile mais poétique, et rappela à Kim le mot qui lui avait été laissé la veille. Un frisson la parcourut à cette pensée. Elle perdrait la raison si tout cela ne se terminait pas très vite. A condition qu'elle n'y laissât pas sa peau avant.

— Que savez-vous d'autre sur lui ?

— On pense que Candace était sa première victime. C'est sur elle qu'il a inauguré son rituel. Il n'avait pas encore peaufiné sa technique : la tête n'était pas rasée aussi proprement que dans le cas de Trent. (Vaughn plissa le front.) Bien qu'il y ait eu viol dans les deux cas, sa motivation n'est pas d'ordre sexuel. Il cherche avant tout à exercer une domination sur ses victimes. Le viol est le moyen qu'il a trouvé pour les dégrader. D'autre part, il semble planifier chacun de ses actes avec une grande méticulosité.

— A-t-on retrouvé des indices physiques, des empreintes, par exemple ?

— Non, rien, malheureusement. Les victimes n'ont conservé aucune trace de leur agresseur, à l'exception de quelques fibres de tissu.

Kim, incrédule, fronça les sourcils.

— Mais il n'a pas laissé de... sperme ? demanda-t-elle en rougissant.

Elle était embarrassée d'utiliser des termes aussi précis en présence de Garrett. Si Vaughn remarqua la gêne de la jeune femme, il ne le montra pas et se contenta de hocher la tête.

— Là encore, rien du tout. Dans cette affaire, même le viol est organisé, méthodique. Nous pensons qu'il utilise des préservatifs. Aucune empreinte de doigts non plus. C'est comme s'il connaissait nos méthodes d'investigation.

Kim termina sa tasse de café. Lorsqu'elle avait

appris dans quel état on avait retrouvé le corps de Trent, elle avait été prise de dégoût. Mais elle devait surmonter son écœurement. Elle devait savoir s'il y avait une explication à cela aussi. Elle s'éclaircit la gorge.

— Quand on a découvert le corps de Trent, euh... le cadavre n'avait pas simplement été jeté dans le fossé, n'est-ce pas ?

Décidément, les langues sont allées bon train, pensa Vaughn. Trent avait été trouvé par trois adolescents, qui, une fois le premier choc passé, avaient trouvé très agréable d'être soudain devenus le centre d'intérêt.

— Non, répondit Vaughn avec un soupir. Le corps avait été déposé avec soin sur le sol.

— Mais pourquoi ?

— Il faut bien comprendre une chose : pour ce type d'assassins, ce qui importe par-dessus tout, c'est le rituel. Tous ces petits détails — le crâne rasé, les victimes ligotées avec leurs propres cheveux, la disposition du corps, l'arme du crime entre les mains croisées sur la poitrine —, c'est comme s'il nous disait qu'ils se sont donné la mort. Stone pense même que l'homme doit mimer une cérémonie funèbre après les meurtres.

« Pour ma part, je crois qu'il ne choisit pas ses victimes au hasard. Il les sélectionne avec beaucoup de soin. Il existe entre Candace, Trent et vous-même un dénominateur commun qu'il nous faut découvrir. (Vaughn avait serré les poings.) Dans le cas de Candace, il ne semble pas qu'il ait utilisé les messages poétiques. Ceux que Trent a reçus, en revanche, parlaient de vengeance pour un tort qu'il aurait causé. Savez-vous qui pourrait vous en vouloir à ce point ?

Kim se concentra.

— Non, je ne vois pas.

— Le poème parlait d'une horloge sonnant une heure. Avez-vous une idée de ce que cela signifie ?

— Non. Pourquoi?

— Dans les deux cas, il a été établi que la mort remontait à une heure du matin. Ce détail pourrait également faire partie du rituel. Ça n'évoque vraiment rien pour vous?

— Nous n'avons pas beaucoup avancé, on dirait?

Kim se leva et se mit à arpenter nerveusement le carrelage blanc de la cuisine. Brusquement, elle se tourna vers Vaughn.

— Avez-vous une piste?

Elle lui avait déjà posé cette question deux jours auparavant, mais elle espérait que, cette fois, la réponse serait différente.

Vaughn hésita.

— Pour l'instant, nous n'avons que ce profil et...

— Et quoi?

— Et vous, ajouta-t-il sans détour.

Cette réponse n'apporta à Kim aucun réconfort.

•—◆—•

Le soleil ardent apparaissait par intermittence derrière la cime des sapins et venait se refléter dans le pare-brise du camping-car. Liz plissa les yeux et passa la vitesse supérieure. Son véhicule se montrait un peu poussif sur cette route de montagne. Elle essaya encore une fois de mettre en marche l'air conditionné mais en vain. Bon sang! Ce mois de juillet caniculaire allait faire fondre les huit kilos qu'elle essayait de perdre depuis si longtemps. Elle descendit la vitre, espérant faire baisser la température qui régnait dans l'habitacle. Mais la brise qui soufflait dehors était brûlante. Et elle qui pensait qu'il ferait plus frais en altitude!

Elle portait un chemisier à manches longues et une jupe à volant. Un ensemble aux couleurs chatoyantes qu'elle aimait beaucoup, mais qui n'était pas adapté à cette chaleur. Pourquoi n'ai-je pas mis une chemise en coton? se demandait-elle en tapant ses longs ongles vernis sur le volant. Le vent, en s'engouffrant dans la voiture, ébouriffa ses cheveux d'un noir de jais. Elle inspira profondément cet air chargé des senteurs de la montagne.

Elle pensait au tueur. Etait-il toujours à Lillooet Creek? Ou bien son sixième sens lui jouait-il un mauvais tour? A la lumière du jour, elle avait à maintes reprises été assaillie par le doute. Mais chaque fois qu'elle s'était apprêtée à faire demi-tour, elle avait entendu ce même appel irrésistible. Quel genre d'individu pouvait commettre des crimes pareils? Un psychopathe? Quelqu'un chez qui la haine avait tué la moindre parcelle d'humanité? Elle ressentait une telle répulsion!

Elle se demanda combien de temps il lui faudrait encore pour atteindre Lillooet Creek. La route depuis Seattle lui avait semblé interminable et elle avait hâte de pouvoir enfin s'arrêter. La radio diffusait une de ses chansons préférées. Elle chantonnait en s'engageant dans un nouveau virage mais dut freiner brusquement. Un ours gigantesque lui barrait la route. Le premier moment de surprise passé, elle nota que l'animal arborait un panneau annonçant Lillooet Creek.

— Dieu tout-puissant, ils pourraient prévenir! grommela-t-elle tandis que son cœur retrouvait un rythme normal.

Enfin, elle était arrivée à destination! Jetant à l'ours un regard noir, elle éteignit la radio et se remit en route. Elle traversa un petit pont qui enjambait une rivière, puis passa devant une station-service et repéra un panneau qui indiquait le centre-ville. C'est par là qu'elle commencerait.

Au coin de la grand-rue s'élevait le petit immeuble de brique de la poste. Plus loin, Liz aperçut les bureaux du journal local, *The Lillooet Creek Observer*. Sur sa droite, en face de la poste, elle vit un restaurant chinois, un magasin d'articles de sport, un autre de bricolage, une pharmacie et une boulangerie. Liz trouvait cette petite ville bien sympathique.

Les rues, d'une propreté immaculée, étaient bordées de jardinières où fleurissaient des géraniums et des pétunias. Des voitures étaient alignées en épi le long des trottoirs où se promenaient quelques piétons. Plusieurs personnes se retournèrent sur ce camping-car que l'on n'avait jamais vu dans le coin. Liz s'amusa de leur curiosité. En s'arrêtant à un feu, elle se retourna pour apercevoir ce qui se trouvait sur le côté gauche de la rue — un supermarché, un parking et la boutique d'un photographe.

Elle se remit en route. Elle découvrit la mairie, le tribunal, le bureau du shérif, une clinique et encore quelques magasins. Mais nulle part elle n'eut le pressentiment d'un drame imminent. Rassurée, elle décida de reporter à plus tard la fin de sa visite et de se mettre en quête d'un endroit où installer son camping-car.

Elle se gara devant une épicerie. Un joli bruit de carillon se fit entendre lorsqu'elle entra dans la boutique où flottait une odeur de menthe sauvage. Elle prit une bouteille de Coca-Cola et se dirigea vers le comptoir. Quelques secondes plus tard, une femme à la figure sympathique sortait de l'arrière-boutique, finissant d'avaler une bouchée de son repas.

— Vous désirez ? demanda-t-elle en remettant en place les boucles de ses cheveux permanentés.

Liz montra la bouteille et demanda s'il y avait un endroit où parquer son véhicule. Le seul terrain de camping se trouvait à bonne distance de la ville et Liz n'avait pas envie d'aller si loin.

— Dans ce cas, allez chez Erma, suggéra l'épicière. C'est elle qui tient l'hôtel. Elle vous trouvera une chambre à un prix raisonnable.

Liz la remercia et paya son Coca.

— A votre service, dit la femme. A propos, je m'appelle Kate Hobsin. Et vous ?

— Liz Murphy.

— Dites, vous seriez pas journaliste, par hasard ?

— Non, pourquoi ?

— Oh, pour rien, répondit la femme en haussant les épaules. Il y a déjà un journaliste à l'hôtel, vous verrez. Un jeune gars, John Lambert, je crois. Je me demande bien ce qu'il fait encore ici, tous les autres sont déjà repartis. Vous pensez rester avec nous quelque temps, Liz?

— Je ne sais pas encore. Mais j'aime bien cette ville.

— Et vous avez raison. Nous avons bien quelques problèmes, comme ailleurs, mais on peut faire confiance à notre shérif. Il fait bien son travail.

Kim regarda Vaughn descendre les marches du perron et se diriger vers sa Land Rover. Bon sang! Ce qu'il était sexy en jean! Elle éprouvait encore un chatouillement à l'épaule, là où Garrett l'avait effleurée de la main en lui disant au revoir. Elle s'en voulait d'être émoustillée ainsi, et par cet homme tout particulièrement. Un autre flic qui ne manquerait pas de la faire souffrir. Quelle mouche la piquait? Elle n'aimait même pas ce type. Pourtant, sa peau qu'il avait touchée du bout des doigts réclamait ses caresses.

Depuis deux ans que Ken était mort, elle n'avait fréquenté personne et n'en éprouvait pas de grands regrets. Même durant son mariage, sa vie sexuelle n'avait jamais été des plus satisfaisantes. Mais ses deux années de célibat n'expliquaient pas la réaction que suscitait chez elle le shérif Garrett.

Ça suffit, se dit Kim en s'éloignant de la porte. Je dois penser à des choses plus importantes.

Il lui fallait maintenant affronter son passé. Elle ne surmonterait cette nouvelle épreuve qu'à cette condition. C'était ce qu'elle avait compris la nuit précédente, tandis qu'elle attendait l'aube qui la libérerait enfin de ses angoisses. Elle ne se laisserait pas cloîtrer dans la maison de sa tante.

Par des méthodes très discutables, le shérif l'avait

forcée à affronter une réalité qu'elle avait toujours fuie. Jusque-là, elle avait refusé de se rappeler les jours heureux qu'elle avait coulés à Lillooet Creek, du vivant de son père. Pour ne pas affronter ces douloureux souvenirs, elle s'était terrée dans la maison de tante Vivian. Lors de ses visites, combien de fois avait-elle été en ville ? Il était temps de mettre fin à cette dérobade.

Elle pouvait contrôler sa peur, c'était une question de volonté. Si elle l'affrontait comme elle avait affronté son chagrin lors de la mort de Ken et de celle de Trent, elle la surmonterait. Aussi, au lieu de téléphoner à Dee pour lui faire savoir qu'elle n'était pas partie, elle irait en personne annoncer la nouvelle à sa cousine. De toute façon, si elle restait, elle allait devoir emprunter des vêtements. En quittant Seattle, elle n'avait emporté que le strict nécessaire pour un voyage de deux jours.

En sortant de la maison, elle aperçut la voiture de patrouille. Elle avait complètement oublié ce détail. Elle jugea qu'il était sans doute préférable de faire connaître ses projets à l'adjoint du shérif chargé de sa protection. Elle s'approcha lentement, alanguie par la chaleur de cette journée d'été. La vitre était descendue et un bras bronzé dépassait de l'ouverture. Kim avait la sensation que l'homme l'observait, mais l'intérieur de la voiture était plongé dans l'ombre et elle ne pouvait voir son visage.

Arrivée près du véhicule, elle mit la main en visière et se présenta.

— Nous nous sommes déjà rencontrés, déclara-t-il d'un ton solennel en la regardant avec une expression sérieuse. Je m'appelle Lewis. Est-ce que vous sortez ?

— Oui, je venais vous prévenir. Je vais chez ma cousine. J'en aurai pour deux heures environ.

Il regarda sa montre.

— C'est d'accord, nous nous retrouvons ici à seize heures trente. Si jamais vous arriviez avant moi, n'entrez dans la maison sous aucun prétexte avant que je ne l'aie fouillée de fond en comble.

— Entendu, répliqua Kim, un peu déconcertée par la véhémence de ces propos. Si vous n'êtes pas là à mon retour, je vous attendrai dans ma voiture.

En se dirigeant vers sa Chrysler, Kim sentit sur elle le regard du policier. Cet homme, avec son expression grave et son air ténébreux, produisait sur elle une impression singulière. Mais Vaughn l'avait présenté comme l'un de ses meilleurs adjoints et certainement comme le plus rigoureux.

Elle s'engagea dans le chemin qui descendait vers la vallée. Elle aperçut Lillooet Creek en contrebas. Tu peux le faire, se dit-elle. Elle devait puiser en elle cette force qui lui avait permis de surmonter toutes les épreuves. Elle ne se laisserait pas paralyser par la peur. Une fois encore, elle avait entre ses mains sa propre vie et peut-être celle d'autres personnes. Les mâchoires serrées, elle avança vers la ville. Elle avait quelques courses à faire avant d'aller chez Deirdre.

En passant devant le bureau de poste, elle s'arrêta quelques instants. Des souvenirs de son père lui revenaient en mémoire. Elle le revoyait, discutant avec une employée du prix des timbres, de la difficulté d'élever des enfants. Parfois, la petite fille qu'elle était alors grimpait sur ses épaules. Elle se rappelait la sensation de vertige et l'excitation qu'elle éprouvait. Jack Clayton était à ses yeux le plus grand homme au monde. Un sourire ému aux lèvres, Kim prit dans son sac un mouchoir en papier et essuya les grosses larmes qui coulaient sur ses joues. Il était temps de se remettre en route.

Elle tourna en direction du parc. C'est là qu'elle venait jouer au base-ball. Sortant de la voiture, elle fit quelques pas dans l'herbe. Un peu plus loin, une jeune mère poussait une balançoire. Elle aperçut les vieux gradins où ses parents venaient s'asseoir pour acclamer leur enfant unique en qui ils voyaient une future championne.

Elle était pourtant une piètre sportive. Mais son père lui avait appris à ne jamais abandonner la partie. «Il n'est rien en ce monde que tu ne puisses avoir si tu le veux vraiment», lui répétait-il de sa voix grave. Ces paroles oubliées venaient de resurgir du passé et Kim se jura de toujours s'en souvenir.

Sa douleur devenait intolérable, mais elle ne devait pas la montrer. La nuit venue, lorsqu'elle serait seule, elle exhumerait les souvenirs de son père. Alors seulement elle ferait face à son chagrin et à sa culpabilité pour la première et la dernière fois.

Elle retourna vers sa voiture. Il y avait encore un endroit où elle devait se rendre.

La maison dans laquelle elle avait passé les treize premières années de sa vie tombait en décrépitude. La peinture de la façade s'écaillait. On n'avait pas dû donner un coup de pinceau sur les murs depuis leur départ. L'endroit était pourtant toujours habité. Accroupis à l'endroit où se trouvait jadis une allée de gravier, quatre enfants joyeux et malpropres jouaient à confectionner des pâtés avec de la terre.

Kim leva les yeux vers le premier étage. Le grand arbre auquel elle grimpait pour regagner sa chambre était toujours là. Elle se rappelait les rideaux blancs cousus par sa mère. Près de sa chambre se trouvait le bureau de son père. C'était là qu'il préparait ses appâts en rêvant à ses futures parties de pêche.

Sa famille partait souvent camper. Kim adorait la pêche, même si elle n'attrapait jamais rien et finissait invariablement par glisser dans l'eau d'où elle ressortait trempée. Elle aimait ces instants privilégiés qu'elle passait avec ses parents loin de la civilisation. Elle se remémorait maintenant ces jours heureux qu'elle avait failli perdre à jamais en cherchant à effacer sa mémoire.

Son regard glissa jusqu'à la fenêtre d'une autre chambre. Celle qu'occupaient ses parents. Elle revoyait, sur la coiffeuse, les pots de cosmétiques et les flacons de parfum. Certains soirs, sa mère, mystérieusement métamorphosée en une ravissante créature, sortait au bras de son mari, laissant Kim sous la garde d'une baby-sitter. Quel beau couple ils formaient!

Puis, un jour, cette existence avait pris fin. Julia Clayton n'était pas originaire de Lillooet Creek. Quand son époux avait été tué et que sa fille était tombée dans une profonde mélancolie, elle n'avait plus aspiré qu'à partir, à retourner vivre auprès de ses parents qui pourraient lui apporter le soutien dont elle avait tellement besoin.

Kim regagna sa voiture. Son pèlerinage comportait une dernière étape : la station-service de son père. Mais elle ne se sentait pas encore prête. Elle en avait déjà fait assez. Certes, elle avait versé quelques larmes mais elle n'avait pas perdu pied. Elle mit le contact. Il était grand temps d'aller voir Deirdre et tante Vivian.

●◆●

Liz Murphy était assise dans le bureau du shérif. Si elle se demandait ce qu'elle faisait là, elle était aussi déterminée à ne pas repartir sans avoir satisfait sa curiosité. Après sa visite à l'épicerie, elle avait éprouvé le désir irrésistible de rencontrer ce Garrett dont Kate Hobsin avait parlé en termes si élogieux. Si bien qu'elle s'était rendue directement chez le shérif. Quand elle avait une idée en tête, Liz ne tergiversait jamais. A tout remettre au lendemain, disait-elle, on risque de passer à côté du bonheur.

C'est ainsi qu'elle était entrée dans le poste de police et avait demandé à voir le shérif Garrett. Lorsque la charmante jeune femme qui s'occupait de l'accueil lui avait répondu qu'il était sorti, Liz avait dit qu'elle attendrait et elle était allée s'asseoir.

Elle aimait bien cette Melissa qui parlait avec une voix enrouée de fumeuse. Il ne faisait aucun doute que cette jeune femme aimait sa vie et son métier. Elle appartenait à une espèce en voie de disparition. En général, les gens en voulaient toujours plus. L'ambition n'était pas en soi une mauvaise chose mais, à force de se projeter dans un avenir hypothétique, on en oubliait parfois d'apprécier l'instant présent.

La voix de Melissa la tira bientôt de ses rêveries.

— Salut, Ray. Que fais-tu ici de si bon matin ?

L'homme haussa les épaules.

— En me réveillant, j'ai eu envie d'une tasse de ton café. Je me demande bien ce que tu y mets. C'est le meilleur jus que j'aie jamais bu.

— C'est mon petit secret, répondit Melissa avec un large sourire.

Ray alla se remplir une tasse. En se retournant, il aperçut Liz et resta un moment à la dévisager, interdit. Ce regarda approbateur n'échappa pas à Liz. Aucun homme ne l'avait contemplée ainsi depuis longtemps.

Il avait de très beaux yeux, aussi bleus qu'un ciel de printemps. Ses cheveux châtains laissaient apparaître çà et là des mèches blanches. Malgré son ventre un peu rebondi, il n'était pas gros. Cet homme-là doit apprécier les bons petits plats, pensa Liz. Elle ne pouvait pas l'en blâmer, elle qui cherchait toujours à perdre des kilos superflus. Soudain, quelqu'un appela depuis un bureau situé sur la gauche de Liz.

— Eh, Ray, tu pourrais venir me voir une minute ?

— J'arrive, répondit Ray qui décocha à Liz un sourire lourd de sous-entendus avant de s'éloigner.

— Marty, mais qu'est-ce que tu fais là ? Tu ne devais pas surveiller Kim Tannas ?

— Si, mais elle m'a dit qu'elle s'absentait une heure ou deux. Nous nous sommes donné rendez-vous devant la maison. Je lui ai bien dit de ne pas entrer avant que j'aie tout inspecté.

— Et qu'est-ce que tu me voulais ?

— Eh bien, je me demandais si l'un de nous ne devrait pas rester à l'intérieur avec elle. J'ai fait un tour dans le coin tout à l'heure. L'endroit est bien isolé, tu sais. Un gars vraiment déterminé pourrait facilement s'introduire dans la maison sans être aperçu depuis l'allée.

Liz ne perdait pas une miette de la conversation. Elle regarda Melissa. A en juger par la façon dont la jeune femme continuait à taper sur le clavier de sa machine à écrire, elle ne devait pas entendre ce qui se disait. Sans le moindre scrupule, Liz tendit de nouveau l'oreille.

— C'est ce que je me disais hier soir, répliqua Ray. Mais les effectifs sont insuffisants. En plus, ce serait dangereux pour le gars à l'intérieur. Ce salaud a déjà tué un homme et Trent Farris n'était pas une mauviette. Souviens-toi qu'il t'avait collé au tapis à la dernière compétition de boxe.

A ce moment, Liz fut prise d'une quinte de toux subite.

— Ouais, t'as peut-être raison. Mais Trent s'est fait prendre par surprise... (Lewis s'arrêta soudain de parler.) Il y a quelqu'un à côté ?

— Oui, j'avais complètement oublié.

La porte du bureau fut refermée. Liz se mit à réfléchir. De toute évidence, cette Kim Tannas était en danger. Etait-elle la personne que Liz était chargée de protéger ? Elle devait la rencontrer à tout prix.

La porte d'entrée s'ouvrit sur un jeune homme vêtu d'un jean et d'une chemise de toile.

— Shérif, je suis contente de vous voir, l'interpella Melissa. Il y a ici une dame qui voudrait vous parler.

Vaughn tourna la tête vers la salle d'attente. Une femme d'environ cinquante ans y était assise. Une étrangère, pensa-t-il, puis, en l'observant mieux, il trouva à cette visiteuse une mise un peu extravagante selon les critères de Lillooet Creek. De gros disques de métal pendaient aux lobes de ses oreilles. Elle portait deux bagues à chacun de ses dix doigts. Et,

84

pour couronner le tout, elle arborait aux bras des bracelets d'or et d'argent. Ses ongles étaient laqués d'un vernis fuchsia qui s'harmonisait à la perfection avec les teintes de son chemisier. Ses cheveux étaient négligemment ramenés sur sa nuque et des mèches noires, pareilles à des serpents, retombaient sur ses pommettes fardées de rouge.

Vaughn s'avança.

— Je suis le shérif Garrett.

Elle se leva, lui serra la main et, avec un grand sourire, se présenta. Elle semblait éviter le regard de Vaughn et gardait les yeux rivés sur l'étoile accrochée à sa poitrine.

— Que puis-je faire pour vous ? demanda-t-il.

— Eh bien, pour être honnête avec vous, je ne sais pas très bien. (Elle regarda Melissa avec un air gêné.) Serait-il possible de vous parler en privé ?

Toute la tension et la fatigue que Vaughn avait accumulées durent transparaître à ce moment, car Liz s'empressa de le rassurer.

— Je ne vous retiendrai pas longtemps.

— Entendu, madame Murphy. Allez vous asseoir dans mon bureau, lui dit-il en indiquant une porte. Je vous rejoins dans un instant.

Dès que Liz se fut éloignée, il adressa à Melissa un regard plein de reproche.

— Désolée, répondit-elle. Elle ne voulait parler qu'à vous.

Irrité, il hocha la tête. Il avait aspiré à quelques minutes de solitude qui lui auraient permis de rassembler ses idées. Il alla se verser une tasse de café avant de retourner dans son bureau.

●◆●

Liz avait été surprise par l'extrême jeunesse du shérif qu'accentuait encore sa tenue vestimentaire. En l'attendant, elle étudia avec intérêt la pièce dans laquelle elle venait d'entrer.

Les stores vénitiens étaient baissés. Le bureau était

impeccablement rangé et son agencement parfaitement fonctionnel. Aucune touche personnelle ne trahissait le moindre détail intime sur celui qui l'occupait.

Garrett entra et s'assit dans son fauteuil.

— Eh bien, madame Murphy, de quoi vouliez-vous me parler ?

Elle avait décidé de jouer franc jeu avec lui, mais la tâche ne serait pas facile. Elle gardait les yeux baissés, craignant, si elle rencontrait le regard du jeune homme, de voir s'envoler toute sa détermination.

— Ce que je vais vous raconter va sans doute vous paraître insensé. Aussi, je vous demanderai de faire preuve d'une grande ouverture d'esprit.

— Je ferai de mon mieux, madame.

— S'il vous plaît, appelez-moi Liz. J'aurai l'impression d'être moins vieille.

Il hocha la tête en signe d'assentiment, mais elle perçut son impatience. Assez tergiversé, pensa-t-elle. Dis-lui ce que tu as à dire et s'il te prend pour une folle, ça ne fera jamais qu'un de plus.

— Je viens de Flagstaff, en Arizona. J'écris des guides touristiques et je suis aussi photographe à mes moments perdus. J'étais à Seattle depuis quelques jours quand, hier soir, je suis tombée par hasard sur un article d'un journal local qui parlait d'un meurtre commis dans votre ville.

Elle avala sa salive. Les images fulgurantes et effroyables qui lui étaient apparues la veille revenaient déranger le cours de ses pensées. Elle but une gorgée de soda, puis reprit son récit. Lentement, elle tenta d'expliquer au shérif ce qu'elle avait éprouvé en lisant l'article. De temps à autre, quand elle en trouvait le courage, elle jetait un coup d'œil furtif dans la direction du shérif. Il était toujours assis dans la même position. Le menton posé sur ses doigts croisés, il observait avec attention son interlocutrice.

— Vous savez, shérif, dit-elle en conclusion, j'ai toujours été un peu médium. C'est un don que nous nous transmettons dans ma famille de génération en génération. Je l'ai moi-même hérité de ma grand-mère. En général, mes visions concernent des membres de ma famille ou des amis proches. Je ne m'explique pas encore ce qui m'a attirée ici. J'ignore en quoi je peux vous aider, mais j'ai tenu à vous rencontrer parce que, s'il y a quoi que ce soit que je puisse faire, surtout, n'hésitez pas à me le demander.

Le shérif Garrett soupira et s'étira dans son fauteuil.

— Je vais être franc avec vous, madame Murphy. Je n'ai jamais cru aux phénomènes paranormaux. (Liz allait répliquer, mais il l'arrêta d'un geste de la main.) Cela dit, je n'ignore pas que la police utilise parfois des médiums, et avec succès. Je n'exclus donc pas la possibilité de faire appel à vos services si besoin est.

«Cependant, mettez-vous bien dans la tête que vous ne devrez, en aucun cas, vous mêler de cette enquête sans en avoir obtenu l'autorisation. Vous prendriez de gros risques et je ne veux pas en assumer la responsabilité. Est-ce que je suis assez clair?

— Tout à fait, shérif.

Liz était offensée par l'attitude condescendante de Garrett. Elle était pourtant habituée à ce genre d'accueil. De toute évidence, il ne voyait en elle qu'une vieille femme un peu dérangée. Au moins savait-elle à quoi s'en tenir avec lui, mais elle aurait quand même aimé botter les fesses de ce petit prétentieux.

Elle se leva et lui tendit la main.

— Merci de m'avoir accordé cet entretien, shérif.

Pour la première fois, elle croisa son regard. Elle en ressentit un choc violent qui la pétrifia un instant. Non, c'était impossible, il ne pouvait pas... Son imagination lui jouait des tours. Pourtant, elle était sûre d'avoir déjà vu ces yeux-là quelque part.

— Vous vous sentez bien, madame Murphy ?

Encore bouleversée, Liz recula lentement vers la porte.

— Oui, très bien, merci, répondit-elle.

Et elle s'éclipsa.

6

Liz Murphy avait fermé la porte si brusquement que sa jupe était restée coincée à l'intérieur. Vaughn contempla le morceau de tissu, se demandant si elle allait déchirer l'étoffe ou si elle était en train de tirer dessus pour la dégager. Une fraction de seconde plus tard, la porte se rouvrait rapidement et le bout de jupe était extirpé. Quelle étrange bonne femme! pensa-t-il. Qu'est-ce qui avait bien pu la mettre dans un état pareil? Il contempla un instant la porte d'un air dubitatif, puis haussa les épaules, renonçant à comprendre. Il avait d'autres chats à fouetter.

Après avoir quitté Kim, il s'était mis en quête d'un nouveau système d'alarme pour la maison. Il s'était rendu chez Carter, le propriétaire de la scierie; ne le trouvant pas, il s'était adressé à son contremaître, Mike Drayton. C'était la première fois que les deux hommes se rencontraient. Pourtant Drayton habitait à Lillooet Creek depuis déjà un an. C'était comme si Drayton avait cherché à l'éviter. Vaughn était intrigué. Il essaya de se rappeler précisément à quelle date Carter lui avait parlé pour la première fois de son nouvel employé.

Ce jour-là, il raccompagnait Jimmy Coontz chez lui quand il avait décidé de faire une halte à la scierie où il devait récupérer quelque chose. Jimmy sortait de l'école, c'était donc avant les vacances d'été. L'herbe était verte et il faisait chaud — le gamin était en T-shirt. Ça s'était donc passé en mai ou en juin. Par conséquent, Mike Drayton était arrivé au printemps de l'année précédente. Candace Smyth avait été tuée au début du mois d'avril. Drayton se trouvait-il à Seattle à ce moment-là ? Pourtant, on lui avait dit qu'il venait de Tacoma. Mais peut-être avait-il menti. Vaughn décida de prendre quelques renseignements sur ce type.

Il se demandait ce qui pouvait bien le chiffonner chez lui. Drayton, qui était à peu près du même âge que Vaughn, mesurait environ un mètre quatre-vingts. Il avait les yeux verts, des cheveux châtains un peu clairsemés et portait des lunettes. Il avait quelques kilos superflus au niveau de la ceinture. Mais rien, dans l'apparence physique de cet homme, n'expliquait l'étrange malaise que Vaughn avait éprouvé en lui parlant ce jour-là. Il haussa les épaules et décrocha le téléphone. Il fallait commander un système d'alarme car Carter n'en avait pas en stock.

●◆●

Kalispel Falls était un joli petit village de montagne à l'architecture helvétique. Kim venait de frapper chez sa cousine et regardait autour d'elle en attendant qu'on vînt lui ouvrir. Kyle et Deirdre avaient fait du bon boulot. Le jardin était agrémenté de massifs de fleurs colorées et odorantes, et des parterres de pétunias bordaient l'allée de brique rouge qui menait au garage. Il y avait même une tonnelle où grimpaient des rosiers. L'endroit était agréable et joli sans être tape-à-l'œil.

La porte s'ouvrit, mais le sourire chaleureux que Kim allait esquisser resta figé sur ses lèvres. C'était plus fort qu'elle, elle n'aimait pas Kyle. Il n'était pour elle qu'un produit stéréotypé des grandes villes qui regardait avec dédain les péquenauds, dont elle-même faisait partie. Kim ne s'expliquait toujours pas comment Deirdre avait pu convaincre son mari de venir vivre dans ce village, tant il était évident qu'il détestait l'endroit. En le voyant, elle se demanda pourquoi il n'était pas au travail à cette heure-là. Kyle possédait la seule boutique de vêtements pour hommes de la ville. Lorsqu'il avait lancé son entreprise, il avait vite compris qu'il lui faudrait exposer en vitrine autant de bleus de travail que de chemises de soie s'il voulait gagner un peu d'argent. Kim remarqua que lui-même avait changé son style vestimentaire. Il portait un jean et un T-shirt.

— Salut, Kyle. Est-ce que Deirdre est là ?

Que pouvait bien lui trouver Deirdre, hormis un physique d'Adonis ? Il se dégageait de lui une sensualité virile qui lui aurait permis de poser pour la page centrale de *Playgirl*. Deirdre avait toujours aimé les grands bruns ténébreux. Pour sa part, Kim était heureusement à l'abri des pièges de l'apparence. Ce qu'elle appréciait avant tout chez un homme, c'était sa personnalité.

— Oui, entre, répondit Kyle.

Il s'écarta pour la laisser passer sans lui faire la grâce d'un sourire.

— Qui c'est, papa ?

Kaleigh, leur petite fille de quatre ans, s'était accrochée à la jambe de son père et suçait son pouce en dévisageant Kim avec toute sa curiosité d'enfant.

Kyle rit et la prit dans ses bras.

— Je suis la cousine de ta maman, expliqua Kim. Tu te souviens de moi ? L'an dernier, j'étais à ton anniversaire chez grand-mère.

Kaleigh fit la moue et secoua la tête.

— Ce n'est pas grave, lui dit son père. Tu étais toute petite à cette époque, mais tu te souviendras d'elle la prochaine fois.

L'enfant sourit. D'un geste délicat, Kyle retira de la bouche de sa fille le pouce qu'elle suçait toujours. Il avait l'air d'être un bon père. Ce type semblait finalement receler quelques qualités cachées.

Kyle déposa Kaleigh sur le sol.

— Cours prévenir maman qu'elle a de la visite. (Il

se tourna vers Kim.) Deirdre est dans la cuisine. Elle m'a raconté ce qui t'est arrivé la nuit dernière. Je pensais que tu étais déjà repartie pour Seattle.

— C'est bien ce que j'avais l'intention de faire, mais j'ai changé d'avis. Je crois que je vais passer encore quelques jours ici.

— Tu veux rire! s'exclama-t-il, incrédule.

— Pas le moins du monde. Le shérif Garrett semble penser que je dois rester.

— Merde alors! Tu as du cran.

Elle avait peut-être du cran, mais pas beaucoup de jugeote, semblait-il penser.

Kim se dirigea vers la pièce qu'il lui avait indiquée. Kyle s'éclipsa. Il est probablement parti regarder un match de foot à la télé, pensa Kim. Deirdre et tante Vivian étaient assises à la table de la cuisine. Elles discutaient en prenant un café tandis que Deirdre surveillait son fils de deux ans, Tyler, qui mangeait son goûter, confortablement installé dans sa chaise haute.

Tante Vivian leva les yeux vers sa nièce. Elle avait l'air très abattue.

— Kim! Je croyais que Kaleigh se trompait quand elle nous a dit que tu étais là. J'ai pensé que tu téléphonais de Seattle pour nous dire que tu étais bien arrivée.

— Je suis désolée, j'aurais dû vous prévenir plus tôt, mais je ne me suis pas réveillée avant midi. (Elle prit une chaise et s'assit.) C'est le shérif Garrett qui m'a tirée du lit. Ensuite, nous avons discuté pendant une bonne heure.

— De quoi? demanda Deirdre qui venait de poser une tasse de café devant Kim.

— C'est une longue histoire, soupira Kim.

Tout en buvant à petites gorgées, elle leur fit le compte rendu de ses deux entretiens avec Garrett. Deirdre, visiblement contrariée, allait émettre une objection, mais Kim ne lui en laissa pas le temps.

— Tout ce que tu diras ne pourra pas me faire

changer d'avis. Je sais très bien ce que je fais. (Elle fit courir son doigt sur le bord de sa tasse.) A cause de mon amnésie, on n'a jamais pu retrouver l'assassin de papa. Mais je ne laisserai pas le meurtrier de Trent s'en sortir si je peux l'empêcher. Est-ce que tu me comprends?

Deirdre ouvrit la bouche pour protester, puis se ravisa.

— Oui, je comprends, dit-elle. Mais c'est quand même difficile à admettre.

— Si tu restes à Lillooet Creek, intervint tante Vivian, je retourne vivre à la maison avec toi.

— Pas question, maman! s'écria Deirdre. Je ne pourrais pas supporter l'idée de vous savoir seules toutes les deux là-bas. Je t'en supplie!

— Calme-toi, Dee. (Kim se tourna vers sa tante.) Je préfère moi aussi que tu restes ici. Je sais que c'est ta maison et que je ne peux t'empêcher d'y venir, mais je ne veux pas te mettre en danger. Un adjoint du shérif surveille les lieux en permanence. Quand je rentrerai tout à l'heure, il inspectera toutes les pièces avant de me laisser entrer. (Elle prit la main de sa tante.) Je suis très bien protégée et ta présence ne pourrait rien m'apporter de plus. Je n'ai pas peur de rester seule, tu sais.

Tante Vivian interrogea sa nièce de ses yeux perçants. Disait-elle la vérité? Finalement, elle hocha la tête.

— D'accord, j'abandonne la partie. Toutefois, si tu étais en danger, tu trouveras un revolver dans le tiroir de ma table de nuit. Je l'ai acheté après le départ de ton oncle Jake parce que je n'étais pas très rassurée toute seule dans cette grande maison. Je l'ai toujours très bien entretenu pour le cas où j'aurais eu besoin de m'en servir. Promets-moi de le garder près de toi.

— Je te le promets, tante Vivian.

— Je vais me faire un sang d'encre. Il faudra que tu nous appelles tous les jours.

— C'est entendu. (Kim adressa un sourire rassurant à sa tante. A ce moment, elle sursauta en sentant dans ses cheveux le biscuit que Tyler venait de lui lancer.) Jeune homme, ce geste est très déplacé, dit-elle avec une feinte colère. Et vous allez me le payer !

Elle vint appuyer son doigt sur les côtes du bambin, qui se mit à rire aux éclats.

Elle prit sur ses genoux l'enfant tout collant et se souvint, en voyant les taches sur son jean, qu'elle était venue emprunter des vêtements.

— De quoi as-tu besoin ? demanda Deirdre lorsque sa cousine l'eut mise au courant.

— De tout. Les sous-vêtements, j'irai les acheter en ville. Quant à tes pantalons, ils doivent être bien trop longs pour moi. Par contre, j'aurai besoin de quelques chemises, de T-shirts et d'un short.

— Viens, allons jeter un coup d'œil dans ma penderie.

●◆●

Au premier étage de l'hôtel Fairview, Liz, sa valise à la main, cherchait sa chambre. Quand elle la trouva enfin, elle jeta un bref regard sur sa clé puis vers le numéro indiqué sur la porte. 212, c'était bien ça.

La chambre était spacieuse pour un hôtel aussi modeste. Elle referma la porte, posa sa valise et avança vers la fenêtre. Dans le soleil couchant, les toits avaient pris une couleur de braise. De grands sapins se détachaient sur le ciel empourpré. Quatre garçons pêchaient dans la crique. Elle aperçut, sur la colline qui surplombait la ville, un petit carré de lumière et la conversation qu'elle avait entendue chez le shérif lui revint en mémoire. Etait-ce là qu'habitait Kim Tannas ? Probablement pas, mais Liz était bien décidée à découvrir où vivait la jeune femme. Elle s'attellerait à cette tâche dès le lendemain matin.

Avec un long soupir, elle se détourna de la fenêtre et s'approcha du lit. Elle était éreintée. Elle s'allongea et ferma les yeux. Le matelas était un peu dur, mais elle avait connu pire. Au bout d'un moment, elle rouvrit les yeux et se perdit dans la contemplation du plafond. Mais une pensée l'obsédait.

Incapable de penser à autre chose, elle se leva, s'approcha du miroir et se mit à étudier ses traits. Elle songeait aux yeux d'or du shérif. Avait-elle déjà vu ces yeux-là quelque part ou était-ce un effet de son imagination ? Non, un sixième sens lui disait qu'elle connaissait ce regard. En le découvrant, elle avait été submergée par une vague d'émotions. Un mélange de peur et de rage d'abord, qui avait bientôt fait place à la peine et à une intense souffrance. Ensuite étaient venues la joie et la perplexité. Mais elle avait douté de son intuition. Pourtant, son instinct ne l'avait jamais trompée. Où donc avait-elle déjà vu le shérif Garrett ? Et pourquoi cette rencontre provoquait-elle chez elle un tel émoi ?

Elle alla ouvrir sa valise dont elle tira son justaucorps. Elle se changea rapidement, puis fit quelques exercices de yoga avant d'entamer sa méditation. Elle ne maîtrisait pas encore toute la technique, mais cette pratique quotidienne l'aidait à se décontracter et elle avait besoin de se vider complètement l'esprit. Elle prit plusieurs longues inspirations mais rien n'y fit. Son trouble ne disparaissait pas. Elle se leva et se dirigea vers la salle de bains.

Elle n'avait ressenti des émotions semblables qu'une seule fois dans sa vie. Elle avala sa salive et, en étudiant le reflet de son visage vieillissant dans la glace, elle eut une révélation. Non, après toutes ces années, c'était inconcevable. « Rien n'est impossible, mon enfant. » La voix de sa grand-mère émergeait du passé comme pour lui indiquer la voie à suivre. C'est bon, se dit Liz en se passant un gant mouillé sur le visage, à la première heure demain matin j'irai faire ma petite enquête. Elle se donnait une semaine pour apprendre tout ce qui concernait le shérif Garrett. Mais, pour l'heure, elle allait descendre prendre un bon dîner chez Erma, après quoi elle se mettrait au lit.

●◆●

Il était endormi. Ses souvenirs, enfin débridés par son inconscient, revenaient le hanter. C'était par une chaude journée de juillet. Il sentait sur son dos la chaleur du soleil à travers le feuillage des arbres. Assis sur le boulevard, il regardait sa maison, ou plutôt celle de sa grand-mère. Une maisonnette à un étage entourée de haies bien taillées et de parterres de fleurs. C'était une de ces demeures où flotte en permanence un parfum de cannelle et de biscuits.

Soudain, son regard s'était arrêté sur les rideaux du salon. Il venait d'apercevoir une silhouette derrière la fenêtre. Candace. Il l'aurait reconnue entre mille. Combien de fois ne s'était-il pas dit durant l'heure qui venait de s'écouler qu'il suffisait de s'avancer jusqu'à la porte, de sonner et de proposer à la jeune fille de venir au cinéma avec lui. Elle lui avait souri ce jour-là. Il ne lui était pas indifférent. Mais cette chaude journée d'été le plongeait dans une sorte de torpeur. Il resterait encore quelques minutes à surveiller la maison. Regarder était son occupation favorite.

Brusquement, la porte s'était ouverte et Candace était apparue.

— A plus tard, grand-mère, avait-elle lancé d'une voix mélodieuse qu'il n'oublierait jamais plus.

La vieille dame devait lui faire des recommandations, car Candace avait acquiescé de la tête. Puis, ayant refermé la porte, elle avait descendu la petite allée pavée jusqu'à la rue.

Elle était vêtue d'un short coupé dans un vieux jean qui laissait voir ses longues jambes bronzées. Comme il aurait aimé toucher le galbe de ces cuisses ! Son débardeur noir découvrait ses épaules délicates.

Il voyait ses petits seins se balancer au rythme de ses pas. Elle ne portait pas de soutien-gorge. Cette vision l'excitait. Il l'imaginait nue et souriante, les bras tendus vers lui. Elle marchait en direction de la ville. En la voyant s'éloigner, il s'était ressaisi. C'était maintenant ou jamais. Il devait se jeter à l'eau.

Sans prendre conscience de ce qu'il faisait, il s'était levé et avait couru derrière elle. Le soleil mettait dans les cheveux de Candace des reflets dorés. Elle ressemblait à une jeune déesse et il s'était senti indigne de cette perfection. Mais il avait refoulé cette pensée. Après tout, ne lui avait-elle pas souri?

Soudain, elle avait tourné la tête dans sa direction. Ses yeux avaient la couleur de la turquoise. Elle l'avait accueilli avec une expression chaleureuse.

— Salut! Tu vas en ville, toi aussi?

Il avait répondu par un timide signe de la tête.

— Tu m'accompagnes?

— Avec plaisir, avait-il réussi à bredouiller.

Il marchait aux côtés de la jeune fille, la regardant de biais.

— Euh, je voulais te demander. Enfin... (Il avait ralenti le pas, terrifié par sa maladresse. S'il abandonnait maintenant, il passerait pour un imbécile. Il avait inspiré profondément, puis après une courte pause il s'était lancé à l'eau:) J'aimerais t'inviter au cinéma ce soir.

Elle s'était arrêtée. Figé devant elle, il avait dû se forcer à croiser son regard. Il exprimait la surprise et la pitié. Les dents serrées, il avait attendu la réponse de Candace, mais il savait déjà ce qu'elle serait.

— Je suis désolée, j'ai déjà un rendez-vous ce soir. Trent Farris m'a demandé de sortir avec lui il y a une semaine.

— C'est comme si j'avais rien dit. (Il s'était éloigné.) Il faut que j'y aille.

Il avait allongé le pas et avait rapidement distancé la jeune fille. Candace l'avait appelé mais il ne s'était pas retourné. Il avait senti les larmes lui brûler les paupières. Une petite voix lui répétait : «Je te l'avais bien dit», mais il ne voulait pas l'entendre.

— Samedi prochain, peut-être, avait-elle crié.

Elle avait pitié de lui mais, le samedi venu, elle aurait changé d'avis.

Un instant plus tard, il avait aperçu Trent qui marchait dans sa direction. Un sourire ravageur et une carrure d'athlète. Pourquoi la vie donnait-elle tout à certains sans rien laisser aux autres ? La haine montait en lui. Non, il refusait de s'effacer, de devenir une ombre.

— Salut !

Trent avait souri en le croisant. S'efforçant de dissimuler sa colère, il s'était retourné et avait salué le jeune homme qui allait rejoindre Candace. Il les avait entendus échanger quelques paroles et éclater de rire. C'était de lui qu'ils riaient. La haine lui tordait le ventre. Ce jour-là, il s'était promis de les faire payer. Quand leur heure viendrait, ils n'auraient plus envie de rire.

Il les avait regardés se joindre à la file d'attente devant le cinéma. Candace lui appartenait, et pourtant c'était ce bellâtre de Trent Farris qui l'enlaçait, c'était lui qu'elle regardait avec des yeux langoureux. Par cette belle soirée de juillet, le jeune couple était entouré d'un groupe d'amis et tout ce monde riait et plaisantait. Ils formaient une joyeuse bande dont il était exclu, à laquelle il n'appartiendrait jamais.

Le rêve prit fin et alla se perdre dans les eaux noires des souvenirs ensevelis. Il eut un sursaut et s'éveilla. Merde ! Il s'était encore assoupi sur sa chaise. Il scruta les ténèbres qui l'entouraient. Il ne pourrait pas se rendormir de sitôt. Il se leva, alluma et reprit le roman policier dont il avait interrompu la lecture. Il aimait les livres, en particulier ceux dont il pouvait tirer un enseignement.

●◆●

La nuit avait replié ses ailes noires sur la maison. Kim était assaillie par les démons de son imagination. Elle avait allumé une à une chaque lumière. Mais toute cette clarté n'était pas arrivée à calmer son agitation.

Elle avait tenu sa promesse. Elle avait fait resurgir tous les souvenirs enfouis de son père et, avec eux, la culpabilité. Elle avait analysé sans faux-fuyants ses sentiments et elle avait pleuré, comme jamais elle n'avait pleuré jusqu'alors. Sur la mort de son père et sur toutes les années perdues. Les yeux gonflés par toutes ces larmes, elle était soulagée, mais pas complètement détendue.

Seule dans cette grande maison, elle se sentait comme une mouche prise au piège. Le danger la guettait et elle n'était pas sûre de pouvoir l'esquiver. Pourtant, arpenter le plancher de long en large en se tordant les mains n'y changerait rien. Elle décida de s'asseoir et de prendre un journal. Mais elle était incapable de se concentrer.

— Miaou !

— Charity, appela Kim. Viens !

Comme elle appréciait d'avoir une créature à qui parler ! Sans se faire prier, la chatte grimpa sur les genoux de la jeune femme. Kim caressa distraitement la petite boule soyeuse et ronronnante. Mais un poil de chat vint soudain lui chatouiller les narines, la tirant de ses rêveries. Il était temps pour elle de défaire ses valises.

Elle se leva et monta jusqu'à sa chambre. Une valise et un sac en plastique étaient posés sur le lit. La valise contenait tous les vêtements que lui avait prêtés Deirdre. Il y en avait bien plus que nécessaire, mais sa cousine avait une garde-robe bien fournie et ils ne lui manqueraient pas.

Le sac renfermait les sous-vêtements que Kim avait achetés en ville. Elle adorait la lingerie pour laquelle elle dépensait de petites fortunes. En fait, elle aimait les tenues sexy sans avoir assez de cran pour les porter. Aussi se rabattait-elle sur les sous-vêtements fantaisie qu'elle dissimulait sous des habits plus austères. Elle pouvait ainsi satisfaire ses envies de féminité sans être en butte à la réprobation générale.

Elle se mit à ranger dans un tiroir les délicates parures de soie et de satin. Alors qu'elle sortait le dernier soutien-gorge, elle entendit un bruit et tourna vivement le regard vers la fenêtre. Au début, elle ne distingua rien dans l'obscurité du dehors, puis soudain elle aperçut quelque chose qui la glaça d'effroi.

7

Avant de rentrer chez lui, Vaughn s'était arrêté discuter quelques instants avec Jordan Hall qui était en faction devant la maison des Farris. En entendant le premier hurlement de Kim, les deux hommes tournèrent vers la maison un regard surpris. Quand le deuxième cri retentit, Vaughn courait déjà vers la porte. Les paroles de Kim étaient incompréhensibles. Vaughn entendait derrière lui Jordan qui lui avait emboîté le pas.

Sous le coup de l'émotion, il frappa si fort à la porte verrouillée qu'il faillit l'enfoncer. Kim vint immédiatement ouvrir. Dès qu'il aperçut la jeune femme, il la prit dans ses bras, tandis qu'il cherchait des yeux ce qui avait pu provoquer ses hurlements.

— Que se passe-t-il?

— Il est ici, répondit-elle, les yeux hagards.

— Où ça? (Il l'avait attrapée par le bras et la secouait légèrement.) Où est-il, Kim?

Elle eut un hoquet.

— Il est là-bas, dans l'arbre. Il me regardait par la fenêtre.

Vaughn fit rentrer Kim dans la maison. Il était rassuré. C'était probablement Skeeter Barnes qui jouait encore les voyeurs. Comment avait-il pu échapper à leur surveillance? Vaughn fit un signe à Jordan qui, l'arme au poing, partit inspecter les alentours. Kim s'était mise à trembler.

— Calmez-vous. Mon adjoint fait le tour de la maison. Tout ira bien.

Il lui tapota le dos pour la calmer. Le corps de la jeune femme contre le sien dégageait une chaleur agréable, trop agréable. Mais, alors qu'il la croyait tout à fait apaisée, il la sentit se raidir. Elle releva sa tête qu'elle avait posée sur son épaule. Il la regarda un instant sans comprendre. Elle s'écarta brusquement de lui. Ses yeux lançaient des éclairs.

— Espèce de salaud ! (Elle se mit à lui frapper la poitrine de ses poings serrés.) Je vous déteste !

Il lui attrapa le bras, cherchant à l'immobiliser.

— Qu'est-ce qui vous prend ?

Il avait haussé légèrement le ton pour se faire entendre malgré les vociférations de la jeune femme.

— Il me prend que vous m'avez forcée à rester ici, en prétendant que vous alliez me protéger. Mais vous m'avez raconté des bobards. (Elle essaya de dégager ses poignets qu'il tenait toujours.) Il vous est passé sous le nez et vous n'avez rien vu. Laissez-moi !

Elle lui envoya un coup de pied dans les tibias.

— Aïe ! Calmez-vous, enfin ! Ça suffit !

Mais Kim ne semblait pas l'entendre et se débattait toujours. Ses grands yeux bleus exprimaient la peur et la rage. Des mèches de cheveux s'étaient échappées de sa coiffure et pendaient dans son cou en boucles sensuelles. Ses lèvres roses étaient entrouvertes, et soudain, Vaughn ne pensa plus à calmer cette colère.

Passant dans son dos les poignets de Kim qu'il tenait toujours, il la plaqua contre lui. Surprise, elle se raidit et leva vers lui des yeux exorbités. Autour d'eux, l'air s'était alourdi. Les lèvres charnues de Kim l'attiraient irrésistiblement. Il lui fallait goûter leur saveur.

— Lâchez-moi, murmura-t-elle.

Sans accorder la moindre attention à sa prière, il la serra plus fort contre lui. Elle était si douce… Kim poussa un petit cri. Il en profita pour saisir cette bouche offerte. Elle eut un grognement sourd. Le désir, telle une vague brûlante, montait en lui. Mais la raison cherchait encore à l'emporter.

Qu'était-il en train de faire ? Le moment était vraiment mal choisi. Libérant les poignets de Kim, il la prit par la taille. De ses lèvres, il effleura ses joues lisses. Elle lui avait enserré les épaules et s'abandonnait contre lui.

Soudain, ils entendirent un craquement provenant de la porte d'entrée. Kim s'écarta de Vaughn.

— Il y avait bien quelqu'un dehors, annonça Jordan. L'herbe est écrasée par endroits. Mais le gars a disparu.

Vaughn hocha la tête, prenant soin d'éviter le regard de son adjoint.

— Merci, Jordan. Attends-moi dehors, je te rejoins dans quelques minutes.

L'autre sortit, un petit sourire aux lèvres, et referma la porte derrière lui.

Rouge de honte, Kim alla s'asseoir sur le sofa.

— Kim...

Elle l'arrêta d'un signe de la main.

— Pas un mot ! J'ignore pourquoi vous m'avez embrassée, mais je vous avertis : ne recommencez plus jamais.

— Bon Dieu ! Ce n'était qu'un baiser.

— Je sais. Mais, premièrement, je ne vous aime pas et, deuxièmement, je me suis promis de ne plus jamais m'attacher à un flic. Suis-je assez claire ?

Il lui lança un regard dur.

— Vous en faites, des histoires, pour un simple baiser ! Après tout, ça ne vous engage à rien, je ne vous ai quand même pas demandé de m'épouser !

Kim se sentait bouillir.

— Pauvre type ! Pourquoi ne...

Mais c'est Vaughn qui l'interrompit cette fois.

— Je suis désolé. Je n'aurais pas dû dire ça. (Il reprit un ton professionnel.) Parlons un peu boulot.

Pour cette fois, je crois qu'il n'y avait rien à craindre. Vous avez simplement eu la visite de Skeeter Barnes.

Elle leva vers lui un regard embarrassé, tandis qu'elle frottait nerveusement ses mains contre son jean.

— Et qui est ce Skeeter Barnes?

— Le satyre de Lillooet Creek. Apparemment, quelques amendes et un petit séjour à l'ombre ne l'ont pas guéri. J'ai entendu dire qu'il avait repris ses activités. Je crois qu'il va nous falloir encore l'attraper en flagrant délit.

Kim était parcourue de frissons. Elle croisa les bras sur sa poitrine.

— Oui, il me semble me souvenir vaguement de lui.

— Il est toujours le même petit pervers. (Il la contempla un instant en silence.) Je dois aller parler à Jordan Hall. Il faut que nous découvrions comment il a pu se faufiler jusqu'ici. Nous ferons en sorte que ça ne se reproduise pas. D'accord?

Kim hocha la tête, le regard fuyant.

— Parfait.

— Je viendrai prendre de vos nouvelles demain matin.

— O.K.

Elle lui en voulait toujours. Les dents serrées, il préféra sortir avant de prononcer des paroles qu'il pourrait regretter ensuite.

●—◆—●

Un quart d'heure plus tard, après une brève conversation avec Jordan, Vaughn retournait vers sa voiture quand il entendit qu'on l'appelait sur sa radio. C'était Ethel Wright, la standardiste de l'équipe de nuit. Que se passait-il encore? Il reposa un instant sa tête fatiguée contre le volant. Inutile d'espérer un moment de calme. Il décrocha le combiné.

— Ici Garrett.

— Shérif, il y a du grabuge au bar de Tom Mills. Un des frères Hanson a brisé une canne de billard sur la tête de Phil Barlow.

Vaughn démarra. Phil et Bill Barlow avaient dû commencer à boire dès l'ouverture de l'établissement. Vaughn connaissait bien ces deux ivrognes. Il était rare qu'un Barlow se départît de son sens de l'humour et quand, par hasard, cela se produisait, le résultat n'était pas beau à voir. L'hôpital allait connaître quelques heures de grande animation.

— Killian est déjà sur les lieux, continuait Ethel. Mais ils ont mis une belle pagaille.

— C'est bon, j'y vais.

Les frères Hanson n'étaient pas non plus des inconnus. S'il n'avait pas été obligé d'intervenir, Vaughn aurait bien laissé les Barlow régler leur compte une fois pour toutes à ces voyous. Car si les frères Barlow avaient encore une certaine moralité, les Hanson, eux, appartenaient à la pire espèce. Les quatre frères ne se séparaient jamais, sauf quand l'un d'eux était obligé de s'absenter le temps d'un séjour en prison. Son ex-petite amie, Doreen, était leur sœur. Avoir grandi parmi des brutes pareilles lui avait donné une piètre image de la gent masculine. En quittant le toit paternel, elle avait rompu toute relation avec sa famille. Doreen avait souvent été une énigme pour Vaughn, mais sur ce point, au moins, il l'avait comprise.

Lorsqu'il arriva au bar, cinq minutes plus tard, il constata que les clients de l'établissement avaient préféré terminer leur verre sur le trottoir.

— Ecartez-vous, ordonna-t-il en se frayant un passage dans la foule.

Tom était derrière le comptoir, d'où il évaluait les dégâts d'un air atterré. Plusieurs tables avaient été renversées. Bill Barlow frappait du poing le ventre adipeux de Kip Hanson. Killian s'avança vers les deux adversaires et, les ayant séparés, se mit à les sermonner. Vaughn avait toute confiance en son

105

adjoint qui, malgré son jeune âge, savait se faire respecter. Il aperçut alors, dans un autre coin du bar, Jason Hanson et Phil Barlow. Ce dernier n'avait pas l'air trop mal en point, malgré un filet de sang qui lui coulait sur le front.

Vaughn s'approcha.

— Bonsoir, les gars. On dirait que vous avez eu une petite discussion.

— Ce connard me doit vingt sacs ! s'exclama Jason Hanson. Il a triché.

— Je n'ai pas triché, sale merdeux !

Vaughn se plaça entre eux et se tourna vers Jason Hanson.

— Ecoute-moi, Jason, tu vas oublier tes vingt dollars et rentrer sagement chez toi, d'accord ? (Il ajouta à la cantonade :) Et je conseille à tous ceux qui ne veulent pas passer la nuit au poste de suivre l'exemple de Jason.

Tandis que Killian faisait sortir les Hanson, Vaughn se tourna vers les Barlow.

— Eh bien, Phil, drôle de moyen de prendre des couleurs !

Encore ivre, Phil regarda un instant le shérif sans comprendre. Soudain un sourire éclaira son visage. Il avait retrouvé son sens de l'humour.

— Ouais, shérif. On a bien rigolé.

— Assez ri pour ce soir, les gars. Je crois qu'il est temps d'aller vous coucher. Erma aura sûrement une chambre pour vous. Allez, on se dépêche !

A contrecœur, les frères Barlow s'exécutèrent. Lorsqu'ils eurent disparu, Tom sortit de derrière son comptoir pour remettre un peu d'ordre. La fièvre du vendredi soir était retombée.

●◆●

A dix heures, le lendemain matin, Kim entendit sonner à sa porte. Elle n'avait pas réussi à s'endormir avant l'aube et n'avait vraiment pas envie de sortir du lit. Qui donc pouvait bien la déranger à une heure pareille? Se rappelant que c'était Garrett qui l'avait réveillée la veille, elle poussa un grognement de mécontentement.

La sonnerie se faisait de plus en plus insistante. Voyant qu'il lui serait impossible de se rendormir, Kim se leva et se drapa dans une couverture. Après ce qui s'était passé entre eux la nuit précédente, elle avait intérêt à se protéger des regards concupiscents de Vaughn.

Elle descendit l'escalier, trébuchant dans la couverture, et alla ouvrir la porte, persuadée qu'elle trouverait derrière le shérif Garrett. Pendant un instant, elle fut éblouie par la lumière vive du jour et porta la main devant ses yeux pour s'en protéger.

— Bonjour, vous devez être Kim Tannas.

La voix était enjouée et vibrante, en parfaite harmonie avec le style vestimentaire de la visiteuse.

— Oui, c'est bien moi.

Kim contempla la femme qui se tenait devant elle. Elle devait avoir à peu près l'âge de tante Vivian mais elle paraissait plus jeune. Ses oreilles, son cou et ses poignets étaient ornés de lourds bijoux en or où venaient se refléter les rayons du soleil.

— Liz Murphy. Je suis une amie. Est-ce que je peux entrer?

Les sourcils froncés, Kim observa l'inconnue.

— Nous nous sommes déjà rencontrées?

C'était une question de pure forme, car Liz n'était pas le type de femme que l'on pouvait oublier.

— Non.

— Dans ce cas, comment pouvez-vous prétendre être mon amie?

— Parce que nous allons le devenir. Vous avez besoin de moi et je suis venue ici pour vous aider.

Une cinglée! Kim regarda la femme, éberluée. Si elle avait été à Seattle, elle se serait contentée de claquer la porte au nez de cette folle, mais à Lillooet Creek un tel comportement ferait jaser.

— Entrez, madame Murphy. J'allais me faire un peu de café. Vous en voulez?

Liz lui emboîta le pas. Kim lui indiqua une chaise.

— Cette pièce est superbe, commenta Liz qui regardait autour d'elle. J'adore cuisiner, vous savez.

— Vraiment? Moi, je me nourris très mal. Un fruit par-ci, par-là, un carré de chocolat...

— Gare! Tout ce sucre finira collé sur vos hanches comme une sangsue.

— Oh, quelle horrible vision! (Kim prit place sur une chaise en face de son interlocutrice, après avoir mis le café en route et nourri Charity.) Madame Murphy...

— Je vous en prie, appelez-moi Liz.

— Liz, vous m'avez dit être venue ici pour m'aider. Pouvez-vous m'expliquer ce que vous entendez par là? Avez-vous été envoyée par quelqu'un?

— Eh bien, pas exactement. Croyez-vous à la para-psychologie?

C'était le bouquet! Kim aurait aimé flanquer cette folle à la porte et retourner se coucher. Elle soupira, les yeux rivés sur la tenue bigarrée de sa visiteuse. Qui cherchait-elle à tromper? Elle n'aurait jamais le cran de claquer la porte au nez de quelqu'un. Elle n'était qu'une provinciale, et les années passées dans la grande ville n'y avaient rien changé.

Elle se leva, emplit deux tasses de café qu'elle posa sur la table.

— Merci, dit Liz. Mais vous n'avez pas répondu à ma question.

— Je lis beaucoup, répondit Kim. Et je pense avoir un esprit assez ouvert.

— Vous me facilitez la tâche.

Liz avait décidé d'être tout à fait franche avec Kim. Dès l'instant où la jeune femme lui avait ouvert la porte, elle avait su qu'elles deviendraient amies. Elle prit une gorgée de café et entreprit d'expliquer le but de sa visite. Elle parla des impressions qu'elle avait ressenties lorsque, se trouvant dans sa chambre d'hôtel à Seattle, elle était tombée sur cet article racontant le meurtre commis à Lillooet Creek, mais elle se garda toutefois de décrire dans le détail la vision qu'elle avait eue alors. Elle ne voulait pas effrayer inutilement sa jeune interlocutrice.

Quand elle eut terminé, elle se tut, guettant la réaction de Kim. Celle-ci fronça les sourcils, le regard baissé sur sa tasse.

— Comment savez-vous que je suis bien la personne que vous devez protéger ?

— En fait, c'est une simple déduction, puisque vous êtes, à l'heure actuelle, la seule personne réellement menacée.

— Mais comment avez-vous su qui j'étais ?

— Pour ça, je n'ai pas eu à utiliser mes dons de voyance. J'ai simplement surpris une conversation entre deux adjoints du shérif. Ils ont prononcé votre nom. Ensuite, il ne restait plus qu'à demander à Erma où vous demeuriez.

— Je vois. (Kim prit un air pensif.) Mais je ne comprends toujours pas comment vous allez pouvoir me protéger.

— Je n'en sais rien moi-même. Je n'ai aucune compétence particulière dans ce domaine et, malheureusement, mon don m'est venu sans mode d'emploi. Peut-être que ma présence ici sera suffisante. Mais je sais avec certitude que quelqu'un à Lillooet Creek a besoin de moi.

— Avez-vous un plan ?

— Non, je voulais simplement faire votre connaissance... et me lier d'amitié avec vous, ajouta-t-elle avec un sourire.

Kim étudia attentivement les traits de sa visiteuse. Elle ne doutait pas de la sincérité de cette femme.

— Eh bien, bienvenue parmi nous. Comme on dit, plus on est de fous, plus on rit. Je meurs de faim. Vous prendrez le petit déjeuner avec moi ?

— Non, merci. Je l'ai déjà pris chez Erma avant de venir vous voir. Mais j'accepterais volontiers encore un peu de café. Dites-moi, que pensez-vous du shérif Garrett ?

Kim, penchée au-dessus du réfrigérateur à la recherche d'un pot de confiture, lâcha par-dessus son épaule :

— C'est un con !

— Vous pensez qu'il n'est pas un bon shérif ?

— Oh si, il fait certainement très bien son boulot.

Kim se rappelait la nuit précédente et sentait la moutarde lui monter au nez. «Je ne vous ai quand même pas demandé de m'épouser.» Quelle suffisance !

— Où est le problème, alors ?

— Ce type n'est qu'un prétentieux et un manipulateur qui porte très bien les jeans moulants et qui le sait. Vous me suivez ?

— Oui, oui, répondit Liz avec un sourire entendu qui irrita profondément Kim. Hélas, nous autres, pauvres femmes, nous sommes précisément attirées par ce genre d'hommes. Un instinct ancestral nous pousse à rechercher les mâles les plus sûrs d'eux, parce qu'ils sont aussi les plus agressifs et sauront mieux que d'autres nous protéger des multiples dangers qui nous menacent.

Kim se tourna vers Liz.

— Cette explication me paraît acceptable. Comment savez-vous toutes ces choses ?

— J'ai quelques années de plus que vous et j'étudie le comportement de mes contemporains depuis toujours. C'est une sorte de passe-temps.

En passant devant le bureau qui avait été attribué temporairement à l'agent spécial Stone, Vaughn jeta un coup d'œil à l'intérieur. Ce qu'il aperçut le fit s'arrêter net. Le tableau de liège que Stone avait réclamé à son arrivée était déjà totalement recouvert de photos des victimes. Stone était planté devant, examinant les clichés à l'aide d'une loupe.

— Bonjour, lança Vaughn.

Stone le salua sans détacher les yeux du tableau.

— Qu'est-ce que vous cherchez?

— Je le saurai quand j'aurai trouvé. (Stone s'éloigna des photos et alla poser la loupe sur son bureau.) Vous avez un instant à me consacrer, Garrett?

— Bien sûr.

Stone se passa la main sous le menton et vint s'asseoir en poussant de profonds soupirs. Vaughn avait déjà remarqué qu'une respiration bruyante était chez lui le signe d'une intense réflexion.

— J'ai pris connaissance de toutes les notes que vous m'avez remises sur les meurtres et j'ai quelques questions à vous poser.

— Je vous écoute, répondit Vaughn en prenant une chaise.

— Pourquoi avez-vous écarté les Hanson de la liste des suspects? A l'exception de l'aîné, tous les frères Hanson présentent un parfait profil d'assassin.

— J'ai vérifié leur alibi. Ils étaient tous à Lillooet Creek au moment où Candace Smyth a été tuée.

— Vous en êtes tout à fait certain?

— Oui, ils étaient en prison pour trouble de l'ordre public. Ils avaient semé la pagaille dans une réunion paroissiale.

— Et Skeeter Barnes? Bien sûr, il s'éloigne un peu du profil de l'homme que nous recherchons, mais pourquoi l'avoir écarté, lui aussi? Normalement, il aurait dû être l'un des premiers suspects.

Le regard de Vaughn rencontra les yeux perçants de Stone.

— Skeeter n'a pas fréquenté l'école assez longtemps pour apprendre à lire un poème et encore moins à en écrire un. De plus, il est incapable de tuer ou de torturer un animal. Depuis des années, il recueille et soigne les bêtes blessées. Il les aime et les connaît mieux que les humains.

— Pourtant, terroriser de pauvres femmes en

venant les espionner chez elles la nuit ne semble pas le déranger.

Vaughn fronça les sourcils. Effectivement, il y avait là un paradoxe flagrant.

— Je pense que Skeeter n'a pas conscience de la peur qu'il inspire. (Il pencha le buste en avant et posa les coudes sur ses genoux.) Dans ses relations avec les femmes, Skeeter se comporte comme un adolescent attardé. Elles le fascinent autant qu'elles l'effraient. Certes, il n'est pas normal, je pourrais même dire qu'il est malade. Mais sa perversité est très différente de celle de notre assassin.

Stone hocha la tête.

— Ce que vous me dites de Skeeter Barnes concernant la poésie m'intrigue beaucoup. Insinuez-vous que l'homme que nous recherchons écrit lui-même ses poèmes ? Avez-vous des éléments qui vous permettent d'affirmer cela ?

— A vrai dire, c'est plus une intuition. Parmi les poèmes retrouvés, certains m'ont semblé familiers. Mais d'autres ne l'étaient pas. Vous savez, étant enfant, j'ai lu beaucoup de poésie, c'est sans doute pourquoi j'ai pensé qu'il composait ses vers.

Stone le regarda avec une expression amusée.

— Vous me surprenez, Vaughn. Je ne vous aurais pas imaginé lisant ce genre de littérature.

— C'était il y a bien longtemps, Stone.

Renversé dans sa chaise, Stone regardait par la fenêtre avec un air pensif.

— Avez-vous un autre suspect ? Une autre personne que vous penseriez capable de tels actes mais que vous auriez écartée pour un motif quelconque ?

— Ouais, bien sûr. J'ai longuement cuisiné Tyler Dobbs. Ce type tape sur tout ce qui bouge, en particulier les plus faibles que lui : femmes, enfants, chiens, chats, etc. Il est de notoriété publique qu'il tabasse sa femme régulièrement. Mais il travaillait à Lillooet Creek à l'époque où Candace Smyth a été tuée.

— A-t-il un alibi pour le meurtre de Trent Farris ?

Vaughn fit la moue, puis se leva et s'approcha de la fenêtre. Dehors, le soleil brillait.

— Oui, il en a un qui pourrait bien tenir la route devant un tribunal, même s'il me semble personnellement très douteux. Il jouait au poker avec une bande de copains de la même engeance que lui.

— Bien, répondit Stone d'un air rêveur. Conservons-le parmi les suspects. Après tout, il est possible que le meurtre de Trent Farris ne soit qu'une réplique de celui de Candace Smyth, perpétré par quelqu'un qui aurait lu attentivement les journaux. (Il regarda Vaughn.) Voyez-vous quelqu'un d'autre qui ne vous semblerait pas très net, même si ce n'est qu'une intuition ? Je suis étranger à cette ville. Vous seul pouvez me donner ce genre d'informations.

Vaughn regarda dehors, l'air gêné.

— Il reste bien quelqu'un, mais c'est juste une supposition...

— Allez-y.

— Il s'agit d'un employé de la scierie Carter, Mike Drayton. Il est arrivé en ville il y a un peu moins d'un an. J'ignore totalement où il se trouvait à l'époque du meurtre de Candace Smyth. Mais j'ai demandé des renseignements sur lui et j'espère obtenir bientôt des réponses.

— Pourquoi le soupçonnez-vous ?

— Eh bien, ce type habite à Lillooet Creek depuis presque un an et pourtant, je ne le rencontre nulle part, c'est comme s'il cherchait à m'éviter. Et puis, je ne l'aime pas. Je sais qu'il n'a jamais rien fait de mal, mais ce gars-là ne me plaît pas.

— D'accord, je vais me renseigner sur son compte. (Stone s'était renversé dans sa chaise et contemplait le plafond.) Au cours de votre enquête, avez-vous rencontré des gens de Lillooet Creek qui se seraient trouvés à Seattle au moment du meurtre de Candace Smyth ?

— Oui. Skeeter Barnes — il était venu récupérer

de vieux véhicules pour sa casse. Joe Frazer, le gérant de la station-service, qui accompagnait sa femme venue rendre visite à sa sœur. Et enfin, moi-même. J'étais là-bas pour vendre quelques-unes de mes sculptures en bois.

Une fois encore, Vaughn se demanda si le tueur lui tendait un piège. Comment avait-il pu savoir qu'il se rendrait à Seattle ? Stone le regarda un moment en silence. Vaughn aurait payé cher pour connaître ses pensées.

— Voyez-vous encore quelqu'un ?

— Oui, mon adjoint, Martin Lewis. Il était en vacances à cette époque-là. Je m'en souviens, car à cause de cela j'ai failli retarder mon départ. (Il haussa les épaules.) Mais pour être franc avec vous, je n'ai pas vérifié l'emploi du temps de tous les habitants de la ville et je ne sais donc pas si d'autres gens se trouvaient aussi à Seattle à cette période.

— O.K. Je n'ai pas d'autres questions à vous poser pour le moment. Merci. Les informations que vous venez de me fournir me seront très utiles.

— Je reste à votre disposition.

Liz vint se garer devant l'épicerie Snodell. Elle n'avait besoin de rien, mais elle espérait obtenir de Kate Hobsin quelques renseignements concernant le shérif Garrett. En entrant dans la boutique, Liz aperçut le présentoir à journaux. Elle venait de prendre un magazine quand Kate Hobsin fit son apparition.

— Bonjour, Liz. Comment allez-vous ?

— Très bien, merci. Et vous ?

— En pleine forme. Je peux vous aider ?

Liz eut un moment d'hésitation. Il ne fallait pas précipiter les choses.

— Je crois que je vais faire un tour, répondit-elle.

— Faites donc.

Derrière le comptoir, Kate se mit à faire ses comptes. Pendant ce temps, Liz avait attrapé un énorme paquet de chips et une bouteille de Coca-Cola.

— Je crois que j'ai trouvé ce qu'il me fallait.

— J'ai entendu dire que vous habitiez à l'hôtel?

— Oui, j'ai aussi fait la connaissance de votre shérif hier. Un charmant jeune homme. Il vit ici depuis longtemps?

— Vous pouvez le dire. Il n'avait pas plus de huit ans quand il est arrivé à Lillooet Creek.

— Sa famille doit être fière de lui.

— Vaughn est orphelin. A ce qu'on dit, ses parents sont morts dans un accident d'auto. Il a été placé en nourrice chez Anna Irving. La pauvre Anna est décédée il y a plusieurs années. (Elle marqua une courte pause.) Une mort horrible. Elle a brûlé dans l'incendie de sa maison. Aujourd'hui encore, les gamins n'osent pas s'approcher de cet endroit. Ils disent que son fantôme hante les lieux.

Liz hocha la tête en signe de sympathie.

— Garrett n'a donc aucune famille à Lillooet Creek?

— Non, sa seule parente, si on peut l'appeler ainsi, est tante Willie. Anna Irving était sa sœur.

— Une bien triste histoire.

— Oui, mais ça ne l'a pas empêché de devenir un homme honnête et rudement beau, par-dessus le marché. Ah, si j'avais quinze ans et quelques kilos de moins, je tenterais bien ma chance!

— Il a effectivement beaucoup de charme, répondit Liz avec un sourire. (Elle prit le sac en plastique que lui tendait Kate.) Ça m'a fait plaisir de discuter avec vous. A un de ces jours.

— Revenez me voir quand vous voudrez. Vous serez toujours la bienvenue.

Liz déposa ses emplettes sur la banquette de son camping-car et mit le contact. Avant de démarrer, elle réfléchit quelques instants. Si elle voulait en apprendre davantage sur Vaughn Garrett, elle devrait désormais s'adresser directement à l'intéressé. Elle fronça les sourcils. Comment allait-elle pouvoir l'amener à parler de lui ?

●◆●

Deux jours plus tard, Kim revenait de faire des courses en compagnie de Liz quand Vaughn Garrett sonna à sa porte. Il était vêtu de son uniforme et tenait à la main son chapeau vert foncé de shérif.

— Bonsoir, shérif.

La voix de Kim était glaciale. Elle lui en voulait toujours pour le commentaire malheureux qu'il avait eu après l'avoir embrassée.

— Puis-je entrer un moment ? demanda-t-il, impassible.

Elle hésita un instant avant de lui céder le passage. Elle resta près de la porte et ne lui proposa pas de s'asseoir.

— Vous avez du nouveau, shérif ?

Il soupira, triturant le bord de son chapeau.

— Non, rien. Mais je pensais que vous aviez renoncé à m'appeler shérif.

— Eh bien, vous vous trompiez.

Il hocha la tête, ouvrit la bouche et fit un pas vers elle. Ce fut comme si un courant électrique venait de passer entre eux. Kim, acculée contre le mur, ne pouvait se dérober. De toute façon, elle n'aurait pas reculé. Elle aurait eu l'impression de capituler devant cet homme. Elle devait soutenir son regard, mais les yeux d'or de Vaughn avaient un éclat hypnotique. L'atmosphère autour d'eux s'alourdissait. Pendant un instant, Kim retint son souffle, puis sa respiration s'accéléra.

— Kim, qui a sonné ?

En entendant la voix de Liz, Kim revint brusquement à la réalité. Vaughn tourna la tête. Bon sang, c'était encore cette cinglée de médium ! Après tout, peut-être avait-elle réellement des dons surnaturels.

116

Elle avait certainement celui d'apparaître au moment le plus inopportun.

— Madame Murphy, c'est bien ça?

— Shérif, j'espérais avoir le plaisir de vous revoir! s'exclama Liz, tout sourires.

Vaughn lui lança un regard surpris. La dernière fois qu'il l'avait vue, elle avait tellement hâte de s'enfuir qu'elle en avait coincé sa jupe dans la porte de son bureau, et voilà qu'elle l'accueillait maintenant comme un vieil ami!

— Que faites-vous ici, madame Murphy? Je croyais vous avoir dit lors de notre dernière rencontre de ne pas vous mêler de cette affaire.

Elle sourit.

— Mais je m'en souviens très bien, shérif. Et je n'ai aucune intention de gêner votre enquête. Il se trouve que Kim et moi nous sommes liées d'amitié.

Il lança à Kim un regard interrogateur. Mais la jeune femme ne semblait pas disposée à donner de plus amples informations sur cette soudaine amitié.

— Vous prendrez bien un verre, shérif?

— Liz!

En entendant le ton scandalisé de Kim, il faillit sourire. De toute évidence, elle voulait le voir disparaître au plus vite. Après tout, peut-être que cette médium allait lui rendre service.

— Avec plaisir, si vous avez autre chose que du jus d'orange à me proposer.

— Nous avons de la bière au réfrigérateur. Ça vous tente davantage?

— Ce sera parfait.

Il accompagna Liz jusqu'à la cuisine. Kim les suivit de mauvaise grâce. La situation commençait à bien amuser Vaughn. Il refusa la chaise et but le verre que Liz lui offrait, puis s'adossa contre le mur. Il faisait très chaud et la bière avait un goût rafraîchissant. Liz s'était ouvert une bouteille et s'était assise à la table. Kim s'affairait à ranger dans les placards le reste des courses.

— Vous ne m'avez pas encore dit pourquoi vous êtes venu jusqu'ici, shérif? demanda-t-elle.

— En effet. Un de mes adjoints, Jordan Hall, et sa femme organisent un barbecue demain soir et je venais vous demander si vous accepteriez d'être de la partie.

Kim lui décocha un regard noir. Il savait exactement ce qu'elle pensait et ce qu'il pourrait dire pour la faire changer d'avis.

— Qu'il n'y ait pas de malentendus entre nous. Il ne s'agit pas d'une invitation personnelle. Si vous ne venez pas, l'un de mes hommes devra monter la garde devant chez vous et ne pourra pas assister à la soirée. Ce serait injuste, non?

Les sourcils froncés, Kim contemplait le fond du placard qu'elle venait d'ouvrir.

— Si ce n'est que ça, je suis sûre que Liz acceptera de veiller sur moi.

— Navrée, Kim. Je ne pourrai pas rester avec toi demain soir.

Kim se retourna vers Liz.

— Et pourquoi?

— Cheney, l'adjoint du shérif, m'a invitée. Je ne pensais pas que ça poserait un problème, répondit Liz, rougissante.

Si elle n'avait pas su que Liz et Garrett se connaissaient à peine, Kim aurait cru qu'ils avaient comploté contre elle. Elle n'avait pas le choix. Rester chez elle seule était impensable. D'autre part, en refusant d'assister à cette soirée, elle en privait du même coup l'un des hommes du shérif. Elle leva les yeux vers Vaughn.

— Dans ce cas, j'accepte.

●◆●

Il faisait nuit. Il voyait au-dessus de lui la lueur pâle de la lune derrière les nuages. Tapi dans l'ombre, il épiait la maison. La lumière jaune qui venait de l'intérieur éclairait la véranda. Le bruit lointain d'un rire de femme lui parvenait par intermittence. La haine lui déchirait le ventre. Pris du désir impérieux de mettre fin à ces réjouissances, il serra les poings. Ils riaient de lui, comme ils l'avaient toujours fait. Il respira profondément dans l'espoir de calmer le flot d'émotions qui le submergeait.

Lentement, il fit le tour de la propriété. Une voiture de police était garée dans l'allée, dissimulée par les branches d'un saule pleureur. Il aperçut, derrière le pare-brise, la lueur d'une cigarette qui brillait dans la nuit. Elle était bien gardée, mais il n'y avait rien de surprenant à cela, même s'il en éprouvait un peu d'agacement. Au moins n'était-elle pas retournée à Seattle. De toute façon, le moment venu, il saurait comment déjouer leur surveillance et pénétrer dans la maison. C'était un point qu'il avait prévu de vérifier, mais il était encore trop tôt.

La présence à Lillooet Creek de Kimberley Clayton l'avait détourné de son plan initial. Comme son nom ne figurait pas parmi les premiers de sa liste, il pouvait bien se permettre d'attendre encore un peu avant de lui infliger son châtiment. Un nouvel enterrement en perspective. La blancheur de ses dents brilla dans les ténèbres. Cela occuperait le shérif. Décidément, Garrett le décevait. Il avait espéré avoir affaire à plus forte partie. Mais, au fond, quelle importance ?

Il regardait cette maison qui lui en rappelait une autre. Une autre bâtisse pareille à celle-ci, qui s'était consumée dans l'incendie allumé par sa haine implacable. Le rugissement des flammes lui revenait en mémoire, et avec lui les hurlements d'une femme. Des cris poussés dans une lente agonie. Il y avait tant de façons de souffrir, tant de façons de tuer. En condamnant à mort, il veillait à ce que la souffrance endurée fût proportionnelle au crime commis. C'était une forme d'art à laquelle les juges n'entendaient rien. Cette garce avait vu son visage avant de périr et elle avait pris conscience de sa faute. Il l'avait lu dans son dernier regard, juste avant qu'il ne craquât l'allumette.

Un rire de femme flottait dans l'air du soir. Les souvenirs s'effacèrent soudain. Les mâchoires serrées, il regarda la silhouette de Kimberley qui évoluait devant la fenêtre éclairée. Peut-être allait-il organiser des doubles funérailles. Cette idée lui plut. Il y avait là un défi. Il allait y réfléchir.

8

Il était dix-sept heures trente et Kim avait les nerfs en pelote. Pourquoi avait-elle accepté l'invitation de Garrett ? Elle détestait ce sale type. Ces quelques heures en sa compagnie seraient un calvaire... Elle aurait encore préféré rester seule chez elle. Mais elle ne pouvait courir un tel risque. Comme elle aurait voulu que cette soirée fût déjà finie ! Elle s'était déjà changée trois fois, n'arrivant pas à trouver la tenue adaptée. Et puis, elle était angoissée à l'idée de rencontrer tous ces gens qu'elle ne connaissait pas ou qu'elle n'avait pas revus depuis des années.

Elle regarda une fois de plus la pendule. Dix-sept heures trente-cinq. Il était en retard. Peut-être ne viendrait-il pas, après tout. Dans ce cas, Lewis devrait rester posté toute la soirée devant la maison et ce ne serait pas sa faute à elle.

La sonnette de la porte d'entrée retentit. Elle fut prise d'un accès soudain de panique. Malgré le prétexte que lui avait donné Vaughn, il était impossible de se tromper sur la nature de son invitation. Toute son assurance l'abandonna. Non, se dit-elle, il ne s'agissait pas d'une sortie en amoureux et elle ferait en sorte que ce genre de choses ne se reproduise plus à l'avenir.

Elle se dirigea vers la porte, les jambes en coton. Elle s'arrêta, inspira profondément et essuya ses mains moites sur son short. On sonna encore une fois. Elle ouvrit et sentit son estomac se nouer. Elle avait oublié à quel point il était beau.

— Euh, salut. Je vais chercher la salade de pommes de terre que Liz et moi avons préparée. J'en ai pour un instant.

Elle fit quelques pas en direction de la cuisine, puis se tourna vers lui.

— Entrez, si vous voulez.

Il avança et referma délicatement la porte derrière lui.

— Vous êtes ravissante, lança-t-il à Kim qui avait disparu dans la cuisine.

— Merci.

Elle prit le saladier, attrapa au passage son sac à main et vint rejoindre Vaughn dans le salon.

— Je suis prête.

Il hocha la tête sans prononcer une parole, mais elle crut déceler sur son visage l'ombre d'un sourire. Il pouvait bien penser ce qu'il voulait, elle serait sur ses gardes toute la soirée. Elle lui tendit le saladier, puis verrouilla la porte.

Ils firent quelques pas en direction de la voiture de Vaughn et aperçurent Lewis qui venait de démarrer. Il leur adressa un signe de la main avant de descendre l'allée.

— Il est pressé de rentrer chez lui se changer, expliqua Vaughn en ouvrant la portière à Kim.

Il prit place derrière le volant et mit le contact. Kim ne s'était pas départie de son ton glacial mais elle ressentait une forme d'excitation qu'elle ne s'expliquait pas. Aucun homme ne l'avait jamais mise dans un tel état.

Malgré toutes ses réticences, Kim avait apprécié la soirée. Evitant, autant que possible, tout contact avec Vaughn, elle avait passé le plus clair de son temps en compagnie des autres femmes. Elle était maintenant assise aux côtés de Vaughn qui la ramenait chez elle.

Derrière la vitre, la nuit était d'un noir d'encre. Kim se sentait nerveuse à l'idée de se retrouver seule avec lui. Il était chargé de surveiller la maison cette nuit-là à la place de Ray Cheney qui lui avait demandé de lui rendre ce service.

Liz et Cheney avaient l'air de bien s'entendre. A plusieurs reprises durant la soirée, ils s'étaient isolés pour trouver un peu d'intimité. C'était attendrissant de les voir se toucher furtivement la main. Kim espérait qu'il naîtrait une tendre relation de cette rencontre. C'était si triste de vieillir seul.

En les observant, Kim avait repensé à sa propre solitude. Elle souffrait de l'absence d'un compagnon avec qui elle aurait partagé les plaisirs et les soucis de l'existence. Elle avait beau s'en défendre, elle avait besoin des bras d'un homme autour d'elle.

Etait-ce pour cette raison qu'elle s'était comportée d'une façon aussi étrange avec Vaughn ? Pourtant, elle détestait cet homme qui avait à ses yeux deux défauts rédhibitoires : sa beauté ravageuse et son métier de policier. Mais si sa tête lui dictait de rester sur ses gardes, son corps, lui, se sentait attiré par Vaughn. Etait-ce cette longue solitude qui la rendait si vulnérable ? Elle se sentait indécise. C'était un sentiment désagréable qu'elle n'avait pas éprouvé depuis ses années de collège.

Durant toute la soirée, à son corps défendant, elle avait cherché Vaughn des yeux. Elle l'avait observé, discutant et plaisantant avec les autres hommes, tandis qu'il surveillait la cuisson de la viande. Ses cheveux blond foncé semblaient capter la lumière. Avec son mètre quatre-vingts, il était plus petit que la plupart de ses adjoints, et plus jeune aussi. Pourtant, en regardant le groupe, il n'était pas difficile de deviner qui était le chef. Que m'arrive-t-il, se demandait Kim, pourquoi, entre tous les hommes présents, est-ce précisément celui-là qui m'attire ?

A plusieurs reprises, Vaughn avait surpris les regards que Kim lui lançait et, chaque fois, il lui avait décoché un sourire dévastateur. Kim s'en voulait. Après une première expérience malheureuse, elle croyait être vaccinée à jamais contre ce type d'hommes. Alors, pourquoi réagissait-elle ainsi ?

Pour la première fois, elle comprit qu'elle avait peur, peur de Vaughn et des sentiments qu'il faisait naître en elle. Peur de sa propre vulnérabilité.

Vaughn arrêta la voiture dans l'allée.

— Je dois fouiller la maison. Vous attendez ici ou vous venez avec moi ?

— Je vous suis.

Tandis qu'il faisait le tour de la Land Rover pour lui ouvrir la portière, Vaughn se demandait ce qui avait rendu Kim si taciturne. C'est à peine si elle avait prononcé trois mots depuis qu'ils avaient quitté le barbecue. Pourtant, elle avait montré beaucoup d'entrain durant la soirée, discutant avec les autres femmes, jouant avec le petit garçon de Killian. Elle avait eu des sourires attendris pour le couple que formaient Liz et Ray. La médium et le flic, avait pensé Vaughn. Un drôle de duo !

Kim cherchait ses clés dans son sac à main gigantesque. Vaughn lui prit le coude pour l'aider à monter jusqu'au perron. Il faisait doux. Les grillons chantaient dans l'herbe. Kim tendit son trousseau à Vaughn. Il ouvrit la porte et pénétra dans la maison. Charity se rua vers eux en poussant des miaulements de mécontentement. Kim s'agenouilla pour la prendre dans ses bras.

— Je vais d'abord inspecter la cuisine.

Il entra dans la pièce, alluma, ouvrit le réfrigérateur et tous les placards.

— Tout a l'air en ordre, dit-il en revenant vers Kim.

La jeune femme se dirigea vers la cuisine pendant que Vaughn allait fouiller le salon et le reste de la maison. Elle se versa un verre de soda et s'assit, écoutant les pas de Vaughn à l'étage supérieur. Elle n'avait pas vraiment soif, mais elle avait besoin de se donner une contenance.

Vaughn, en entrant, la fit sursauter.

— Rien à déclarer, dit-il de sa voix chaude et grave.

Pourquoi est-il si diablement attirant ? pensa Kim, qui lui adressa un hochement de tête. Elle avait espéré qu'une fois la fouille terminée il irait se mettre en faction dehors. Il s'adossa au mur, et son air désinvolte semblait indiquer qu'il n'était pas pressé de sortir. Kim aurait voulu qu'il débarrassât le plancher mais elle ne pouvait pas décemment exprimer le fond de sa pensée.

— La soirée vous a plu ? demanda-t-il.

— Oui, beaucoup. Je trouve Lillian Hall très sympathique.

Evitant son regard, Kim s'était levée et fourrageait dans un placard. Que cherchait-elle au juste ? Elle attrapa un paquet de biscuits qu'elle vint déposer sur la table. Elle n'avait même pas faim.

— Qu'est-ce qui vous turlupine, Kim ?

Elle se tourna vers lui. Etait-elle si transparente ?

— Mais rien du tout. Pourquoi cette question ?

— Vous êtes nerveuse comme une chatte. Quelque chose ne va pas ?

Kim soupira et se massa les tempes. Elle avait envie de ficher le camp. De partir loin de cette ville et de cet homme, de retrouver une existence normale.

— Je pense que je vais retourner à Seattle.

Elle n'avait pas encore pleinement pris conscience de ce désir et ces paroles eurent l'effet d'un catalyseur.

— Quoi ? s'exclama Vaughn. (Il se rapprocha d'elle.) Ai-je bien entendu ? Vous voulez retourner à Seattle ?

Il avait pris un ton doucereux. Kim fit volte-face, prête à affronter la colère de Vaughn.

— Oui, vous avez bien entendu. Cette attente n'a

125

aucun sens et elle m'use les nerfs. De plus, je dois vous rappeler que j'ai un travail à Seattle. Après tout, le meurtrier a peut-être décidé que je ne l'intéressais pas.

Vaughn, les yeux plissés, avança vers elle d'une démarche de fauve.

— Mais vous n'êtes ici que depuis quelques jours. Vous cherchez à fuir une fois de plus ? (Sa voix était trop calme, son visage trop impassible.) Qu'est-ce qui vous effraie, cette fois ? Skeeter Barnes ? Ce n'est qu'un sale petit voyeur dont vous n'avez rien à craindre.

Kim leva vers lui un regard surpris. Oui, elle fuyait quelqu'un. Mais ce n'était pas Skeeter Barnes, c'était lui, le shérif Vaughn Garrett, pour qui elle éprouvait un sentiment ambigu, mélange d'attirance et de mépris.

— Je ne comprends pas votre colère, dit-elle. J'ai mieux à faire que de rester dans ce trou perdu à attendre qu'il se passe quelque chose. Si le tueur ne veut plus de moi comme victime, pourquoi devrais-je rester ?

— Vous avez raison. Rien ne vous oblige à rester ici.

Il se tenait debout devant elle, cherchant à l'intimider par sa haute taille. Elle ne se laisserait pas faire. Elle releva le menton et soutint son regard.

— Seulement, je ne pense pas qu'il ait abandonné. Ce gars-là est un perfectionniste. Il ne frappera pas tant qu'il ne sera pas sûr de son plan.

Vaughn fit un nouveau pas vers elle. Kim recula malgré elle. Ils étaient trop proches l'un de l'autre. L'air autour d'eux s'était chargé d'électricité.

— C'est bon, murmura Kim d'une voix à peine audible. Je vous donne encore quelques jours. Maintenant, j'aimerais que vous sortiez de cette maison.

— Vous n'avez pas répondu à ma question.

Il s'était encore rapproché et Kim, acculée contre un placard, ne pouvait plus reculer.

— Quelle… quelle question?

L'air lui brûlait la poitrine. Elle suffoquait.

— De quoi avez-vous peur?

— De rien, je n'ai peur de rien, répondit-elle un peu trop précipitamment.

— A la bonne heure. J'avais cru pendant un instant m'être trompé sur le compte de cette sauvageonne aux griffes acérées dont j'avais reçu la visite dans mon bureau.

Elle faillit le gifler. Etait-ce donc ainsi que les hommes la voyaient? Si c'était le cas, il était le premier à avoir la franchise de le lui dire. Mais elle comprit soudain qu'elle avait cultivé cette agressivité depuis des années. Au début, ce n'avait été qu'une façade, un moyen de se défendre. Mais, peu à peu, c'était devenu une seconde nature. Ken s'en était souvent plaint. Durant les quatre années qu'avait duré leur mariage, combien de fois ne lui avait-il pas reproché d'être toujours sur la défensive? Kim n'avait jamais compris le sens de ses paroles, jusqu'à ce jour. Ses yeux rencontrèrent le regard impitoyable de Vaughn.

— Vous ne vous étiez pas trompé, dit-elle.

Il sourit.

Vaughn était sur une mauvaise pente et il en était conscient. Pourtant, il ne pouvait plus s'arrêter. Il désirait cette femme. Peut-être à cause de toute cette lingerie affriolante qu'il avait trouvée dans la commode lorsqu'il avait fouillé sa chambre quelques instants plus tôt. Il imaginait Kim, les cheveux dénoués, allongée sur cet édredon blanc qui recouvrait son lit, vêtue seulement d'une guêpière rouge. Il la voyait, entièrement nue, à l'exception de ce porte-jarretelles noir et de ces bas de soie que ses mains calleuses avaient effleurés dans le tiroir.

Vaughn était décidé. Même s'il détestait ces emmerdeuses de carriéristes, il voulait cette femme plus que tout au monde. Et même si elle prétendait le contraire, cette attraction était réciproque. Il savait ce qui rendait Kim si nerveuse. Il aurait parié une semaine de son salaire qu'elle avait besoin d'une bonne partie de jambes en l'air. Il avait bien remarqué comme elle l'avait dévoré des yeux toute la soirée — lui-même n'avait pas cessé de la regarder.

En ce qui le concernait, la réponse à leur problème était simple. Une bonne nuit d'amour, et il serait calmé. En revanche, Kim était le genre de femmes qui ne peuvent dissocier le sexe des sentiments. Pour preuve, elle lui avait parlé d'engagement dès leur premier baiser. Mais lui n'avait aucune envie de se lancer dans une relation suivie. Il fit un nouveau pas vers elle et il la sentit se crisper. Il observait la poitrine de la jeune femme qui montait et descendait au rythme de sa respiration et se demanda quels sous-vêtements elle portait.

Elle regardait autour d'elle, cherchant un moyen de fuir, mais Vaughn avait déjà plaqué ses mains contre le mur, empêchant toute retraite.

— On dirait que nous avons un petit problème, chérie.

Elle tenta d'éloigner son visage de celui de Vaughn et sa tête faillit heurter la porte du placard.

— Quel problème ?

— Je te veux, murmura-t-il. (Leurs bouches se touchaient presque.) Et je crois que toi aussi, tu as envie de moi.

— Vous êtes malade ! bredouilla-t-elle. Je vous déteste.

Il eut un sourire d'excuse.

— Et c'est une aversion réciproque, chérie, mais ça ne change rien au problème.

— Ne m'appelez pas chérie !

Seigneur ! Etait-il en train de lui dire que ses sentiments pour elle étaient aussi confus que ceux qu'elle éprouvait pour lui ? Mais ce macho croyait bien sûr que coucher avec elle résoudrait tout. Peut-être aurait-elle pensé la même chose si, les préliminaires passés, le sexe avait été pour elle une source de plaisir. Mais elle savait par expérience que ce n'était pas le cas.

— Je vous demande de vous en aller, dit-elle d'une voix ferme malgré sa gorge serrée.

— Non, répondit-il.

Brusquement, il posa sa bouche sur celle de Kim. Délicatement, comme s'il goûtait sa saveur. Elle était incapable de lui résister. Malgré la panique qui l'envahissait, elle entrouvrit ses lèvres et vint se coller contre le corps de Vaughn. Comme elle avait désiré... et redouté cet instant! Une vague de chaleur l'envahit, la laissant pantelante. Elle se sentait comme un papillon de nuit irrésistiblement attiré par la lampe qui le brûlera. Sa peur n'avait d'égale que son désir. Comment avait-elle pu vivre comme une nonne pendant si longtemps?

Vaughn couvrait maintenant son visage de baisers. Elle sentait la chaleur de son haleine et sa langue dans son cou, près du lobe de son oreille. Il poussait de petits grognements et Kim sentit que chaque parcelle de son corps de femme répondait à cet appel. Son cœur battait à se rompre. Elle haletait, tout son corps tressaillait.

— Tu me rends fou, chuchota-t-il en se détachant d'elle. Viens, sortons de cette cuisine.

Kim n'avait pas eu le temps de comprendre le sens de ces paroles que Vaughn la soulevait de terre et l'emmenait hors de la pièce. Il traversa le salon et s'engagea dans l'escalier.

— Reposez-moi, s'il vous plaît. Je suis capable de marcher, dit-elle d'une petite voix essoufflée.

— Pas question, Kim. (Elle avait resserré ses mains autour de son cou, comme si elle craignait qu'il la laissât tomber.) On ne vous a donc jamais portée?

Elle soupira. Ils étaient arrivés sur le palier et Vaughn poussa la porte de la chambre. Kim contempla le lit avec horreur.

— Je ne pense pas que ce soit une bonne...

Il posa ses lèvres sur les siennes pour la faire taire et l'allongea doucement sur l'édredon. D'un geste rapide, il lui retira ses sandales. Elle allait protester, mais il lui chuchota des paroles apaisantes tout en caressant la peau douce de ses bras. Elle eut un gémissement d'abandon et il se mit à déboutonner lentement son chemisier.

Les deux globes pleins de ses seins étaient emprisonnés dans un soutien-gorge de dentelle rose. Il souleva légèrement Kim pour lui retirer son chemisier, tout en agaçant de la langue ses mamelons dressés. Kim se mit à suffoquer. La soulevant une fois encore, il défit le bouton de son short qu'il fit glisser le long de ses cuisses. La culotte de Kim était faite dans la même dentelle rose et révélait son intimité plus qu'elle ne la cachait.

Il se mit debout et fit glisser le short jusqu'à terre. Pendant qu'il retirait rapidement sa chemise et la lançait dans un coin de la pièce, Kim leva les yeux vers lui. Il allait défaire la ceinture de son pantalon, quand il surprit une expression craintive sur le visage de la jeune femme. Il décida d'attendre encore un peu avant de se déshabiller complètement et vint la rejoindre sur le lit.

Kim lui caressa les bras et le dos. Il se dégageait de sa peau lisse et bronzée une chaleur de braise. La beauté de ce corps d'homme était si parfaite qu'elle s'était attendue qu'il fût froid comme le marbre dans lequel il semblait avoir été sculpté. Il était mince et musclé, avec des épaules larges et une taille étroite. Elle promena la main sur les poils bruns qui couvraient son torse. Ils dessinaient un V qui se terminait par une mince ligne de duvet traversant un ventre plat et ferme. Au passage de sa main, Kim sentit les muscles de Vaughn se contracter. Etait-il tellement sensible à ses caresses?

Elle enfouit le visage contre sa poitrine. Il sentait bon. Une odeur douce et masculine qui n'appartenait qu'à lui. Vaughn était le plus bel homme qu'elle eût jamais connu. Ken avait un certain charme, mais il n'aurait jamais pu rivaliser avec Vaughn. Il était gentil et aimant…

Mais qu'est-ce qui ne tournait pas rond chez elle ? Elle avait la chance exceptionnelle de se trouver au lit avec le garçon le plus séduisant du comté et voilà qu'elle pensait à son défunt mari ! Elle souleva légèrement la tête et rencontra les yeux d'or de Vaughn. Il n'était plus temps de penser. La passion brûlante dans le regard de Vaughn alluma soudain un brasier en elle. Elle sentit l'excitation gagner tout son corps. Ça faisait si longtemps…

Vaughn couvrit de sa bouche les lèvres offertes de Kim, tandis que sa main descendait jusqu'à la toison blonde. Kim poussa un cri, presque un sanglot. Elle était douce comme le velours, lisse comme le satin. Dieu, comme elle était belle !

Insensiblement, il fit glisser sa culotte le long de ses jambes et fit courir ses lèvres sur sa peau, la torturant de sa langue, de ses dents. Le silence était ponctué par la respiration haletante de Kim et par ses gémissements. Quand il ne put plus prolonger cette douloureuse agonie, il ouvrit doucement les cuisses blanches entre lesquelles il vint glisser ses hanches. Sa bouche avide vint se coller sur celle de Kim et il s'enfonça dans les profondeurs douces et humides de ce corps de femme. Elle était étroite comme une jeune vierge.

Elle poussa un petit cri de dépit. Ses muscles s'étaient crispés en réponse à cette intrusion.

— Je… je suis désolée.

Elle était au bord des larmes et Vaughn pensa avec consternation qu'il lui avait peut-être fait mal.

— Ça fait si longtemps…

— Chut.

Avec une maîtrise qui le surprit lui-même, il réussit à contenir son désir et vint s'allonger sur elle. Doucement, il repoussa ses cheveux.

— Détends-toi, tout ira bien, chuchota-t-il en lui caressant le visage.

Lentement, les muscles de Kim se relâchèrent pour le laisser entrer en elle. Vaughn poussa un grognement de plaisir quand Kim se remit à remuer les hanches. L'agrippant aux épaules, elle se cambra, l'obligeant à s'enfoncer de plus en plus profondément en elle.

Quelques minutes plus tard, Vaughn remarqua la différence de comportement chez Kim. Elle soupirait et gémissait toujours, mais il semblait manquer quelque chose. Il essaya de se contenir, mais bientôt une vague de plaisir le submergea. Kim l'étreignit en poussant de petits gémissements de jouissance.

Il s'allongea près d'elle et elle tourna son visage vers lui. Il plongea son regard dans celui de la jeune femme tandis qu'il repoussait une petite mèche de cheveux blonds.

— Pourquoi as-tu fait semblant ?

Elle eut un mouvement de surprise.

— Comment as-tu deviné ? demanda-t-elle d'une petite voix.

— Je n'en étais pas sûr. Allons, réponds-moi.

Kim se dégagea de son étreinte. Elle prit une couverture dans laquelle elle se drapa, puis elle se leva pour baisser le store, et resta près de la fenêtre, regardant au-dehors.

— J'ai toujours fait semblant, murmura-t-elle, incapable de soutenir son regard. J'ai toujours caché que j'étais frigide. C'était plus facile comme ça.

Vaughn repensa à la femme passionnée qu'il avait serrée dans ses bras quelques instants plus tôt. Elle n'était pas frigide, il en était certain. Si elle était incapable d'arriver à l'orgasme, il devait y avoir une raison. Il s'appuya sur un coude.

— Tu veux dire que tu n'as jamais…

— Non.

Vaughn fronça les sourcils. Elle ne lui disait pas tout. Son intuition de flic reprenait le dessus.

— Tu as été violée ?

— Non, soupira-t-elle.

— Mais il s'est passé quelque chose ?

Elle se tourna vers lui, le fixant de son regard d'azur.

— Tu aimes bien fourrer ton nez dans les affaires des autres, hein ?

— Oui, avoua-t-il avec un grand sourire.

Il se tut, attendant qu'elle parlât. Elle regardait toujours dans sa direction, mais elle semblait soudain avoir oublié sa présence.

— Je n'ai jamais raconté ça à personne. Pas même à une amie. Mais l'heure est peut-être venue de confier ce secret à quelqu'un. Et comme tu es le premier homme à avoir jamais soupçonné la vérité, je crois que tu es digne d'entendre ce que je vais te dire.

Pourtant, Kim hésitait encore. Avait-elle raison de s'ouvrir à lui ? Ne se servirait-il jamais de son secret contre elle ? Mais une force intérieure semblait lui dicter ce qu'elle avait à faire. Elle pouvait lui accorder sa confiance.

— J'avais seize ans, commença-t-elle d'un ton calme, évitant son regard. (Elle se tenait devant la fenêtre, le visage contre la vitre, mais elle ne voyait rien, rien que son image telle qu'elle était alors : confiante, encore perturbée par la mort de son père.) Il s'appelait Gage. Il avait dix-huit ans. Il jouait au football dans l'équipe du collège. (Elle eut un sourire triste.) Il était plutôt du genre macho. Quand je t'ai rencontré pour la première fois, tu m'as tout de suite fait penser à lui.

« Nous sortions ensemble depuis plusieurs mois. Gage n'était pas des plus fidèles, alors, pour le retenir, je lui ai offert ma virginité. J'étais jeune et stupide. De toute façon, à l'époque, je ne comprenais pas pourquoi on faisait tout un plat de ce truc. Faire l'amour était bien agréable, mais ça ne m'envoyait pas au septième ciel. (Elle haussa les épaules et aperçut la chemise de Vaughn sur la coiffeuse.) Bon sang, il me faut une cigarette !

— Sers-toi.

— Non, je ne préfère pas. Merci quand même.

Vaughn l'observait, se demandant ce qu'elle allait lui raconter. Quelle que fût cette histoire, il savait que pour Kim, elle n'était pas encore terminée.

Drapée dans sa couverture, Kim traversa la pièce et alla s'asseoir devant la coiffeuse. Elle regardait dans la direction de Vaughn mais ne semblait toujours pas le voir. Elle reprit son récit.

— Comme je le disais, le sexe, pour moi, n'avait rien d'extraordinaire, mais ce n'était pas l'opinion de Gage. J'avais deviné que c'était la seule chose qui pouvait le retenir et j'étais prête à m'en servir. J'étais encore trop immature pour comprendre qu'on ne construit pas une relation sur une simple histoire de fesses. Je me suis souvent demandé comment j'avais pu chercher si désespérément à m'accrocher à un type aussi insignifiant que lui. Il n'en valait pas la peine, et pourtant, à l'époque, cette aventure me donnait une impression de plénitude. Je suppose que j'en avais besoin.

« Mais les amis de Gage ne m'aimaient pas. Je refusais tout contact avec eux. Et comme je donnais à Gage dans l'intimité son content de sexe, il passait de moins en moins de temps avec ses copains. Mon Dieu, j'ai tellement honte de celle que j'étais alors !

— Il n'y a pas à avoir honte, objecta Vaughn. Nous faisons tous dans notre vie des choses que nous regrettons ensuite.

— Epargne-moi tes lieux communs. Les autres peuvent dire ce qu'ils veulent, ça ne change rien à ce que tu éprouves au plus profond de toi. Quoi qu'il en soit, un jour, Gage vint me chercher à la sortie des cours et m'entraîna jusqu'au gymnase. La salle était vide et silencieuse. Il m'amena dans une petite pièce où l'on entreposait les tapis de sol et il commença à me faire l'amour. (Elle regarda Vaughn, embarrassée.) Enfin, c'étaient juste les préliminaires, tu vois. Mon Dieu! C'est encore plus difficile que je ne l'aurais cru.

Elle se leva et retourna à la fenêtre. Elle sentait grandir en elle, avec la même puissance qu'alors, toute la haine qu'elle avait éprouvée pour Gage. Comment avait-elle pu être aussi naïve? Evoquer cet épisode de sa vie était pour elle une véritable torture, mais elle ne pouvait plus reculer.

— Avec Gage, les préliminaires étaient généralement des plus succincts. Et moi, ignorante comme je l'étais, je croyais que ça se passait ainsi pour tout le monde. Pourtant, ce jour-là, dans le gymnase, il les faisait durer. Je me mis à éprouver des sensations entièrement nouvelles. Et, pour la première fois, j'ai vraiment désiré qu'il me fasse l'amour. Je manquais totalement d'expérience dans ce domaine, tu sais. Je ressentais encore beaucoup de gêne. Alors, pour faire comprendre à Gage que j'étais prête, je l'ai embrassé avec fougue tout en essayant de le faire basculer sur moi. Mais il continuait comme si de rien n'était.

« C'est alors qu'il m'a demandé de lui parler. "Dis-moi que tu me veux, chérie." J'étais tellement excitée que j'ai perdu toute pudeur. Je voulais qu'il me fasse l'amour, et cette pensée occultait toutes les autres. Et je lui ai donné ce qu'il désirait. Je lui ai dit les paroles qu'il voulait entendre. Je l'ai supplié. Et soudain, il s'est levé et m'a regardée. J'étais encore allongée sur le tapis. (Inconsciemment, elle avait serré les poings.) Mon jean était baissé sur mes genoux, mon chemisier était grand ouvert. C'est alors qu'il m'a lancé: "A plus tard, bébé!"

Kim avait répété ces paroles sur un ton désinvolte qui avait dû être celui de Gage. Mais Vaughn avait perçu toute la douleur qu'elle cherchait à cacher. Il eut soudain envie de la protéger.

— J'étais encore sous le choc. Je ne comprenais pas ce qui se passait jusqu'à ce que je voie le magné-

135

tophone. Gage avait remis ses bottes. Il a pris l'appareil et est parti. J'ai su plus tard, quand il est revenu me présenter ses excuses, qu'il avait été mis au défi par ses copains. Ils prétendaient que je le tenais par le sexe et il avait parié qu'il pourrait tourner le dos à une femme qui l'implorait de lui faire l'amour. Et il avait gagné. Il attendait bien sûr que j'approuve sa conduite et pensait pouvoir s'en tirer avec de plates excuses.

Kim se mit à arpenter la pièce. Les mots ne suffisaient pas à exprimer toute la honte, toute la douleur qu'elle avait éprouvées. Son adolescence avait été déjà assez perturbée par le meurtre de son père. Elle se serait bien passée de cette épreuve supplémentaire.

— Et voilà, depuis ce jour, dès que j'approche de l'orgasme, quelque chose en moi se ferme et toute mon excitation retombe d'un coup. (Elle ferma les yeux et inspira profondément.) Je n'ai plus jamais supplié un homme.

Elle avait presque chuchoté ces derniers mots, si bien que Vaughn se demanda si elle ne les avait pas prononcés seulement pour elle-même. Il commençait à comprendre l'humiliation qu'avait pu ressentir une adolescente de seize ans et aurait voulu mettre la main sur le type qui lui avait infligé une telle blessure. C'était malheureusement impossible, mais il pouvait venger Kim d'une autre façon. Il se jura que, la prochaine fois qu'ils feraient l'amour, il lui ferait connaître son premier orgasme. Il ne se doutait pas encore que la partie de jambes en l'air sans lendemain qu'il avait escomptée venait de prendre une tout autre tournure.

●◆●

Vaughn l'avait quittée depuis une heure et Kim se demandait ce qui avait bien pu la pousser à tout lui raconter. Elle en était encore rouge de honte. Ce type devait la croire complètement cinglée. Elle ne pourrait plus jamais le regarder en face. De toute façon, elle était certaine qu'il ne chercherait plus à la voir en dehors du cadre strictement professionnel. Mais n'était-ce pas ce qu'elle souhaitait aussi?

Elle sursauta en entendant sonner une heure à la vieille horloge et repensa soudain à ce que lui avait dit Vaughn sur l'heure probable des crimes. Frissonnante, elle remonta sous son cou la couverture dont elle s'était enveloppée pour descendre au rez-de-chaussée. Malgré les lumières qui brillaient dans toutes les pièces et la certitude que Vaughn surveillait la maison depuis sa voiture de patrouille, Kim savait qu'elle ne s'endormirait pas avant l'aube.

Elle se leva et alla dans la cuisine où elle se versa un verre de soda. Elle prit dans un placard un paquet de pop-corn et retourna dans le salon où elle s'installa devant la télévision. Elle espérait tomber sur un film qui l'aiderait à trouver le sommeil. Elle baisserait le son au minimum pour ne pas être réveillée par les publicités et leurs musiques tonitruantes.

Kim avait les yeux rivés sur l'écran et s'apprêtait à boire une gorgée de soda quand la sonnerie stridente du téléphone retentit. Elle sursauta et renversa la moitié de son verre sur son T-shirt. Qui pouvait bien l'appeler à une heure aussi tardive?

— Allô?

Personne ne répondit.

— Allô? répéta-t-elle.

— Allô, Kimberley?

La voix grave avait une consonance étrange.

— Qui est à l'appareil?

De nouveau, le silence. Elle allait raccrocher quand l'homme se remit à parler.

— Vengeance, dit le seigneur de la Mort. C'est à lui que tu parles, Kimberley. Je suis le seigneur de la Mort.

Kim était glacée par la peur. Elle serrait le combiné dans sa main crispée. Pendant un instant, elle n'entendit plus rien, puis un rire sarcastique retentit à l'autre bout du fil.

— Pourquoi faites-vous ça? parvint-elle à demander.

Il y avait trop de terreur dans sa voix, et elle le savait.

— Tu le sens, n'est-ce pas, Kimberley? Tu sens son baiser de glace. Il est le compagnon de la mort. Il s'appelle Danger.

Kim frissonna. Mais sa colère devait être plus forte que sa peur. Il lui fallait découvrir l'identité de ce mystérieux interlocuteur.

— Dites-moi pourquoi vous faites ça.

Il n'y avait plus la moindre trace de frayeur dans sa voix.

— Tu pensais peut-être que je t'avais oubliée. Mais je ne t'oublierai jamais, Kimberley.

Elle l'entendit raccrocher, puis il n'y eut plus que le silence. Lourd, angoissant.

9

Vaughn tenait entre ses doigts une télécopie mais ne la lisait pas. Son esprit était ailleurs. Il s'était écoulé une semaine depuis la nuit qu'il avait passée avec Kim. Le lendemain matin, elle avait signalé le mystérieux appel qu'elle avait reçu. Depuis, elle ne lui avait parlé que pour lui demander où en était l'enquête. Pourquoi était-elle redevenue si froide ? Pourquoi avait-elle repris son personnage d'emmerdeuse obstinée et distante qui avait tellement le don de l'agacer ?

Vaughn secoua la tête. Il devait se faire violence pour se concentrer sur son travail. Kim occupait toutes ses pensées. Il s'était attaché à la femme qu'il avait découverte derrière le masque de froideur. Mais l'animosité constante dont elle faisait preuve envers lui commençait à l'ennuyer prodigieusement.

Baissant les yeux sur la feuille de papier qu'il tenait à la main, il la relut et fronça les sourcils. Ce rapport concernait Mike Drayton qui, semblait-il, avait menti par omission en ne signalant pas qu'après avoir quitté Tacoma il avait vécu un an et demi à Seattle avant de s'installer à Lillooet Creek. Vaughn ajoutait ainsi un nom à la liste des individus qui s'étaient trouvés à Seattle, puis à Lillooet Creek au moment des meurtres. Ce gaillard-là devait être surveillé de près. Il passerait peut-être même à la scierie lui poser quelques questions.

On frappa à la porte et Melissa passa la tête dans l'entrebâillement.

— J'ai Doreen Hanson au téléphone pour vous. Elle veut vous parler personnellement et elle a l'air plutôt secouée.

Toujours rêveur, Vaughn décrocha le combiné.

— Shérif Garrett, annonça-t-il.

— Il va vous falloir encore combien de temps pour coincer cet enfant de putain ? Il a tué mon oiseau. Et, en prime, il m'a laissé un joli petit poème sur une histoire de cadavre à la con.

Vaughn revint brusquement à la réalité. En temps ordinaire, Doreen surveillait son langage. Si elle prononçait de telles grossièretés, c'était que quelque chose avait vraiment dû l'effrayer. Lui seul la connaissait assez pour savoir interpréter un tel signe.

— O.K., Doreen. Calme-toi. De quoi parles-tu ?

— Tu es bouché, ou quoi ? Je te dis que ce salaud de tueur est entré chez moi. Il a même laissé sa carte de visite.

— Ne touche à rien. Nous arrivons.

Il raccrocha et sortit. Au passage, il s'arrêta devant la porte de Stone qui, par chance, se trouvait dans son bureau.

— Vous devriez venir avec moi. J'ai comme l'impression que notre homme vient de se choisir une nouvelle victime.

Stone se leva sans un mot, coinça sa veste sous son bras et attrapa sa mallette. Au moment où il prenait place aux côtés de Vaughn dans la Land Rover, il demanda :

— Homme ou femme ?

— Femme.

— Comment s'appelle-t-elle ?

— Doreen Hanson. Elle est institutrice dans l'une des écoles primaires de la ville.

Sans rien ajouter, Stone tourna la tête et regarda dehors. Cinq minutes plus tard, la voiture s'engageait dans McCurdy Road et se garait devant une grande maison à un étage que la ville louait à Doreen pour une somme modique.

La jeune femme les attendait, assise sur les marches du perron, Landon sur ses genoux. Pendant un court instant, Vaughn contempla son fils.

Le garçonnet avait les yeux de son père mais ses cheveux étaient noirs comme l'ébène. Vaughn se demanda de qui il avait hérité cette couleur surprenante. Tous les Hanson, Doreen y comprise, avaient les cheveux châtain clair. Landon sourit et agita sa main potelée pour saluer les deux hommes. C'était un très bel enfant.

— Entrez, dit Doreen qui semblait s'être un peu calmée. Si ça ne vous dérange pas, je préfère rester dehors tant que vous n'aurez pas fait le tour de la maison.

Vaughn acquiesça. Le regard de Doreen avait glissé vers Stone qui se trouvait derrière lui.

— Doreen, je te présente l'agent spécial Stone du FBI. Stone, voici Doreen Hanson.

— Enchanté, dit Stone en serrant la main de la jeune femme.

Elle réussit à esquisser un sourire.

— J'espère que vous allez coincer ce type avant qu'il ne m'attrape.

— C'est bien notre intention, la rassura Stone.

Vaughn poussa la porte et ils entrèrent tous deux dans la maison. Tandis qu'ils se dirigeaient vers la cuisine, Vaughn observait le comportement de Stone. Rien ne semblait lui échapper. Son regard courait du sol au plafond, n'omettant aucun détail. Soudain, il s'arrêta devant l'escalier qui menait au premier étage.

— Vous voyez quelque chose ? demanda Vaughn.

— Du talc, répondit l'autre d'un ton énigmatique, avant de repartir en direction de la cuisine.

Vaughn resta un moment interdit. Qu'est-ce que du talc pour bébé venait faire dans cette histoire ? En entrant dans la cuisine, il faillit bousculer Stone. Ce

type avait la fâcheuse habitude de s'arrêter n'importe où sans prévenir.

— Qu'est-ce que vous faites ?

— Je regarde.

— Vous regardez quoi ?

— Tout. Pour épingler un tueur, vous devez
essayer de voir avec ses yeux. En entrant dans cette
pièce, cette cage a tout de suite attiré mon regard.

Vaughn regarda la cage où un petit canari pendait
sans vie au bout d'une cordelette.

— Cet homme prend plaisir à tuer les animaux,
ajouta Stone. Nous devons découvrir pourquoi. C'est
un phénomène assez fréquent parmi les psycho-
pathes. Tuer une bête leur procure une impression
de puissance. Mais cet acte a peut-être une autre
signification pour l'homme que nous recherchons. Si
nous retenons l'hypothèse de la vengeance qui
semble avoir motivé le meurtre de Farris, que pouvons-nous en déduire ?

Pendant un instant, Vaughn dévisagea Stone en
silence, cherchant à deviner où il voulait en venir.

— J'ai toujours supposé que, dans le cas de Trent,
la mort du chien avait été un avertissement, dit-il
enfin. L'homme avait tué l'animal afin de terroriser
sa victime. Mais vous pensez qu'elle pourrait faire
partie de la vengeance ?

— Précisément. Il trouve peut-être une satisfaction
à tuer un être auquel sa victime est attachée.

— Mais ça ne cadre pas avec l'écureuil qu'il a
laissé dans la chambre de Kimberley Tannas, objecta
Vaughn.

— C'est vrai. Cependant, il faut tenir compte du
fait que Mme Tannas ne réside pas à Lillooet Creek.
Si elle possède un animal, elle ne l'a pas amené. De
plus, notre homme a peut-être pensé qu'en tant que
femme Kim Tannas serait choquée par le massacre
d'une petite créature innocente.

Stone ouvrit sa mallette et en tira une paire de

gants et une baguette métallique dont il se servit pour décrocher la cage.

— Que vient faire là-dedans l'odeur du talc pour bébé ? interrogea Vaughn.

— Aux yeux de beaucoup de gens, les animaux domestiques, comme cet oiseau, sont de pauvres êtres sans défense qu'il nous appartient de protéger. (Il posa la cage sur la table et regarda Vaughn.) Qu'évoque pour vous l'odeur du talc ?

— L'innocence ! s'exclama Vaughn qui venait soudain de comprendre. Vous ne voulez pas dire qu'il s'en prendrait à Landon ?

— Seul ce type le sait. N'oubliez pas qu'il ne voit pas les choses de la même façon que nous. Mais si mon hypothèse est juste, il est plausible qu'après les animaux il s'attaque à un enfant.

Vaughn eut l'impression d'avoir reçu un coup de poing dans l'estomac. C'était de son fils que Stone parlait avec tant de détachement.

Tandis que Stone examinait l'oiseau mort, Vaughn alla inspecter la porte de la cuisine qui donnait sur l'extérieur afin d'y rechercher des traces d'effraction. Il n'en trouva aucune. Il lui faudrait interroger Doreen sur ce point. Puis, utilisant un matériel qu'il avait trouvé dans la mallette de Stone, il se mit à relever les empreintes.

— Eh, Garrett, venez par ici, s'il vous plaît ! Regardez ça, le nœud coulant a été fait dans les règles de l'art, dit Stone qui montrait la cordelette de sa baguette. D'après moi, ce type a d'abord tué l'oiseau en lui brisant le cou et ne l'a pendu qu'ensuite. Le nœud coulant est le symbole du châtiment suprême. Cet homme se prend à la fois pour un juge et pour un bourreau. Il connaît ses victimes. Peut-être pas très bien. Peut-être que leur crime a simplement été de le bousculer dans la rue et de ne pas s'excuser. Mais je crois pouvoir affirmer que notre assassin a eu un contact avec chacune d'elles.

Vaughn hocha la tête et regarda le morceau de

papier qui avait été collé à la cage. Il le détacha au moyen d'une pince à épiler. Le message avait été dactylographié.

> *Viens à moi et je te donnerai un baiser de glace.*
> *Mes roses sont fanées et mes lèvres sont grises.*
> *Mes yeux, sans pupille, sont morts eux aussi.*
> *Tout est blanc, blanc comme un visage de pierre.*
> *Ma sœur, mon amante si froide, viens à moi.*

— Vous connaissez ces vers ? interrogea Stone.

— Il me semble que oui. Mais je ne sais pas où je les ai lus, répondit Vaughn qui rangeait soigneusement la feuille dans un sachet en plastique.

Stone plaça l'oiseau dans une autre pochette.

— Je vais finir ce que j'ai à faire ici. En attendant, vous pouvez peut-être sortir prendre la déposition de Mlle Hanson.

— D'accord. Et j'en profiterai pour jeter un coup d'œil dans le jardin.

Vaughn vint s'asseoir sur le perron, près de Doreen. Avançant la main, il serra les doigts potelés de Landon.

— Je dois te poser quelques questions, Doreen.

Elle leva les yeux vers lui.

— Je t'écoute.

A contrecœur, il lâcha la main de son fils et sortit de sa poche un calepin et un stylo.

— A quelle heure as-tu découvert l'oiseau ?

— Vers huit heures et quart. Je venais de descendre pour préparer le petit déjeuner et c'est alors que j'ai remarqué que Mimi ne chantait pas. J'ai regardé dans la cage et je l'ai vue. Elle avait été pendue et j'ai aussi aperçu le bout de papier. (Elle grimaça et se frotta énergiquement les bras comme pour se réchauffer.) Je me suis approchée pour le lire et je t'ai appelé tout de suite après.

— As-tu touché à quelque chose ?

— Non, je ne crois pas.

144

— As-tu entendu des bruits inhabituels la nuit dernière ?

— Non, rien du tout.

— Les portes de la maison étaient-elles verrouillées ?

— Bien sûr. Je m'enferme toujours à double tour quand... (elle marqua une pause et avala sa salive comme si elle hésitait à dire ce qui allait suivre)... quand je sais que mes frères sont en train de se soûler en ville. Mais il est possible que j'aie oublié la nuit dernière.

— Dorénavant, il faudra que tu y penses.

Doreen se pencha pour embrasser son enfant et resserra son étreinte sur lui. C'était une bonne mère. Vaughn répugnait à l'effrayer davantage, mais son devoir était de la mettre en garde.

— Stone pense que Landon pourrait être menacé.

Doreen releva brusquement la tête.

— Mais pourquoi ?

— Apparemment, ce tueur punit ses victimes en s'attaquant à ce qu'elles ont de plus cher.

— Mais c'est impossible, murmura Doreen.

Et elle étreignit son enfant si fort que celui-ci poussa un cri de protestation.

Vaughn referma son calepin et le fourra dans sa poche.

— Un de mes hommes restera posté devant chez toi. Quand tu voudras sortir, tu devras le prévenir et lui donner l'heure de ton retour afin qu'il reprenne son poste quand tu reviendras. C'est entendu ?

Il était mieux placé que quiconque pour savoir à quel point Doreen était jalouse de son indépendance. Mais il était sûr que, dans la situation présente, elle ne regimberait pas.

— D'accord, répondit-elle. (Elle fit la moue et regarda en direction de la rue.) Et combien de temps allez-vous me chaperonner ?

— Aussi longtemps que nous n'aurons pas attrapé ce type.

145

Vaughn avait déjà rappelé Killian qui se trouvait à Kalispel Falls. Il lui faudrait certainement demander des renforts ou recruter de nouveaux adjoints. Mais il ne lésinerait pas sur les moyens.

Il observa Doreen. Elle était toujours aussi belle, mais elle n'éveillait plus en lui le même désir que par le passé. Elle était la mère de son fils, grâce à son machiavélisme, et une amie, bien que cette amitié fût encore teintée de ressentiment. Mais il n'éprouvait plus rien d'autre pour elle. A quel moment ses sentiments pour Doreen avaient-ils changé?

— Nous avons mis un peu de désordre dans la maison en relevant les empreintes, mais c'était indispensable.

— Ça ne fait rien, répondit Doreen.

— Nous avons besoin de prendre un échantillon de tes empreintes digitales. Penses-tu être capable de rentrer, maintenant?

Pour toute réponse, elle se leva et avança vers la porte. Elle était terrorisée, mais s'efforçait de le cacher.

Quelques instants plus tard, Landon était confortablement installé dans sa chaise haute, regardant sa mère qui essuyait ses mains tachées d'encre. Stone et Vaughn rangeaient leur matériel quand on frappa à la porte. Doreen alla ouvrir.

— Salut, Barney!

— Merde! grommela Vaughn. C'est le reporter de l'*Observer*, expliqua-t-il à Stone. Un brave type, mais un sacré fouineur.

Vaughn ne laissa pas à Barney McCarthy le temps d'obtenir des informations sur Doreen. Il fonça dans l'entrée.

— Barney! s'exclama-t-il en venant se placer près de la jeune femme. Quel bon vent t'amène?

— On m'a refilé un tuyau comme quoi Doreen aurait eu des petits ennuis ce matin. C'est vrai?

De l'autre côté de la rue, Vaughn vit remuer un rideau à la fenêtre de Mme Babchuk. Ce n'était pas sorcier de deviner de qui McCarthy tenait son tuyau. Prenant une mine étonnée, il se tourna vers Doreen.

— Tu as eu des ennuis, Doreen ?

— Non, aucun. On vous a donné de mauvais renseignements, Barney.

— Arrêtez vos salades. Je ne suis pas un de ces journalistes des grandes villes. Je mérite un autre traitement.

Vaughn étudia la face ronde de McCarthy. Ce type n'avait pas tort. Il avait toujours respecté le travail de la police. Chaque fois que Vaughn lui avait demandé de garder le silence sur une affaire, Barney avait obtempéré. De toute façon, les habitants de Lillooet Creek n'attendaient pas la dernière édition de l'*Observer* pour savoir ce qui se passait chez eux. Le bouche à oreille fonctionnait dans cette petite communauté aussi bien qu'ailleurs. On ne lisait généralement le journal local que pour les recettes de cuisine et la rubrique Jardinage. Si, d'aventure, McCarthy publiait un papier sensationnel, il était immanquablement pris à partie par quelqu'un qui tenait déjà l'histoire de son beau-frère ou de sa cousine et qui accusait le journaliste d'avoir transformé les faits. Travailler dans la presse locale n'était pas une sinécure...

Doreen s'effaça pour laisser entrer le visiteur.

— D'accord, Barney. Tu peux entrer.

Au moment où McCarthy pénétrait dans la maison, Stone sortait de la cuisine, portant dans une main sa mallette et dans l'autre la cage du canari.

— Stone, l'interpella Doreen, je voudrais vous présenter notre journaliste local, Barney McCarthy. Barney, voici l'agent spécial Stone, du FBI.

Un peu intimidé, Barney serra la main de Stone.

— Enchanté de faire votre connaissance.

Stone hocha la tête et se tourna vers Vaughn.

— Je vous attends dehors.

Il sortit, sa mallette à la main.

— Pas très chaleureux, commenta Barney.

— Il est soucieux, répondit Vaughn.

McCarthy regarda par la fenêtre Stone qui se dirigeait vers la Land Rover de Vaughn. Puis il se tourna vers Doreen.

— Alors, que s'est-il passé ?

Doreen interrogea des yeux Vaughn qui poussa un soupir.

— Je laisse à Doreen le soin de juger ce qu'elle doit vous raconter, mais sachez que rien de ce qu'elle vous dira ne devra sortir d'ici. Si vous imprimez quoi que ce soit qui puisse attirer l'attention des journalistes de la ville, ils fondront sur Lillooet Creek comme des vautours. Je vous fais confiance, Barney. Bon, maintenant je dois y aller. Et n'oubliez pas, pas un mot sans mon accord.

— Ouais, grommela l'autre. Mais je vais vous dire une chose : un de ces quatre, je quitterai ce trou et j'irai faire mon métier dans un endroit où on me laissera travailler en paix.

Vaughn lui répondit par un grand sourire.

— A bientôt, Barney. (Il s'adressa à Doreen.) Fais attention à toi. Je vais placer un de mes hommes devant la maison avant de partir.

Vaughn trouva Stone fouillant le sol devant le perron.

— Vous avez découvert quelque chose ?

— Non, la terre est trop dure.

— Vous devriez jeter un coup d'œil derrière.

Stone et Vaughn tournèrent brusquement la tête. En apercevant Liz Murphy, Vaughn se dit que ce n'était décidément pas son jour de veine.

— Stone, je ne pense pas que vous ayez eu le plaisir de rencontrer Mme Murphy.

— Non, je ne crois pas, répondit Stone, tendant la main à Liz.

— Liz, je vous présente l'agent spécial Stone, du FBI.

— Enchantée, dit Liz sur un ton très solennel.

Vaughn remarqua qu'elle ne souriait pas.

— Pourriez-vous répéter ce que vous disiez tout à l'heure ? demanda Stone.

— Je disais que vous devriez regarder derrière la maison, dans le terrain vague, près de l'endroit où se trouve toute cette ferraille.

— Elle veut parler de la casse de Skeeter Barnes, expliqua Vaughn à Stone qui le regardait d'un air perplexe.

— Pourquoi dites-vous ça ? demanda Stone en se tournant vers Liz.

— Je ne sais pas au juste. Mais je crois que vous trouverez là-bas un morceau d'étoffe noire, ou bleu foncé. Il a déchiré sa veste. (Liz rouvrit les yeux qu'elle avait fermés pour mieux se concentrer et s'adressa à Stone.) Je suis désolée, c'est tout ce que je peux vous dire pour l'instant.

Une fois de plus, Stone lança à Vaughn un regard interrogateur.

— Mme Murphy est parapsychologue. Elle est arrivée à Lillooet Creek il y a une huitaine de jours.

— Ah ! Je vous remercie de ces indications, madame Murphy, dit Stone. Et nous en tiendrons compte pour notre enquête.

— J'aimerais pouvoir faire plus, répondit-elle en balayant du regard la maison derrière eux. (Quand ses yeux se posèrent sur le premier étage, elle frissonna.) J'aimerais pouvoir faire plus, répéta-t-elle d'un air songeur.

Puis elle retourna à son camping-car et démarra.

— Une étrange bonne femme, dit Vaughn quand elle fut partie.

Stone se tourna vers lui et le regarda de ses yeux perçants.

— Elle est un peu bizarre, en effet, mais il ne faut pas faire fi des indications qu'elle nous a données sous prétexte que nous ne comprenons pas ces phénomènes. Tous les voyants ne sont pas des charlatans.

— Vous est-il déjà arrivé de travailler avec des médiums ?

— Oui, une fois. Et ç'a été une expérience très enrichissante.

— Je vais demander à l'un de mes hommes de surveiller la maison et nous irons fouiller ce terrain vague.

— Parfait. (Stone était resté en arrière et contemplait la fenêtre sur laquelle le regard de Liz Murphy s'était arrêté.) Je me demande ce qui a pu l'effrayer.

Vaughn leva la tête à son tour. Mais il n'avait pas la moindre envie de savoir. Récemment, entre son métier le jour et ses cauchemars la nuit, il avait eu sa dose de frayeur. Laissant Stone perdu dans ses pensées, il alla jusqu'à sa voiture pour donner ses ordres par la radio.

●◆●

Les herbes hautes et sèches craquaient sous leurs pieds tandis qu'ils arpentaient le terrain vague séparant les jardins de McCurdy Road du lotissement où Skeeter Barnes entassait sa ferraille.

— Il y a des empreintes de pas ici, fit observer Stone.

— Tous les gamins du coin passent par ce terrain. C'est un raccourci.

Ils se remirent en marche. Ils étaient maintenant près de la casse. Bien que sans illusions, Vaughn se mit à fouiller plus attentivement les hautes herbes. Il n'espérait pas trouver là quoi que ce fût mais il gardait cette opinion pour lui. Quand ils arrivèrent à hauteur de la clôture qui entourait le terrain de Barnes, ils se séparèrent. Vaughn remarqua que l'herbe avait été écrasée en plusieurs endroits. Il pouvait s'agir d'empreintes de pas, mais rien ne permettait de l'affirmer. Soudain, il entendit Stone crier.

— Je l'ai !

Vaughn se précipita.

Stone brandissait un morceau de vêtement qu'il tenait avec sa pince à épiler.

— Il a dû déchirer sa veste en escaladant la clôture, dit-il en montrant un lambeau qui était resté accroché aux fils barbelés. Il y a une petite tache sur le tissu. Peut-être du sang.

— Bon Dieu! Liz avait donc raison!

10

La sonnette de la porte d'entrée retentit avec insistance. Kim ne savait pas au juste qui elle s'attendait à trouver, mais certainement pas tante Willie.

— Je suis venue prendre un café avec toi, déclara la visiteuse sans autre préambule.

Le premier instant de surprise passé, Kim sourit.

— Je suis très contente de te voir, entre donc. (Elle remarqua que tante Willie portait un plat.) Qu'est-ce que c'est que ça?

— Macaroni al forno. Oh, je vous connais, vous, les femmes modernes. Vous ne prenez jamais la peine de vous faire à manger.

— Quelle bonne idée, j'adore les macaronis, répondit Kim. Nous les mangerons ensemble.

— Pas question, c'est pour toi. De toute façon, j'ai déjeuné avant de venir. (Elle suivit Kim dans la cuisine.) Quand cette froussarde de Vivian va-t-elle se décider à revenir vivre dans sa maison?

Elles bavardèrent de choses et d'autres pendant un moment, puis tante Willie aborda la question qui avait motivé sa visite.

— Tout le monde en ville parle d'une certaine Liz Murphy qui serait voyante. Tu la connais?

Kim sourit.

— Je sais d'elle ce qu'elle a bien voulu me dire. Mais elle me fait l'effet d'être honnête. Je l'aime bien.

— C'est vrai ce qu'on dit, elle aurait vraiment un don de double vue?

— Je ne sais pas trop. Elle-même y croit, mais elle admet que ce don peut parfois lui jouer des tours. Tout ce qu'elle sait, c'est qu'elle a été attirée à Lillooet Creek pour y protéger quelqu'un et elle pense que je suis cette personne.

— Hum, grommela tante Willie. Elle pratique les arts martiaux ou un truc de ce genre?

— Non, répondit Kim, amusée. Pas que je sache.

— Alors comment pense-t-elle pouvoir te protéger? Elle finira par se faire tuer si elle continue comme ça. Oh, moi, j'ai jamais cru à toutes ces âneries.

Kim ne savait quoi répondre. La sonnette de la porte d'entrée la tira d'embarras.

Quand elle aperçut Liz sur le seuil, elle comprit tout de suite qu'il s'était passé quelque chose. Après un bref moment d'hésitation, elle saisit Liz par le bras et l'attira à l'intérieur. Au diable la vieille dame! Liz était son amie.

— Qu'y a-t-il? demanda-t-elle.

— Je ne sais pas au juste.

— Viens dans la cuisine. Je vais te présenter à tante Willie.

— Oh, non! s'exclama Liz en s'arrêtant net. Si tu as de la visite, je reviendrai plus tard.

— Allons viens, ne sois pas bête.

Ayant réussi à pousser Liz dans la cuisine, Kim fit les présentations. Au passage, elle lança à tante Willie un regard d'avertissement.

— Enchantée de vous rencontrer, dit la vieille dame en serrant la main de Liz dans sa paume calleuse. J'ai beaucoup entendu parler de vous.

Liz s'assit. Kim posa devant son amie une tasse de café et remarqua que tante Willie scrutait la nouvelle venue de ses yeux perçants. Liz poussa un soupir. Kim lui prit les mains.

— Qu'est-ce qui t'inquiète?

Liz lança un regard interrogateur en direction de tante Willie. Kim s'empressa de la rassurer.

— Pas de problème, Liz. Willie sait garder sa langue. N'est-ce pas, tante Willie ?

— Je n'ai jamais colporté le moindre commérage de ma vie, et ce n'est pas aujourd'hui que je vais commencer. Bien sûr, comme tout le monde, j'aime bien prêter l'oreille à ce qui se raconte et j'avoue qu'il m'arrive d'aller un peu à la pêche aux ragots, mais vous pouvez me faire confiance, je peux être muette comme une tombe.

— Je vous aime bien, lui dit Liz après l'avoir considérée pendant un instant.

A sa plus grande surprise, Kim vit une rougeur s'installer sur le visage buriné de la vieille femme.

— Vous ne savez rien de moi, répondit celle-ci sur un ton un peu moins bourru que d'habitude.

— Assez pour me faire une opinion, rétorqua Liz. (Elle se tourna vers Kim.) Quelque chose va bientôt se produire. Mais je ne sais pas encore quoi et je ne peux donc rien faire pour l'empêcher.

Kim se sentit parcourue de frissons.

— Comment peux-tu en être si sûre ?

— Quand je me suis levée ce matin, je me sentais très abattue, ce qui ne m'arrive presque jamais. Il fallait que je parle au shérif Garrett le plus tôt possible et j'ai appelé à son bureau. Melissa m'a dit qu'il était sorti et, en la cuisinant un peu, j'ai réussi à savoir qu'il s'était rendu chez Doreen Hanson. En entendant prononcer ce nom, j'ai eu l'impression qu'un rideau noir venait de se lever. J'ai commencé à voir des images fulgurantes, désordonnées, et il a fallu que je m'assoie, tellement ça tourbillonnait dans ma tête. Soudain, une vision très claire s'est formée, une vision que j'aurais préféré ne jamais avoir.

— Qu'est-ce que c'était, Liz ? demanda Kim.

— Au début, je n'ai distingué qu'une maison à un étage, un peu comme celle-ci, mais plus petite. Sur

154

les marches du perron, une femme assise tenait un petit enfant.

— A quoi ressemblait-elle?

— Elle était jeune, jolie, avec des cheveux châtains qui lui arrivaient aux épaules, mais…

— C'est la description de Doreen, interrompit tante Willie. Et quoi d'autre?

Liz, prise de frissons, se frottait les bras.

— Mais ses lèvres étaient grises et ses yeux tout blancs. Son visage avait une couleur d'albâtre, comme celui d'une statue.

— Ou d'un cadavre. Vous voulez dire que vous avez vu Doreen morte? interrogea tante Willie.

— Je crois que oui, je ne sais pas au juste. (Liz se massa le front.) Brusquement, cette première image a fait place à une autre. J'étais derrière la maison. A un moment, j'ai baissé les yeux sur mon bras, qui n'était pas mon bras en réalité, et j'ai vu que la manche de ma veste était déchirée. C'était un vêtement sombre, bleu marine ou noir. J'avançais toujours. Il faisait nuit mais la scène était éclairée par la clarté de la lune. Un chien aboyait au loin.

«Je me suis retrouvée devant la maison et j'ai levé les yeux vers le premier étage. Et soudain, comme si j'avais mesuré six mètres de haut, j'ai regardé à l'intérieur d'une chambre par une fenêtre du premier étage. Et j'ai vu… (elle hésita un instant)… j'ai vu des cercueils.

Elle tremblait de la tête aux pieds. Pendant un long moment, Kim et tante Willie restèrent interdites.

— Le prochain qui appelle un don mes facultés de voyance, je lui aplatis ma main sur la figure, grommela Liz.

— Vous pensez donc que ma petite-fille est en danger? dit enfin tante Willie.

Liz la regarda, étonnée.

— Votre petite-fille?

— Après avoir fini le lycée, Doreen a habité chez moi pendant plusieurs années. Elle voulait poursuivre ses études et sa famille d'incapables la faisait trimer comme une esclave. Quand j'ai vu ça, j'ai dit à cette pauvre gamine de prendre ses affaires et de venir à la maison. Je n'ai jamais eu à regretter cette décision. C'est une fille courageuse. Elle a fini par décrocher son diplôme d'institutrice. (Après ces explications, elle marqua une courte pause.) Alors, vous pensez que Doreen est en danger ?

Liz acquiesça, hésitante.

— Je ne vois pas quelle autre interprétation je pourrais donner à cette horrible vision. Elle m'a laissé une impression sinistre.

Kim regardait Liz, essayant de comprendre ce que ce nouvel événement impliquait pour elle-même. Le tueur se serait-il détourné d'elle ? Peut-être pourrait-elle bientôt retourner à Seattle, si ce sadique avait choisi une autre victime. Mais le soulagement qu'elle éprouvait à cette idée fit bientôt place aux remords. Elle ne pensait qu'à sa petite personne alors qu'une autre femme était maintenant menacée. Comment pouvait-elle être aussi égoïste ? La voix de tante Willie l'arracha soudain à ses pensées.

— Je vais aller dire deux mots à Vaughn. Il faudra bien qu'il m'explique ce qu'il faisait chez Doreen ce matin. Ensuite, j'irai lui parler, à elle. Elle viendra habiter chez moi avec le bébé. Elle y sera en sécurité. (Elle lança à Liz un regard dur.) N'allez pas vous imaginer que je gobe toutes vos histoires. Seulement, il vaut mieux prendre des précautions. (Derrière sa tasse, elle observait Liz de ses yeux perçants.) Pourquoi ne venez-vous pas vivre ici avec celle que vous êtes censée protéger ? Vous ne serez pas très utile en restant dans votre chambre d'hôtel.

— Willie ! s'exclama Kim, choquée par tant d'audace.

Tante Willie se révélait plus brutale que dans son souvenir ou bien elle s'était endurcie avec l'âge. Mais Liz souriait.

— Ce n'est rien, Kim. En fait, dit-elle en s'adres-

156

sant à Willie, j'espérais que, lorsque Kim me connaîtrait mieux, elle me demanderait de venir vivre avec elle. Et si elle ne se décide pas, je viendrai de toute façon installer mon camping-car devant la maison.

Kim la fixait, incrédule.

— Tu vois bien, l'interpella tante Willie. J'ai eu raison de mettre le sujet sur le tapis.

Interloquée, Kim regarda les deux femmes. Que pouvait-elle ajouter?

◆—◆—●

Mike Drayton fut la première personne que Vaughn aperçut quand il se gara devant la scierie de Bill Carter. L'homme était occupé à décharger des bûches au fond de la cour.

Mais Vaughn voulait d'abord parler à Carter. Il le trouva à son bureau.

— Salut, Vaughn! Qu'est-ce que je peux faire pour toi?

— Je voudrais juste avoir une petite conversation avec l'un de tes employés, si tu n'y vois pas d'inconvénient.

Carter prit une expression inquiète.

— Rien de grave, j'espère? De qui s'agit-il?

— De Mike Drayton.

— Il est dans la cour.

Il faisait très chaud ce jour-là. Mike Drayton s'était arrêté de travailler et s'épongeait le front avec la manche de sa chemise. Il regardait s'approcher le shérif. Quand ils ne furent qu'à quelques mètres l'un de l'autre, Vaughn le héla.

— J'aimerais vous parler si vous avez quelques minutes.

— Pas de problème, répondit Drayton qui alla se mettre à l'ombre d'un tas de planches.

Vaughn vint le rejoindre.

— J'ai cru comprendre que vous aviez vécu à Seattle avant de venir vous installer ici?

— C'est exact.

— J'aimerais savoir ce que vous y avez fait la nuit du 18 avril de l'année passée, si vous vous en souvenez.

Drayton leva vers lui son regard vert et froid. Il eut un sourire narquois et secoua la tête.

— Vous voulez rire ! Je ne me rappelle même pas ce que j'ai fait le 18 du mois dernier.

Vaughn lui retourna son sourire.

— O.K., je veux bien admettre que cette question était un peu difficile. Essayons maintenant avec ce mois-ci. Qu'avez-vous fait dans la nuit du 10 juillet ?

Drayton lui lança un regard soupçonneux.

— Qu'est-ce que vous essayez de me coller sur le dos, shérif ? Il s'est passé quoi, le 10 juillet ?

— C'est à vous de me le dire.

Drayton écarquilla les yeux.

— Ouais, c'est la nuit où ce Farris s'est fait buter. Et vous pensez que c'est moi ? (Les épaules de Drayton furent secouées d'un rire silencieux.) Désolé, shérif. Cette nuit-là, j'étais chez Tyler Dobbs. J'ai flambé une semaine de salaire au poker. Faudra vous chercher un autre bonhomme.

— Je ne savais pas que vous traîniez chez Dobbs.

Pour la première fois, Drayton eut l'air agacé.

— Je ne fais pas partie de la bande. Je les vois juste de temps en temps pour jouer aux cartes.

— C'est bon, répondit Vaughn. Merci d'avoir répondu à mes questions.

Vaughn retourna directement à sa voiture sans repasser par le bureau. Il ne se faisait pas d'illusions. Dobbs confirmerait l'alibi de Drayton. Ce type détestait les flics et, pour se moquer d'eux, il n'hésiterait pas à commettre un parjure.

La soirée était déjà avancée quand Kim raccompagna tante Willie chez elle. La vieille dame ne conduisait pas. Elle avait proposé de prendre un taxi, mais Kim n'avait rien voulu entendre. Liz était retournée à son hôtel récupérer ses bagages. Elle viendrait garer son camping-car devant la maison en attendant que Kim obtienne de tante Vivian la permission de la laisser s'installer dans une des chambres. Elle avait déjà tenté de la joindre, mais tante Vivian était sortie. Kim était certaine que sa tante donnerait son accord.

Kim se gara devant la petite maison de tante Willie sur McCurdy Road, à deux pas de chez Doreen Hanson. Elle aperçut une voiture de police. Ainsi, c'était vrai... Le tueur avait choisi une autre victime.

Sur le trottoir d'en face, un homme aidait une vieille dame à porter ses commissions. Kim ne les reconnut pas. Elle avait quitté la ville depuis si longtemps, presque tous ses habitants étaient des inconnus pour elle.

— Qui sont ces gens? demanda-t-elle à tante Willie.

— La femme, c'est Mme Crenley. Elle doit approcher des quatre-vingt-cinq ans maintenant. Son mari est décédé il y a dix ans et ses enfants ont tous quitté l'Etat. Elle se retrouve bien seule. L'homme qui l'accompagne, c'est Mike Drayton. Il est arrivé à Lillooet Creek il y a un an environ. Il travaille à la scierie. Un brave type. Toujours prêt à rendre service aux petits vieux.

Willie avait ouvert la portière et sortait de la voiture.

— Où est le mais, alors? demanda Kim qui l'avait suivie. Au ton de ta voix, j'ai cru comprendre que tu émettais quelques réserves.

Willie eut un moment d'hésitation. Elle suivit des yeux Drayton qui sortait de la maison de Mme Crenley et regagnait son camion. Le véhicule était décoré de toutes sortes d'accessoires en acier chromé.

— Je ne pourrais pas te dire ce qui me chiffonne, répondit Willie. Les vieilles bonnes femmes comme moi ont trop d'imagination.

Kim avait encore une fois tourné la tête en direction de l'homme. Elle rencontra son regard et reçut un choc. Il avait le coude posé sur la vitre baissée de sa portière et la fixait de ses yeux verts. C'était le type dans lequel elle avait failli rentrer le jour de son arrivée. Il lui sourit sans chaleur, comme un loup montrant ses crocs. Finalement, il rabattit sa casquette sur son front et démarra. Kim frissonna. Sans savoir pourquoi, elle était soulagée de le voir partir.

●◆●

Sur le chemin du retour, Kim avait décidé de faire un saut chez le shérif Garrett. Non qu'elle eût envie de le voir. Elle était toujours terriblement gênée par ce qui s'était passé entre eux et par les confidences qu'elle lui avait faites. Elle se demandait encore ce qui avait pu la pousser à raconter l'événement le plus humiliant de son existence à un homme qu'elle connaissait à peine et pour qui elle n'était pas sûre d'éprouver de la sympathie. Il lui en avait beaucoup coûté de l'affronter le lendemain et son embarras n'avait fait que croître depuis. C'était sans doute pour cette raison qu'elle éprouvait une telle hâte de retourner à Seattle. Si le tueur avait choisi une autre victime, elle pouvait désormais rentrer chez elle sans nuire à l'enquête. Mais pour être complètement fixée, elle devait aller poser la question à Garrett.

Quand elle se gara sur le parking devant le poste de police, elle ne vit pas la Land Rover du shérif. Elle hésita un instant, puis décida d'entrer quand même. Après tout, même s'il n'était pas à son bureau, ça ne lui coûtait rien de demander. Quand elle poussa la porte, un petit carillon tinta et Melissa leva la tête.

— Salut, Kim. Qu'est-ce que je peux faire pour toi ? demanda-t-elle en tirant une cigarette de son paquet.

— Le shérif est là ?

— Non, répondit Melissa en exhalant un gros nuage de fumée bleutée. Il est chez lui. Passes-y, c'est sur ton chemin.

160

Comme elle sortait de la ville par son itinéraire habituel, Kim fut arrêtée par des travaux. La déviation partait en direction de Ponderosa Street. Kim se rendit compte avec une certaine appréhension qu'elle allait devoir passer devant l'ancienne station-service de son père. Elle ne se sentait pas prête pour cette épreuve. La sueur lui coulait sur le front, ses mains s'étaient crispées sur le volant. Elle savait ce qu'elle allait trouver. L'image en était encore gravée dans sa mémoire.

Les vieilles enseignes rouillées se balanceraient en grinçant dans la brise estivale. De hautes herbes auraient envahi le macadam craquelé. Le bâtiment de la station-service, avec sa peinture écaillée et ses fenêtres cassées, ressemblerait à un fantôme du passé. Kim redoutait les réminiscences que cet endroit ne manquerait pas de susciter. Des souvenirs qu'elle n'avait pas encore la force d'affronter.

Elle respira profondément. Il lui fallait apprivoiser sa peur. Après tout, elle ne croyait pas aux esprits. Elle prit un dernier virage et s'apprêta à apercevoir la maison abandonnée de son enfance. Mais elle freina brusquement, ébahie.

La station-service ne ressemblait en rien à l'image qu'elle en avait gardée. Kim aperçut deux petits garçons occupés à regonfler les roues de leurs vélos. Une jeune femme vêtue d'une robe rose bavardait avec le pompiste, tandis qu'un homme sortait de la boutique et, fourrant un paquet de cigarettes dans sa poche, regagnait son camion. Kim se remit lentement de sa surprise. Décidément, il n'y avait pas de fantômes, ici. C'était un endroit plein de vie. Comment avait-elle pu s'imaginer que, son père parti, la station-service mourrait elle aussi ? Elle était presque déçue. Elle avait tellement redouté cet instant et voilà qu'en un sens il ne répondait pas à ses attentes.

Elle se remit en route et se demanda si elle s'arrêterait chez Garrett. N'était-ce pas une erreur de rencontrer cet homme sur son propre territoire ? Il aurait indéniablement l'avantage sur elle. D'un autre côté, elle était très tentée de voir la maison qu'il s'était construite et dont elle avait tellement entendu parler. Elle venait d'apercevoir les grands arbres qui bordaient la propriété. Elle ralentit, hésitant encore. Bon sang, qu'avait-elle à perdre ? Il fallait savoir prendre des risques, dans la vie.

Emergeant de l'ombre projetée par les arbres, Kim s'arrêta brusquement. L'endroit était superbe. Au milieu d'une oasis de végétation sauvage se dressait une maison d'un étage, faite de rondins de cèdre qui s'harmonisaient avec la flore alentour. Sur le devant, une allée de terre rouge dessinait un arc de cercle dont le centre était marqué par un ravissant saule pleureur. L'allée se terminait à l'escalier du perron dont les marches de pierre étaient flanquées de grandes vasques pleines de fleurs. Elle n'aurait jamais imaginé Garrett vivant dans un lieu pareil. L'idée même qu'il eût pu créer un tel décor lui semblait inconcevable.

Le premier choc passé, elle se gara devant la maison, à côté de la Land Rover. Elle se dirigea vers l'entrée, regardant autour d'elle. L'endroit avait été décoré de multiples sculptures en bois. Un aigle déployait ses ailes près d'un parterre de fleurs, une biche se dressait sous le saule pleureur. Elle aperçut encore un ours, un bélier et une nichée d'écureuils, tous finement ciselés.

Elle sonna. Pas de réponse. C'était surprenant, puisque la voiture de Garrett était là. Peut-être n'avait-il pas entendu. Elle sonna encore puis recula de quelques pas et leva les yeux vers les fenêtres du premier étage. Où pouvait-il bien être ? Allait-elle retourner chez elle sans lui avoir parlé ? Puisqu'elle était là, pourquoi n'en profiterait-elle pas pour faire une petite visite ? Pareille occasion ne se représenterait pas de sitôt. Elle prit à droite, longea la façade, passa le pignon et s'arrêta net. Dans sa jeunesse, elle avait envisagé de devenir architecte ou décoratrice et chaque fois qu'elle voyait un endroit comme celui-là, elle regrettait d'avoir renoncé à ce projet. Une terrasse de cèdre magnifique courait sur tout le côté de la maison. Contre le mur, un lierre avait accroché ses crampons à une treille. Un escalier menait au premier étage. Kim le gravit. Bien que se sentant coupable de cette intrusion, elle ne put résister à l'envie de coller son nez contre une vitre pour regarder à l'intérieur. La fenêtre donnait sur la chambre à coucher. Une chemise était posée sur le dossier d'une chaise, un jean gisait au pied du lit et une paire de chaussures trônait au beau milieu de la pièce. Pourtant, à l'exception de ces quelques détails, l'endroit donnait une impression d'ordre et de propreté impeccables. Le lit était fait, les meubles cirés, et les plantes vertes prospéraient. Autant de détails qui lui inspiraient du respect, car elle-même n'était pas une fanatique du ménage et s'y entendait comme personne pour faire crever une plante en un temps record.

. Elle s'avança sur la terrasse. Au passage, elle essaya d'atteindre plusieurs fenêtres, mais elles étaient trop hautes. Au bout de la maison, le toit se terminait par une verrière. Kim se haussa sur la pointe des pieds. Elle se trouvait au-dessus de la cuisine. Çà et là étaient accrochés des bouquets de cerfeuil, de thym, de laurier. Les placards, d'un bois clair, avaient des portes sculptées. Elle aperçut aussi le bout d'un plan de travail carrelé de céramique bleue. Sur sa droite, dans une alcôve, elle distingua encore une table et quatre chaises.

— Qu'est-ce que vous fichez là ? dit soudain une voix d'homme derrière elle.

Kim sursauta et poussa un petit cri. Elle reconnut Vaughn.

— Vous m'avez fait une peur bleue !

— Les gens qui ont mauvaise conscience se laissent facilement effrayer. Ça vous prend souvent de regarder chez les gens par les fenêtres ? Vous adoptez les méthodes de Skeeter Barnes maintenant ?

Kim était rouge comme une pivoine. Ce sale type s'y connaissait pour la mettre dans l'embarras.

— Je n'étais pas venue vous espionner, répondit-elle d'une voix qu'elle s'efforçait de maîtriser. Je voulais vous parler. Comme vous ne répondiez pas, j'ai décidé de visiter un peu votre propriété. Vous avez fait un travail extraordinaire.

— Merci. Mais la prochaine fois, je préférerais que vous attendiez d'être invitée.

Kim se raidit.

— Entendu. Je suis désolée de vous avoir dérangé. Vous pouvez retourner à vos occupations, je m'en vais.

Ce n'est que lorsqu'elle eut reculé un peu qu'elle s'aperçut qu'il tenait un grand couteau à la main. Elle le regarda, les yeux exorbités. Il dut remarquer ce changement d'expression car il s'empressa de se justifier sur un ton irrité.

— Je faisais de la sculpture. C'est à ça que je m'occupe quand je veux réfléchir en paix.

— Vous avez du sang sur les mains.

Le pouce et l'index de Vaughn, ainsi que la lame du couteau étaient en effet tachés de sang. Malgré l'explication qu'il venait de lui fournir, elle se sentait nerveuse. Après tout, que savait-elle de cet homme ? Il lui parut soudain menaçant.

— Je me suis coupé, répondit-il, visiblement agacé. Qu'aviez-vous de si important à me dire ?

Kim ne se sentait pas d'humeur à aborder l'épineux sujet de son retour à Seattle tant qu'il serrerait ce poignard dans sa main. Mais elle était incapable de trouver un mensonge qui expliquerait sa présence chez lui.

Elle eut une inspiration.

— En fait, j'étais venue vous inviter à dîner. Mais je ne crois pas que vous soyez d'humeur à ça.

164

Elle fit demi-tour et s'éloigna. Ses talons claquèrent sur les planches de bois.

— Je serai chez vous à vingt heures.

— Je vous ai dit que j'annulais mon invitation.

Il lui sourit. Le cœur de Kim cessa de battre.

— Je viendrai à vingt heures, répéta-t-il.

Kim n'osa répliquer, craignant de trahir son émotion. Dans quel guêpier s'était-elle fourrée ?

11

Furieuse de s'être laissé manipuler comme une gamine, Kim retourna chez elle juste le temps d'informer l'adjoint du shérif qui montait la garde devant la maison qu'elle repartait. Qu'allait-elle acheter pour le dîner? De l'arsenic? Sans être une piètre cuisinière, elle était loin d'être un cordon-bleu.

Dix minutes plus tard, elle sortait du supermarché où elle avait acheté tous les ingrédients pour préparer des lasagnes. C'était un des rares plats qu'elle était sûre de réussir à tous les coups. Elle regagna sa voiture et posa le sac de provisions sur la banquette. C'est alors qu'elle se souvint que sa recette était restée à Seattle. Que faire? Tante Vivian avait sans doute de nombreux livres de cuisine, mais il était déjà tard. Les yeux dans le vague, elle tapotait nerveusement le volant, à la recherche d'une solution. Soudain, elle eut une idée. Tante Willie aurait certainement la recette qu'elle cherchait. Et elle habitait à deux pas.

Kim n'avait pas parcouru deux cents mètres qu'elle fut interpellée par une femme qui venait à sa rencontre.

— Eh, vous ne seriez pas Kim Clayton?

Un peu plus grande que Kim et beaucoup plus forte, elle avait une mine joviale et parlait d'une voix tonitruante. Kim esquissa un sourire timide.

— Je m'appelle Tannas maintenant.

— Ah oui, on me l'avait dit. Je suis désolée pour votre mari.

Mais qui pouvait bien être cette femme ? Kim était terriblement embarrassée.

— Euh, je suis navrée, je ne vous…

— Inutile de vous excuser. Depuis notre dernière rencontre, j'ai eu trois enfants et j'ai pris quelques kilos. Je suis Susan Barcley, mais mon nom de jeune fille est Granger.

Kim resta bouche bée. Cette personne imposante n'était autre que la petite Susie Granger, cette gamine espiègle qui n'était jamais à court de mauvais tours.

— Susan ! s'exclama-t-elle. Ça me fait plaisir de te revoir.

Elles échangèrent quelques banalités sur les enfants et le mariage, puis Kim, jetant un coup d'œil à sa montre, s'excusa.

— Il faut que je me sauve, mais je serais très contente de te revoir. Passe-moi un coup de fil un de ces jours, j'habite chez ma tante Vivian.

Un peu avant d'arriver à la maison de tante Willie, Kim devait longer une clôture derrière laquelle on apercevait des carcasses de voitures. Elle se rappelait cet endroit. Il appartenait jadis à un certain Milo Barnes, un ours mal léché que son père n'aimait pas beaucoup. Mais Milo était déjà un vieil homme à l'époque, il ne pouvait être encore en vie. Alors qui était maintenant le propriétaire du lotissement ?

Tout en marchant, Kim eut soudain la désagréable impression d'être observée. Elle allongea le pas, mais son regard restait attiré par ce cimetière d'automobiles. Une cachette idéale, pensa-t-elle. Elle se sentait un peu ridicule d'éprouver une telle frayeur en plein jour, et dans une ville de la taille de Lillooet Creek. Mais un assassin courait encore et, en l'occurrence, Kim préférait se fier à son instinct plutôt qu'à sa raison.

Tout à coup, elle vit une ombre bouger sur sa

droite. Elle porta la main à sa gorge et tourna vivement la tête. Un homme, maigre, les vêtements crasseux, surgit de derrière une vieille voiture. Ses cheveux clairsemés, ramenés sur l'arrière de son crâne, faisaient ressortir son nez aquilin. Ses longs doigts pareils à des serres agrippés au fil de fer, il lui souriait. Ses dents pointues lui donnaient l'air d'un vampire.

— Bonjour, bredouilla Kim en poursuivant son chemin.

Elle vit avec horreur qu'il la suivait. Elle le regarda du coin de l'œil.

— Vous voulez quelque chose ? demanda-t-elle, dans l'espoir de le décourager.

L'homme ne répondit pas. Ses yeux brillants étaient rivés sur la poitrine de Kim. C'est alors qu'elle comprit. Skeeter Barnes. Il avait dû prendre la succession du vieux Milo, son grand-père. C'était lui qui l'avait espionnée par la fenêtre de sa chambre, lui flanquant la plus belle frousse de sa vie. Il longeait la clôture, avançant au même rythme qu'elle. Kim vit rouge. De quel droit ce type se permettait-il de la déshabiller des yeux ? Elle s'immobilisa brusquement, les poings serrés, et fit volte-face.

— Si vous n'arrêtez pas votre manège immédiatement, je vous dénonce au shérif.

— Pardon, dit-il d'une voix enrouée.

Il resta figé quelques instants, avec un air idiot, les mains enfoncées dans les poches, puis il s'éloigna. Kim se remit en marche, sentant toujours son regard sur elle. Il la suivait toujours ! Un filet de bave coulait au coin de ses lèvres. Il l'essuya d'un revers de manche, Kim eut un haut-le-cœur. Visiblement, elle avait affaire à un malade. Quand il porta distraitement la main à son entrejambe, Kim prit ses jambes à son cou et ne s'arrêta que lorsqu'elle eut mis entre elle et le satyre une distance respectable.

Se sentant hors d'atteinte, elle ralentit et s'efforça de reprendre son souffle. Elle essayait de trouver en elle un peu de pitié pour ce handicapé mental, mais en vain. Elle n'éprouvait que peur et dégoût. Quand elle arriva devant la maison de tante Willie, elle avait presque oublié la raison de sa visite. Elle respira à fond et frappa.

●◆●

Il était un peu plus de dix-sept heures. Il venait de monter dans sa vieille voiture, garée sur la colline, et contemplait la ville à ses pieds. Il avait toujours aimé venir ici et regarder les gens vaquer à leurs petites affaires. Ce qu'il savait des hommes, il l'avait appris par l'observation. Et de l'endroit où il se tenait, au plus haut point du cimetière des voitures, il jouissait d'une vue imprenable sur la ville.

La casse longeait d'un côté Jackson Avenue et de l'autre la rangée de jardins situés derrière les maisons de McCurdy Street. Quand il apportait ses jumelles, il voyait même ce qui se passait à l'intérieur des habitations. Le spectacle valait bien une émission de télé.

Il se redressa soudain. Kimberley descendait Jackson Avenue, aussi jolie qu'à l'époque où elle allait en classe.

C'était par une journée pareille à celle-ci, mais on devait être fin mai ou début juin. Kimberley était seule, adossée au mur de brique de l'école. Ses cheveux blonds étaient séparés en deux couettes nouées par des rubans bleus. Elle portait un bermuda et un petit corsage blanc au col festonné. Elle avait un air si adorable et si pur qu'il avait décidé de devenir son ami.

Le cœur battant, il s'était approché d'elle. Elle ne l'avait pas remarqué tout de suite parce qu'elle regardait dans la direction opposée. Puis elle s'était tournée vers lui.

— Salut, lui avait-il dit avec un sourire engageant.

Elle lui avait retourné son bonjour, mais sans sourire. Il se souvenait de l'angoisse qui lui avait alors

169

noué la gorge, mais son désir d'avoir dans sa vie une créature aussi ravissante avait été le plus fort.

— Je peux te raccompagner chez toi? avait-il proposé.

Kimberley l'avait regardé comme s'il avait été un Martien.

— Non, merci, avait-elle répondu avant de tourner les talons.

Il était encore torturé par la souffrance aiguë que lui avait causée ce refus. Ce jour-là, il avait compris que la beauté n'était parfois qu'une apparence. Mais il n'avait pas vraiment retenu la leçon. Désormais, il ne l'oublierait plus. Comme il n'oublierait jamais ceux qui la lui avaient inculqué de force.

◆

Vaughn se préparait pour se rendre à l'invitation de Kim, l'esprit ailleurs. Il n'était pas dupe : Kim n'était pas venue chez lui pour le convier à dîner. C'était un prétexte. Mais au fond, quelle importance? Elle avait réussi à lui changer les idées et il en avait bien besoin. Il voulait oublier, ne fût-ce que pour une soirée, qu'un tueur rôdait dans la ville et qu'il venait de désigner une autre victime; oublier que son propre fils était en danger et qu'il ne pouvait l'arracher à l'amour de sa mère, même pour le protéger. Il n'avait pas reconnu l'enfant et n'avait aucun droit sur lui. Ah, si c'était à refaire... au diable l'esprit chevaleresque, il attaquerait Doreen en justice.

Dans l'après-midi, il était retourné voir la jeune femme pour la persuader de placer Landon chez une nourrice pendant quelques jours. Cette tête de mule avait refusé tout net.

Irrité, Vaughn était venu se réfugier dans la forêt derrière chez lui pour y chercher l'apaisement. Travailler le bois l'avait toujours aidé à se détendre. Mais, ce jour-là, même la sculpture n'avait pu le détourner de ses soucis. C'était à cause de cette distraction qu'il s'était entaillé le doigt. Agacé, il était revenu à la maison en quête d'un pansement et avait surpris Kim penchée sur la verrière. En la voyant, il avait immédiatement pensé à cet assassin qui entrait chez lui comme dans un moulin. En d'autres circonstances, il aurait ri de cette situation cocasse, mais la journée avait été mauvaise et son humour s'était envolé.

Quand il avait remarqué que la jeune femme prenait peur à la vue du sang sur le couteau, son irritation s'était encore accrue. Depuis deux semaines, il n'avait été préoccupé que de la sécurité de cette femme, et voilà qu'elle le croyait capable de lui faire du mal ! Heureusement, la frayeur de Kim n'avait été que passagère. Elle était de ces gens qu'il suffit de malmener un peu pour qu'ils sortent leurs griffes.

Vaughn sourit à son reflet dans le miroir. C'était à ce moment-là qu'elle avait imaginé cette invitation. Depuis une semaine, il avait passé autant de temps à réfléchir à Kim et à sa confession qu'à l'assassin. C'est ainsi qu'il avait échafaudé une théorie la concernant qu'il avait hâte de mettre en pratique.

Les lasagnes étaient au four. Kim était en train de préparer sa spécialité, une salade dont elle tenait la recette de sa mère, quand on sonna à la porte. Elle leva les yeux vers la pendule. Il était déjà dix-neuf heures quinze. Avait-elle pensé à mettre le verrou ? Elle était sûre que non. Lewis, l'adjoint du shérif, était arrivé quelques minutes après son retour et, le sachant dehors, elle n'avait pas jugé utile de se barricader.

— Entrez, cria-t-elle.

Une seconde plus tard, elle entendit la porte s'ouvrir.

— Il y a quelqu'un ?

C'était la voix de Liz.

— Entre, Liz, je suis dans la cuisine.

— Salut, Kim. J'ai garé mon camping-car dans l'allée. Pas d'objection ?

— Aucune. J'ai réussi à joindre tante Vivian. Elle est d'accord pour que tu viennes habiter ici. Il y a deux chambres libres, une en haut, près de la mienne, et une autre au rez-de-chaussée. Tu n'as que l'embarras du choix.

— Je vais prendre celle du bas. Je déteste grimper des escaliers, surtout la nuit. (Elle attrapa une tranche de tomate sur la planche à découper.) Cette salade a l'air délicieuse. Qu'est-ce que tu as mis dedans ?

— De la romaine, des olives noires, des tomates, des oignons, du concombre, des radis, du chou rouge et des carottes râpées.

— Mmm, il va falloir que je note ! Et quel est ce fumet exquis ?

— Des lasagnes que j'ai mises au four.

— Pour qui, ce succulent dîner ? demanda Liz d'un air entendu.

— Inutile de prendre cette mine-là. Il se trouve simplement que le shérif Garrett a réussi à se faire inviter, point final. (Kim eut soudain une idée lumineuse.) Veux-tu passer la soirée avec nous ?

Elle attendit la réponse en retenant son souffle. Si seulement Liz acceptait, la perspective de ce dîner ne serait plus si angoissante.

— Ce serait avec plaisir, mais je suis déjà invitée par Ray. (Le dépit de Kim dut se lire sur son visage, car Liz tenta de se disculper.) J'ai bien essayé de faire comprendre à Ray que je voulais rester avec toi, mais ce type sait me prendre par les sentiments. Tu sais ce qu'il m'a dit ?

— Non, raconte, répondit Kim en souriant.

— Il m'a dit que les femmes, comme le bon vin, se bonifiaient avec l'âge. Enfin, tel que je te le répète maintenant, ça ne rend pas le même effet, d'autant qu'il n'a certainement pas inventé ce compliment. Je

172

suis sûre de l'avoir déjà entendu à la télé. Bref, après ça, comment lui refuser quoi que ce soit?

— Je comprends parfaitement, Liz. Et je suis très contente pour toi.

— Pas autant que moi. Je l'ai prévenu que je devais être rentrée pour onze heures. Je ne veux pas te laisser passer la nuit seule dans cette maison. Votre tête-à-tête en amoureux sera probablement terminé d'ici là.

Kim fusilla Liz du regard.

— Ce n'est pas un tête-à-tête en amoureux!

Liz haussa les épaules.

— Puisque tu le dis…

Kim mit la salade au réfrigérateur et se rinça les mains.

— Je vais te donner une clé. Je serai peut-être couchée quand tu rentreras. (Elle ouvrit un placard dans lequel plusieurs trousseaux étaient pendus à des crochets.) Apparemment, il n'y a pas de double de l'entrée. Tiens, prends cette clé. C'est celle de la véranda.

— Merci. Bon, il serait temps que je me prépare. Ray va arriver d'une minute à l'autre.

Kim jeta un coup d'œil à la pendule. Dix-neuf heures vingt-huit.

— Passe une bonne soirée, répondit-elle d'un air distrait.

Elle devait encore prendre une douche, se changer, retoucher son maquillage… Il n'y avait pas une minute à perdre.

●◆●

A vingt heures pétantes, la sonnette retentit. Kim grogna. Elle se hâta d'enfiler ses bas noirs, ajusta sa jupe jaune sur ses hanches et saisit au vol une paire d'escarpins noirs avant de dévaler l'escalier. Elle s'arrêta le temps de les enfiler et de reprendre son souffle.

— Un instant, dit-elle d'une voix aussi calme que possible.

Un miaulement aigu la fit soudain sursauter. Charity détala, offensée qu'elle lui eût marché sur la queue.

— Ça t'apprendra à te prélasser n'importe où, lui cria Kim.

Elle détestait devoir se presser ainsi. Toute cette précipitation l'avait déjà énervée et elle n'avait pas encore affronté ce cher shérif de Lillooet Creek.

Elle se regarda une dernière fois dans le miroir de l'entrée. Bon sang! Elle avait oublié de mettre ses boucles d'oreilles! Tant pis...

Elle ouvrit la porte. Vaughn Garrett se tenait devant elle, vêtu d'un pantalon noir et d'une chemise bleue à fines rayures. Calme et détendu, il était plus séduisant que jamais.

— Bonsoir, dit-il en décochant à Kim ce sourire craquant qui lui faisait battre le cœur comme celui d'une lycéenne. Vous êtes en beauté ce soir, dit-il après l'avoir regardée des pieds à la tête. J'aime beaucoup votre coiffure.

Gênée, Kim passa la main dans sa masse de cheveux blonds. Elle n'avait pas eu le temps de se coiffer.

— Merci. Je vous en prie, entrez.

— Je ne savais pas quel vin vous aimiez, alors j'ai apporté du rouge et du blanc, dit-il en lui tendant une bouteille de bordeaux et une autre de chianti.

Kim le dévisagea. Elle buvait peu et ignorait quel type de vin devait accompagner tel ou tel mets. Puisque les lasagnes étaient un plat italien, elle choisirait le chianti.

Elle le guida jusqu'à la salle à manger. Une table massive flanquée de huit chaises à dossier droit occupait presque toute la surface de cette pièce meublée à l'ancienne. Kim avait disposé deux couverts perpendiculaires l'un à l'autre. Elle espérait que Vaughn ne se faisait pas d'illusions sur la nature de

174

ce dîner. Elle avait d'ailleurs délibérément évité les chandelles, les fleurs et la musique douce. Le souvenir de ce qui s'était passé entre eux lui revint soudain en mémoire et elle se sentit rougir. Elle bredouilla quelques paroles concernant un tire-bouchon et des verres et s'enfuit vers la cuisine.

A sa plus grande surprise, Vaughn lui emboîta le pas. Tandis qu'il débouchait le chianti, Kim mit la dernière touche à sa salade. Quand elle se retourna, elle vit Vaughn retirer les lasagnes du four.

— Mmmm… Ça sent bon !

En l'espace de quelques minutes, il venait de faire la preuve qu'il était très à l'aise dans une cuisine. Décidément, cet homme n'avait pas fini de l'étonner. Toutefois, elle ne se sentait pas encore prête à lui accorder sa confiance. Tout cela semblait trop beau pour être vrai.

Garrett était célibataire. Il habitait une demeure magnifique entourée d'un jardin paysagé. Si l'on en croyait la rumeur, il avait tout fait lui-même. Le bref coup d'œil qu'elle avait jeté dans la maison lui avait permis de constater qu'il faisait la cuisine et s'occupait de son intérieur. Il était le shérif de la ville. On pouvait donc lui prêter une certaine honnêteté. Il avait par ailleurs des talents artistiques et, pour couronner le tout, était doté d'un physique qui aurait tourné la tête à n'importe quelle femme sans toutefois posséder l'arrogance propre aux hommes séduisants. Alors, qu'est-ce qui ne tournait pas rond chez lui ? Certes, il avait parfois mauvais caractère et pouvait se montrer très entêté, mais il devait bien cacher d'autres défauts. Kim le regarda d'un air soupçonneux emporter les lasagnes dans la salle à manger.

Pourtant, oubliant ses réticences, elle dut bientôt admettre que Vaughn était un invité très agréable. Ils parlèrent de leur vie, de ce qu'ils avaient fait pendant ces seize années. Quand ils en vinrent à évoquer le bref mariage de Kim, Vaughn demanda à la jeune femme pourquoi elle n'avait pas eu d'enfants.

— Je souffre d'une malformation de l'utérus, avoua-t-elle, ce qui, d'après les médecins que j'ai consultés, rend presque nulles mes chances de concevoir. Bien sûr, une telle possibilité n'est pas totalement exclue, mais aujourd'hui j'envisage plutôt l'adoption.

Vaughn hocha la tête et regarda le fond de son verre de vin.

— Si vous savez garder un secret, j'aimerais vous faire une confidence.

Kim hésita, puis leva la main droite.

— Croix de bois, croix de fer.

Vaughn la scruta intensément de ses yeux d'or qui exprimaient une émotion indéfinissable.

— J'ai un fils, dit-il.

Kim était abasourdie. Des dizaines de questions se bousculaient dans sa tête. Qui était la mère ? Quel âge avait l'enfant ? Mais aucune ne lui semblait appropriée.

— Comment est-ce arrivé ? demanda-t-elle enfin.

Il lui lança un regard dénué d'expression.

— Après la conversation que nous venons d'avoir, je vous croyais au fait des mécanismes de la reproduction.

— Oh, vous m'avez parfaitement comprise !

Vaughn s'exécuta de bonne grâce. Pour la première fois, Kim découvrit en lui un être vulnérable.

— Quels sont vos sentiments pour Doreen, à présent ?

Elle espérait qu'il évoquerait sa visite à Doreen, ce qui lui permettrait de parler de son projet de retourner à Seattle.

Vaughn haussa les épaules.

— Nous sommes bons amis, mais il a fallu du temps. Au début, j'ai été à deux doigts de la haïr. (Il soupira et se passa la main dans les cheveux.) Assez parlé de moi. Et vous ?

Le moment était mal choisi pour lui faire part de son intention de quitter la ville.

— Que vous dire de plus? Je vous ai déjà confié mon secret le plus intime, répondit Kim.

Quelle mouche la piquait? Elle se sentit devenir écarlate.

— Je vais vous aider à débarrasser la table.

Elle le remercia en silence d'avoir si élégamment changé de sujet.

— J'ai prévu un dessert. Ça vous tente?

Il posa la main sur celle de Kim et lui caressa doucement le poignet.

— Ça dépend. Qu'y a-t-il au menu?

Kim vira à l'écarlate.

— Une salade de fruits, annonça-t-elle.

Elle ne put s'empêcher de sourire en voyant sa mine faussement dépitée.

— Ecoutez, ces lasagnes étaient un vrai délice et j'en ai mangé comme quatre. Si nous gardions le dessert pour plus tard?

— Comme vous voudrez, répondit Kim en retirant sa main. (Elle se leva et entreprit de débarrasser la table.) Liz sera peut-être rentrée pour le partager avec nous.

— Liz?

— Liz Murphy, dit Kim par-dessus son épaule en s'éloignant vers la cuisine. Vous savez, la médium. Je l'ai invitée à venir habiter avec moi.

Elle venait juste de poser les assiettes sales sur le plan de travail quand Vaughn la saisit par le bras et l'obligea à lui faire face.

— Répétez-moi ça! ordonna-t-il.

Elle crut déceler une nuance de désapprobation dans sa voix trop égale. Qu'avait-elle encore fait?

12

Elle fronça les sourcils.

— J'ai dit que j'avais invité Liz à habiter ici.

— Et elle doit revenir bientôt ?

— Aux alentours de onze heures. Pourquoi ?

Vaughn la dévisagea, contrarié de voir ses projets de séduction tomber à l'eau. A en juger par l'attitude qu'elle avait eue durant la semaine qui venait de s'écouler, il était possible qu'elle eût délibérément placé Liz Murphy entre eux. Le visage de Kim était levé vers lui et il la désirait plus que jamais. Son esprit fonctionnait à plein régime. Soudain, il trouva la solution à son problème. La présence de Liz Murphy allait peut-être retourner la situation à son avantage.

Avec un sourire, il regarda la pendule. Il était vingt et une heures quarante.

— Eh bien, qu'attendons-nous pour faire la vaisselle ? s'exclama-t-il.

Kim le regarda d'un air soupçonneux, se méfiant de ce brusque revirement d'humeur.

— Votre tante n'a pas de lave-vaisselle ? demanda-t-il en balayant la pièce du regard.

— Non, répondit Kim en remplissant l'évier d'eau savonneuse. Elle l'a vendu après son divorce.

Vaughn prit un torchon et observa la jeune femme en attendant qu'elle lui passât les assiettes. Elle avait retiré ses bagues et les avait posées sur le rebord de la fenêtre. Ses mains étaient longues et fines. Cette fille était superbe. Il aimait tout en elle, de sa crinière blonde à ses pieds étroits. Soudain, il prit conscience du fait qu'il pensait à Kim comme s'il espérait construire une relation durable avec elle. Quelque chose avait basculé dans leur histoire sans qu'il s'en aperçût.

— Qu'y a-t-il?

La voix de Kim le tira de ses rêveries. Son regard croisa les yeux bleu azur de la jeune femme et il sentit les battements de son cœur s'accélérer. Bon sang! Il refusait de s'embarquer dans une nouvelle aventure, alors que les blessures que lui avait laissées la précédente n'étaient pas encore cicatrisées.

— Alors? demanda-t-elle.

— Alors quoi?

Il prit une assiette et se mit à l'essuyer.

— Je vous ai demandé ce que vous aviez.

— Mais rien du tout. Je réfléchissais.

Kim l'observa pendant un instant, puis elle haussa les épaules et se remit à l'ouvrage. Ils terminèrent la vaisselle sans échanger une parole.

— Et voilà, c'est fini! dit Kim en se séchant les mains. Merci de votre aide.

— Modeste façon de vous remercier pour cet excellent repas.

— Oh, vous avez eu de la chance. Mes talents culinaires sont très limités. Vous prendrez du café?

— Pas tout de suite.

Un ange passa.

— Kim! Approchez, dit soudain Vaughn.

Devant son expression, elle recula d'un pas.

— Ecoutez, je ne veux pas avoir ce genre de rapports avec vous. Ni avec aucun homme, du reste. Je pensais avoir été claire sur ce point.

Vaughn n'en croyait pas ses oreilles. Cette femme avait décidé de bannir toute sexualité de son existence.

— Vous avez l'intention d'entrer au couvent?

— Ne soyez pas ridicule. Je mène une vie très épanouissante. Je n'ai pas envie de la partager avec qui que ce soit, voilà tout. J'ai aimé en tout et pour tout trois hommes dans ma vie : mon père, Ken et Trent. Et tous trois se sont fait tuer. Je commence à me dire que je suis maudite. Si vous ajoutez à cela le fait que... que l'amour physique est... (Elle avala sa salive et rougit en croisant le regard de Vaughn.) Disons que je ne vois aucune raison de poursuivre cette relation.

Les bras croisés, il s'adossa au mur de la cuisine.

— Vous ne parlez pas sérieusement ?

— Et pourquoi pas ? rétorqua-t-elle, le menton dressé.

— Mais vous êtes la sensualité même, ma chérie.

Elle le dévisagea comme s'il était soudain devenu fou.

— Vous avez la mémoire courte, ou vous me confondez avec une autre. Et ne m'appelez pas chérie !

— Détrompez-vous, j'ai une excellente mémoire. (Il fit un pas dans la direction de Kim.) Venez ici et je vous le prouverai.

— Non ! s'écria-t-elle en battant en retraite.

Il poursuivit son offensive.

— De quoi avez-vous peur, Kim ?

— De rien.

— Alors montrez-moi que vous êtes courageuse. Venez.

— Non.

— Froussarde ! lui lança-t-il en marchant vers elle.

Elle serra les lèvres, sentant monter sa colère. Ce petit jeu avait assez duré. Elle ne reculerait plus d'un centimètre. C'était précisément la réaction qu'escomptait Vaughn.

— Je crois que vous feriez mieux de partir, dit-elle d'un ton glacial.

— Je ne bougerai pas d'ici, ma chérie. (Il sourit et posa les mains sur ses épaules délicates. Elles étaient douces et chaudes.) Nous avons encore une petite question à régler.

Elle ouvrit la bouche pour protester, mais il l'avait déjà enlacé. Il l'embrassa. Kim avait renoncé à se débattre et son souffle tiède et saccadé contre la joue de Vaughn trahissait son désir naissant. Et elle se croyait frigide !

Kim se sentait perdre pied. Le baiser de Vaughn l'embrasait. Les battements accélérés de son cœur résonnaient dans ses oreilles et la température de la pièce semblait avoir grimpé brusquement. Instinctivement, elle s'agrippa aux larges épaules de Vaughn. Sous l'étoffe mince de sa chemise, elle sentit la chaleur de son corps, la tension de ses muscles, et s'abandonna à ses caresses.

Vaughn glissa la cuisse entre les jambes de la jeune femme. Une sensation de plaisir intense irradia dans tout son être. Après tout, pourquoi résister ? La bouche de Vaughn courait sur son visage et sur son cou. Elle ferma les yeux, prisonnière de cet ouragan qui l'emportait. Non ! Elle devait se ressaisir. Il allait lui faire du mal.

— Ça suffit, Vaughn !

Il fit la sourde oreille. Ses mains caressaient le dos de Kim, pétrissant sa chair. Elle poussa un petit cri quand, lui agrippant les fesses, il la haussa sur sa cuisse. Une vague de chaleur monta en elle.

— Vaughn ! souffla-t-elle, les mains crispées sur ses épaules. Vaughn, non !

Il couvrit sa bouche de ses lèvres tandis qu'il calait le genou de Kim contre sa hanche. Pendant un instant, la sensation brûlante de ce baiser occulta tout le reste. Puis elle sentit les doigts de Vaughn écarter le bord de sa culotte. Prise de panique, elle dégagea sa bouche.

— Non, Vaughn, pas ça !

Mais déjà Vaughn introduisait le doigt dans les replis humides de sa chair. Kim ferma les yeux, cherchant à retenir le gémissement qui montait dans sa gorge.

— Dis-moi encore que tu ne veux pas? demanda-t-il d'une voix rauque.

Kim ouvrit les yeux. Le regard d'or de Vaughn exprimait un désir animal et elle sentit que toutes les fibres de son corps répondaient à cet appel.

— Je vous déteste, murmura-t-elle tandis que les doigts experts de Vaughn lui arrachaient un nouveau soubresaut de plaisir.

Il l'embrassa et la souleva dans ses bras. Une fois dans sa chambre, il la reposa sur le sol et lui retira son corsage, découvrant un soutien-gorge de dentelle noire. Le souffle coupé, il resta un instant à contempler les deux globes parfaits de ses seins d'albâtre. Il se pencha et se mit à mordiller les mamelons durcis à travers la fine étoffe. Kim laissa échapper un petit cri venu des profondeurs de son être. Elle tira sur la chemise de Vaughn pour la sortir de son pantalon. Elle semblait enfin reprendre confiance en lui, mais aussi en elle-même. Il déboutonna sa jupe et la fit glisser le long de ses hanches, capturant de nouveau ses lèvres. Elle ne portait plus que ses bas noirs. Il la prit dans ses bras et l'allongea sur le lit. Puis il se déshabilla.

Il l'enlaça, effleurant son visage de baisers. Les mains de Kim se promenaient sur sa peau, explorant chaque parcelle de son corps.

— Non, dit-il. Cette nuit est ta nuit. Alors détends-toi et concentre-toi sur ton plaisir. D'accord?

Elle acquiesça. Et comme si ce petit hochement de tête avait soudain transformé leur relation, Kim perçut un changement chez Vaughn. La caresse de ses lèvres et de ses doigts sur elle était devenue légère, lui procurant des sensations inédites. Sa peau se hérissa de mille petits points en réponse à ces effleurements qui n'en finissaient pas. Elle s'arc-bouta, suppliante. Pourquoi la torturait-il ainsi?

Quand il la saisit par les hanches de ses mains

puissantes, elle crut défaillir. Enfin, pensa-t-elle, certaine qu'il allait la pénétrer. Mais il n'en fit rien. Il se remit à la caresser du bout des doigts, et Kim sentit croître sa frustration. Son corps n'était plus que désir. Elle serra les dents pour ne pas le supplier de mettre fin à cette délicieuse torture. Soudain, elle sentit que son excitation touchait au paroxysme.

— Non, Kim. Laisse-toi aller, ma chérie. (Il lui massait doucement les cuisses.) C'est bien, détends-toi. Pense que tu es sur un petit nuage.

La tension accumulée dans ses muscles se relâcha peu à peu. Mais Vaughn n'était pas dupe. Feindre était devenu pour elle un automatisme. Or, il ne voulait pas de cette parodie. Les cris de Kim devaient être une réponse involontaire à un plaisir intense.

— Chut, ma chérie. Je crois que j'ai entendu du bruit. Liz est rentrée.

C'était un mensonge et il se sentit presque coupable de recourir à une telle ruse.

— Oh non! soupira Kim. Je l'avais complètement oubliée.

— Calme-toi. Si nous ne faisons pas de bruit, elle ne saura pas que nous sommes là.

Une fois encore, il massa les muscles contractés de Kim. Elle se détendit. Puis Vaughn se mit à couvrir son ventre de baisers légers. Quand elle comprit ce qu'il avait en tête, elle fut prise de panique. La peur en elle le disputait à son désir de s'abandonner au plaisir. La peur l'emporta.

— Non, pas ça!

Il parut réellement déconcerté.

— Mais pourquoi?

Kim hésita. Pourquoi Vaughn la poussait-il toujours dans ses derniers retranchements?

— Je n'aime pas ça, c'est tout, rétorqua-t-elle d'un ton définitif.

— Eh bien, moi, si.

Et il reprit ses baisers.

— Vaughn! protesta-t-elle.

— Oublie-moi, pense au nuage.

Elle essaya de toutes ses forces. Mais quand elle sentit en elle le baiser chaud et profond de Vaughn, elle se raidit.

— Le nuage, lui rappela Vaughn d'une voix rauque. Ne pense à rien d'autre.

Il la massa de nouveau tandis que sa bouche continuait d'infliger son long supplice. La respiration de Kim se fit haletante. De petits gémissements lui échappaient, malgré tous les efforts qu'elle faisait pour les retenir. Lorsque Vaughn glissa un doigt en elle, la pression accumulée atteignit son paroxysme. Les vagues successives d'une jouissance indescriptible la secouèrent tout entière. Elle serra Vaughn contre elle, tandis qu'elle se sentait basculer dans l'œil du cyclone. Une explosion de chaleur irradia dans tout son être. Elle n'entendait plus que les pulsations de son sang dans ses veines.

Lentement, elle rouvrit les yeux et regarda Vaughn sans comprendre. Il lui souriait.

— Alors, comment c'était ?

— Mon Dieu ! réussit-elle à murmurer lorsqu'elle eut retrouvé sa voix.

Il rit et la prit dans ses bras.

— Maintenant, tu sais pourquoi les gens en font tout un plat.

Engourdie, elle nicha le visage contre la poitrine de Vaughn. Elle s'aperçut que son membre était toujours dur contre sa cuisse. Il ne l'avait même pas pénétrée. Et elle qui ne pensait plus qu'à dormir, comme une chatte repue !

Mais peu à peu, sous les caresses expertes de Vaughn, elle eut tôt fait d'oublier toute idée de sommeil. Lorsqu'il s'allongea sur elle, elle l'enlaça et, se cambrant, s'offrit à lui. Il la pénétra d'une seule poussée. Elle éprouva une brève douleur, puis s'abandonna au plaisir.

Vaughn ferma les yeux. Il voulait la posséder corps et âme, la faire sienne à jamais. Lentement il se mit à bouger en elle, et tout cessa d'exister. Il ne restait plus que cette femme sous lui et la jouissance qu'elle lui donnait.

●◆●

Kim s'éveilla soudain. La chambre était plongée dans l'obscurité la plus totale. Qu'est-ce qui l'avait arrachée au sommeil ? Petit à petit, tandis qu'elle reprenait pied dans la réalité, elle se rappela qu'elle n'était pas seule. Elle tâtonna dans le noir. Vaughn n'était pas dans le lit. Peut-être était-ce lui qui l'avait réveillée en se levant. Elle savait qu'il n'était pas parti. Il était allé prévenir son adjoint qu'il passerait la nuit dans la maison. Kim en rougissait encore. Elle avait insisté pour qu'il restât discret, mais il ne voulait pas garder inutilement un homme en faction alors que ses effectifs étaient déjà insuffisants.

Soudain, elle entendit un marmonnement. Intriguée, elle tendit le bras pour allumer la lampe de chevet. Vaughn, en caleçon, était assis par terre près de la porte. Les bras enserrant ses genoux repliés contre sa poitrine, il regardait dans le vague, les yeux emplis de terreur.

Kim comprit immédiatement qu'il était encore endormi. Que faire ? Elle se rappelait avoir entendu dire qu'il était dangereux de réveiller un somnambule, mais elle ignorait si c'était vrai. Indécise, elle se mordilla les lèvres.

— Vaughn, réveille-toi, dit-elle d'une voix douce.

La réaction de Vaughn fut immédiate et d'une extrême violence.

— Ne t'approche pas de moi, salope ! hurla-t-il.

Elle n'était pas effrayée, mais décida néanmoins d'agir avec prudence. Elle se leva lentement et enfila sa chemise de nuit. Vaughn n'avait pas bougé. Il regardait fixement un point au-dessus de lui.

— Kim ? (C'était la voix de Liz qui l'appelait de derrière la porte.) Que se passe-t-il ?

Vaughn semblait ne pas avoir entendu. Sur la

pointe des pieds, Kim traversa la chambre et alla ouvrir à Liz. Trop inquiète pour éprouver le moindre embarras, elle désigna Vaughn toujours recroquevillé sur le sol.

— Je crois qu'il est somnambule, expliqua-t-elle.

Liz baissa vers lui un visage soucieux.

— Vaughn ?

Encore une fois, Vaughn réagit violemment à l'appel de son nom.

— Bas les pattes ! hurla-t-il. (Les yeux exorbités, il agitait les bras devant lui comme pour repousser quelqu'un.) Si tu oses encore me toucher, je te tuerai, je le jure !

— Kim, tu as un réveil ?

Kim alla chercher un vieux réveille-matin sur la coiffeuse. Elle le passa à Liz qui se mit à en déplacer les aiguilles.

— Qu'est-ce que tu vas faire ?

— Quand mon fils avait des cauchemars, je faisais sonner le réveil et je l'appelais en lui disant qu'il était l'heure d'aller à l'école. Ce truc a toujours marché.

Une sonnerie stridente retentit dans la pièce. Liz attendit un moment et quand elle vit que la peur s'atténuait sur le visage de Vaughn, elle arrêta le réveil.

— C'est l'heure de te lever, mon trésor.

Vaughn cligna des yeux.

— Je vous laisse, chuchota Liz en regagnant le couloir. Il serait embarrassé de me trouver là. Je descends à la cuisine préparer du chocolat chaud.

Kim hocha la tête sans détacher son regard de Vaughn. Elle s'agenouilla devant lui et lui posa la main sur l'épaule.

— Ça va, Vaughn ?

— Ouais, tout baigne, répondit-il d'un ton bourru. (Soudain, il éclata d'un rire faux.) Tu parles d'un garde du corps !

Kim haussa les épaules.

— Ça tombe bien, cette nuit, je n'avais pas besoin d'un ange gardien. Liz nous prépare du chocolat. Tu en veux une tasse ?

Vaughn, qui enfilait son pantalon, fit une grimace.

— Je l'ai réveillée, elle aussi ? (Il regarda Kim d'un air grave.) Je suis désolé de t'avoir imposé ce spectacle. J'espère que tu n'as pas eu peur, au moins ?

— N'y pense plus. Il est inutile de t'excuser pour un comportement sur lequel tu n'as aucun contrôle. Allez, viens.

Elle ouvrit la porte de la chambre. La vieille horloge sonna la demie de une heure.

◆━◆━◆

Quand ils arrivèrent dans la cuisine, Liz venait juste d'emplir trois tasses de chocolat fumant. En robe de chambre et pantoufles, les cheveux ébouriffés, sans son maquillage et ses vêtements chatoyants, elle avait l'allure d'une banale mère de famille. Pourtant, pour la première fois, Vaughn perçut dans son regard la présence de dons surnaturels. Quand il était entré, elle l'avait fixé de ses yeux noisette où brillaient des reflets d'or, et Vaughn avait eu l'impression qu'elle lisait en lui. Et il avait remarqué l'étrange similitude entre leurs regards. Elle lui avait offert de s'asseoir d'une voix douce. Pas un instant ses yeux ne s'étaient détachés de lui. Qu'avait-elle donc derrière la tête ?

S'efforçant de ne pas prêter attention au comportement singulier de Liz, il se tourna vers Kim. Liz leur apporta à chacun une tasse de chocolat avant de prendre place à la table.

— Vaughn… commença-t-elle d'un ton hésitant.

— Oui ?

Elle avala sa salive.

— Les gens qui sont morts dans cet accident de voiture et qui t'ont laissé orphelin n'étaient pas tes vrais parents.

Vaughn bondit sur sa chaise comme si une bête

l'avait piqué. Cette déclaration tellement inattendue le laissait sans voix. Kim le dévisageait avec un air effaré. De toutes les émotions antagonistes qui s'affrontaient en lui, la colère était certainement la plus forte. L'idée que l'on pût fouiller ainsi dans sa vie la plus intime le mettait hors de lui.

— Et comment vous savez ça, vous ?

Pendant un instant, Liz promena ses ongles vernis sur le bord de sa tasse.

— Je le sais… parce que tu es mon fils.

13

— Vous mentez !

Vaughn posait sur elle un regard dur, mais Liz devait l'obliger à l'écouter jusqu'au bout ou bien il disparaîtrait à jamais de sa vie.

— C'est la vérité. Je t'en supplie, écoute ce que j'ai à te dire.

Toujours inflexible, Vaughn jeta un coup d'œil en direction de Kim.

— C'est bon, je vous écoute.

Au bord des larmes, Liz se tourna vers Kim et parvint à esquisser un sourire.

— Tu n'es pas forcée de rester, tu sais.

— Je reste, répondit Kim qui aurait souffert mille morts plutôt que de quitter la pièce.

Le regard de Liz glissa jusqu'à Vaughn.

— C'est une longue histoire. Elle a commencé il y a très longtemps. Je n'avais que quinze ans à l'époque. Je vivais avec mes parents et ma grand-mère maternelle dans une petite ferme du Montana. Mon père était un homme très pieux, à la limite du fanatisme. Quant à ma mère, elle se soumettait sans protester à son bon vouloir. Je crois qu'ils s'aimaient. Il n'était pas méchant avec elle et lui accordait toujours ce qu'elle voulait quand, exceptionnellement, elle osait formuler une demande.

« Ma grand-mère était une femme gaie et pleine de vie. Elle tournait tout à la plaisanterie. (A ce souvenir, Liz sourit.) Mon père lui reprochait sans cesse ses blasphèmes, à quoi ma grand-mère rétorquait: "Si Notre Seigneur m'a donné un esprit et une bouche, c'est pour que je m'en serve, Cyrus. Et je continuerai à dire ce que je pense tant qu'Il me le permettra." Ce qui avait le don de mettre mon père en rage. J'ai bien cru plusieurs fois que son cœur n'y résisterait pas.

«Ma famille était tout mon univers. Je ne voyais d'étrangers qu'à la messe du dimanche. J'allais bien sûr à l'école, mais je n'avais le droit de fréquenter personne en dehors de la classe.

«J'avais juste quinze ans l'été où Richard Worth est entré dans notre vie. Il s'était présenté à la ferme et avait proposé ses services en échange du vivre et du couvert. Mon père l'avait engagé et Richard avait fini par passer presque tout l'été chez nous. (Liz avala sa salive en jetant un coup d'œil furtif vers son auditoire.) Mon Dieu, je sens que ça va être encore plus difficile que prévu, malgré toutes les années écoulées!

Kim lui sourit et se leva pour aller remplir la bouilloire.

— Prends ton temps. De toute façon, je suis habituée maintenant à ne pas me coucher avant l'aube. En attendant, je vais nous préparer du chocolat.

Lorsque Kim se fut rassise, Liz reprit son récit.

— Richard était le premier jeune homme avec qui j'avais l'occasion de nouer des relations suivies. Il était gentil, attentif et très beau. Il ne me fallut pas longtemps pour tomber amoureuse de lui. Au début, ce béguin l'amusa. Mais, à mesure que le temps passait, son attitude changea. Trois semaines ne s'étaient pas écoulées qu'il m'avait séduite. A sa décharge, je dirai que je n'avais pas opposé beaucoup de résistance. Malgré mon éducation religieuse et la crainte que m'inspirait mon père, j'étais folle de Richard. Quand arriva la fin de l'été et qu'il dut quitter la ferme, nous savions tous deux que j'étais enceinte.

«Naturellement, j'étais terrifiée à l'idée que mon père apprenne mon état. Richard me dit qu'il irait chercher du travail et une maison en ville et que lorsque tout serait prêt, j'irais le rejoindre. C'était à peu près la seule solution envisageable et j'approuvai.

«Richard tint parole. Un mois et demi plus tard, alors que ma grossesse commençait à se voir, il revint à la ferme me chercher. (Liz ferma les yeux. La douleur qu'elle avait ressentie alors venait de se réveiller. Elle se rappelait les larmes de sa mère, la souffrance de son père quand elle leur avait avoué la vérité, et les terribles paroles qu'il avait prononcées : "Tu es l'enfant du Malin. Pars d'ici et ne reviens jamais, tu n'es plus ma fille.")

«Nous nous installâmes dans un petit appartement. Pour moi qui n'avais jamais quitté ma ferme, c'était un nouveau monde. Il me fallut deux semaines pour retrouver des repères. Nous nous construisîmes une petite vie. Nous parlions souvent mariage mais sans jamais franchir le pas. Et comme nous vivions dans le péché, nous n'avions pas beaucoup d'amis. Je crois bien que les femmes étaient plus cruelles envers moi que les hommes envers Richard. En fin de compte, nous passions tout notre temps ensemble et nous étions heureux.

«Six mois plus tard, Danny venait au monde. C'était un beau petit garçon de près de quatre kilos, et braillard, avec ça. Il avait les cheveux blonds de son père. (Ravalant ses larmes, Liz prit la tasse que lui tendait Kim.) Mais il avait mes yeux. Nous vécûmes heureux ainsi pendant deux années.

«Un jour, Richard rentra à la maison plus tôt que d'habitude. Il avait perdu son travail. Pendant une semaine, il se leva à l'aube pour aller chercher un autre emploi. Et un jour, il ne revint plus. (Liz se tut. Elle se revoyait telle qu'elle était alors, jeune et naïve. Elle se rappelait le désarroi dans lequel l'avait plongée la désertion de Richard. Au début, elle s'était dit que ses recherches avaient emmené Richard trop loin et qu'il finirait par rentrer. Mais le lendemain, en découvrant qu'il avait emporté ses vêtements et la moitié du petit pécule qu'ils avaient amassé, elle avait dû se rendre à l'évidence.) J'avais beau savoir qu'il nous avait abandonnés, j'espérais encore qu'il réapparaîtrait. Durant les jours suivants, j'utilisai le peu d'argent qu'il m'avait laissé pour acheter le lait de Danny. Quant à moi, je me nourrissais de bouillie. Finalement, quand nos réserves furent presque épuisées, je compris que je devais réagir.

« Je ne pouvais pas retourner chez mes parents, alors je décidai de chercher du travail. Pour cela, il fallait que je trouve une nourrice. Mais Danny était un bâtard et personne ne voulut s'occuper de lui. C'était le début des années soixante. Partout en Amérique se faisait sentir la révolution sexuelle qui allait bouleverser les mœurs. Seulement, à Rock Springs, dans le Montana, on regardait encore les enfants illégitimes d'un air soupçonneux. Les gens du cru n'auraient pas laissé leurs chers rejetons s'approcher de mon Danny. La seule femme qui accepta de veiller sur mon bébé était elle-même méprisée par toute la ville. Je n'ai jamais su pourquoi, d'ailleurs. Mme Ramsey n'avait pas sa langue dans sa poche. Comme ma grand-mère, elle disait toujours ce qu'elle pensait. (Liz regarda Kim.) Ta tante Willie m'a fait penser à elle.

« Malheureusement, personne ne voulait engager une fille mère. Je n'avais plus un sou. Si Mme Ramsey n'avait pas nourri Danny, j'aurais probablement dû aller mendier de l'aide auprès de gens que je commençais à mépriser profondément. Mais ma fierté était tout ce qui me restait, et j'y tenais.

« En voyant les difficultés dans lesquelles je me débattais, Mme Ramsey prit l'initiative d'aller à la ferme sermonner mes parents. A mon grand étonnement, ils vinrent nous chercher, Danny et moi. Je n'étais pas assez folle pour m'imaginer qu'ils m'avaient pardonné, mais je me disais qu'avec le temps ils finiraient par s'attacher à Danny — après tout, c'était leur petit-fils. Mais j'étais aveugle. (Sa voix était pleine d'une amertume que les années n'avaient pas pu effacer.) J'allais payer ma faute, et au prix fort.

«Grand-mère avait tout de suite été prise de passion pour mon fils, mais mes parents ne voulaient avoir aucun contact avec lui. J'étais revenue à la ferme depuis un mois et demi quand ma mère accepta de le regarder pour la première fois. A l'époque, j'avais interprété cela comme un signe qu'elle avait fini par l'accepter.

«Danny avait à peine plus de deux ans. J'étais montée faire du ménage au premier étage tandis que ma mère le surveillait en bas. Lorsque j'ai entendu la porte claquer, j'ai tout de suite senti qu'il se passait quelque chose d'anormal. Je me souviens d'avoir frissonné. Je me suis précipitée à la porte et j'ai tourné la poignée, mais je n'ai pas réussi à l'ouvrir. On m'avait enfermée dans ma chambre.

«J'ai couru à la fenêtre et j'ai vu mon père qui tenait Danny dans ses bras. Soudain, tout s'est obscurci autour de moi. Mon père a fait monter Danny dans son camion et j'ai tout de suite compris ce qui se passait. Mon petit garçon hurlait à pleins poumons. Il venait de m'apercevoir derrière la fenêtre et tendait les bras vers moi.

«Je n'ai jamais plus entendu la voix de mon fils et je n'ai jamais su ce que mon père avait fait de lui. Il a toujours refusé de me le dire. Ma mère prétendait ne rien savoir et elle ne mentait probablement pas. Six semaines plus tard, j'ai quitté la ferme en compagnie de ma grand-mère. Je n'ai jamais pardonné à mes parents.

«Grand-mère et moi nous sommes installées en ville. J'ai trouvé du travail et nous nous sommes mises à la recherche de Danny. Les mois, les années passèrent, mais je ne perdais pas l'espoir de le retrouver un jour. Puis la vie a repris ses droits. Je me suis mariée et j'ai eu deux enfants, David et Caroline. Dès leur plus jeune âge, je les ai élevés avec l'idée qu'ils avaient un frère quelque part, mais j'avais perdu tout espoir. (Liz se tourna vers Vaughn.) Je sais que tu es mon fils, parce que tu me rappelles ton père et parce que tu as mes yeux. Mon cœur de mère ne peut pas se tromper. Maintenant, c'est à toi de décider si tu acceptes cette vérité ou non. Et sache que je n'ai aucune preuve à te donner.

Vaughn se leva et marcha jusqu'à la fenêtre. Sa colère s'était envolée pour laisser place au malaise. L'épisode que Liz venait de décrire correspondait en tout point aux visions de ses cauchemars. Il savait qu'il lui suffirait de fermer les yeux pour revoir toute la scène : ce visage blanc derrière la vitre, ses bras qui se tendaient vers elle dans un élan désespéré. Puis les traits de cette femme qui disparaissaient peu à peu, le laissant seul, en proie à la terreur et à cet atroce sentiment de solitude.

Vaughn ne voyait que deux explications possibles à ce qui venait de se passer : soit cette femme avait effectivement un don de voyance et, dans ce cas, elle avait lu en lui les cauchemars qui le hantaient, soit elle était vraiment sa mère. S'il avait du mal à retenir la première hypothèse — il avait toujours refusé de croire aux phénomènes paranormaux —, la seconde était encore plus difficile à admettre. A supposer que Liz fût sa mère enfin retrouvée, comment était-il censé réagir ? Dans un premier temps, il apprendrait à mieux la connaître, mais ensuite ?

— Vaughn ? l'appela Kim. Tu veux une autre tasse de chocolat ?

— Tu n'as rien de plus fort à me proposer ?

Pourquoi Liz avait-elle choisi précisément cette nuit pour parler ? se demandait-il. Il se tourna vers les deux femmes. Kim fouillait dans un placard. Il arrêta son regard sur Liz.

— Bière, scotch ou rhum?

La voix de Kim le tira de ses pensées.

— Un scotch, s'il te plaît, répondit-il d'un air absent, s'interrogeant toujours sur la raison qui avait poussé Liz à confesser son secret.

— Liz, pourquoi m'avez-vous dit ça ce soir? S'est-il passé une chose qui vous aurait révélé soudain que j'étais votre fils?

Liz leva sur lui ses yeux rougis par les larmes.

— Ton cauchemar, répondit-elle simplement.

— Mon cauchemar?

— Mon explication ne va pas te plaire, soupira Liz.

— Dites toujours.

— Dans ma famille, les cauchemars sont fréquents, surtout parmi les hommes qui semblent avoir plus de difficultés à reconnaître les signes qu'ils reçoivent de leur inconscient. Mon fils, David, en souffrait lui aussi jusqu'à ce qu'il accepte d'utiliser son sixième sens.

Elle avait parlé avec une telle hâte que Vaughn n'était pas sûr d'avoir bien saisi le sens de ses propos.

— Pardon?

— Ecoute, tu es policier. Dans ton métier, il doit t'arriver souvent d'avoir des intuitions. Je me trompe?

— Non, répondit Vaughn qui se demandait dans quoi il venait de s'embarquer.

— Eh bien, ces pressentiments que tu as, je peux t'aider à mieux t'en servir et à les développer.

— Vous voulez dire que j'aurais des dons, moi aussi! s'exclama Vaughn, incrédule. Elle est bien bonne!

— Il n'y a pas de quoi rire, rétorqua Liz qui commençait à bouillir. Et je ne dis pas que tu es un voyant. Dans ma famille irlandaise, les dons se sont toujours transmis aux femmes. Mais les hommes de la famille ont eux aussi une forme d'intuition très particulière. Je suis sûre qu'au moment de prendre une décision importante il t'est déjà arrivé d'éprouver un pincement au cœur, comme si une partie de toi désapprouvait le choix que tu allais faire; comme je sais aussi que tu n'as jamais tenu compte de ces avertissements et que tu as eu ensuite à le regretter amèrement.

Vaughn la regarda. Il aurait voulu pouvoir lui dire qu'elle se trompait, mais hélas, elle avait raison.

— Je ne vois pas le rapport avec mes cauchemars, dit-il d'un air buté.

— Quand tu ne veux ou ne peux pas tenir compte de ces signaux d'alerte, ils doivent emprunter d'autres voies pour t'atteindre. Voilà la conclusion à laquelle nous sommes arrivés, David et moi, et elle me paraît satisfaisante.

— Ainsi, mon inconscient aurait cherché à me prévenir de quelque chose et, comme je ne tiens pas compte de ses avertissements, il aurait emprunté, pour m'atteindre, la voie des cauchemars?

— En gros, c'est ça.

— Cette explication ne tient pas la route.

— Ah bon, et pourquoi?

— Parce que le rêve que j'ai eu cette nuit, ce n'était pas la première fois que je le faisais. Ce cauchemar m'obsède depuis l'enfance.

— Peux-tu me le raconter?

Vaughn la dévisagea pendant un instant. Liz lui en demandait trop.

— Non.

— Bah, ce n'est peut-être pas indispensable. Je voulais simplement te faire comprendre que ce rêve a probablement une signification dans ton subconscient. Tu me suis?

Vaughn hocha la tête. Il y avait beaucoup de vrai dans les théories de Liz. Quand il était petit garçon, ce cauchemar avait toujours joué le rôle d'une alarme qui le prévenait d'un danger imminent, et le somnambulisme lui avait permis de fuir cette menace. Ce rêve s'était répété plusieurs fois depuis qu'il avait trouvé chez lui les coupures de presse parlant de la mort de Candace. Mais savoir qu'il était un avertissement ne l'avançait à rien s'il ignorait à quel péril il était exposé.

●◆●

Lorsque Doreen lui annonça qu'elle quittait la ville pour quelque temps, Vaughn eut un petit pincement au cœur qu'il interpréta comme un signal d'alerte. Une semaine plus tôt, il n'y aurait pas prêté la moindre attention.

Landon resterait chez tante Willie. A première vue, ce plan n'avait rien de critiquable. En s'absentant, Doreen se mettait hors de danger et, chez tante Willie, Landon serait à l'abri. Pourtant, Vaughn sentait que son sixième sens le mettait en garde.

Ils se tenaient face à face sur le perron ; le soleil, proche de son zénith, éclairait le visage de Doreen. Vaughn allait encore une fois tenter de la faire renoncer à son projet, quand son adjoint, Lewis, les interrompit.

— Excusez-moi, madame. Pourrais-je utiliser vos toilettes avant de partir ?

— Bien sûr, répondit-elle avec un sourire.

Tandis qu'il suivait des yeux Lewis qui entrait dans la maison, Vaughn se demandait quelle pouvait être la cause de son malaise. Landon, déjà installé dans sa chaise, à l'intérieur de la voiture, regardait dehors de ses grands yeux curieux en attendant sa mère. Un camion chargé de planches était garé dans l'allée, devant la maison voisine. Mike Drayton et Ron Obrich le déchargeaient. Vaughn entendait le claquement des morceaux de bois qu'on empilait les uns sur les autres.

— Ecoute, dit-il à Doreen, je ne crois pas que ce départ soit une bonne idée. Pourquoi ne t'installerais-tu pas chez tante Willie avec Landon ?

— Qu'est-ce que ça changerait ? C'est dans cette

ville que le danger me guette. En plus, je dois rendre visite à des amis à Chelan et je n'aurai probablement pas d'autre occasion de prendre des vacances avant la rentrée scolaire.

Elle prit la valise qui contenait les affaires de Landon et s'avança vers la voiture. Vaughn lui barra le passage.

— Comment pourrais-je te faire changer d'avis?

— Je ne comprends pas pourquoi tu te fais tellement de souci. Je passerai la matinée chez tante Willie et je partirai pour Chelan en début d'après-midi. Il fera plein jour. Là-bas, je serai hébergée chez des amis. Que veux-tu qu'il m'arrive?

— Je ne sais pas, avoua Vaughn. (Il accompagna Doreen jusqu'à la voiture.) Où sont tes bagages?

— Dans le coffre, je les ai fais pendant la nuit, avoua-t-elle d'un air embarrassé.

La peur l'avait empêchée de fermer l'œil. C'était pour cette raison qu'elle fuyait.

Elle s'assit au volant. Passant la main à travers la vitre ouverte du côté passager, Vaughn pinça la joue de Landon.

— Comment va, mon grand?

Tout excité, le bébé remua dans son siège et répondit dans son langage:

— A ta Winie pou picnic.

Vaughn interrogea Doreen du regard.

— Il veut dire qu'il va chez tante Willie pour un pique-nique.

Vaughn regarda son fils encore une fois et lui sourit tendrement. Comme il aurait voulu pouvoir passer plus de temps avec lui!

— Amuse-toi bien, dit-il en ébouriffant les cheveux du petit garçon.

Vaughn savait désormais que Landon avait hérité de sa grand-mère sa crinière d'ébène.

— Vroum, vroum, vroum! s'écria Landon qui semblait impatient de voir démarrer la voiture.

— Il est temps de mettre le contact, Doreen. Ce jeune homme veut voir sa tante Willie.

Doreen approuva de la tête.

— Peux-tu t'occuper de fermer la maison ?

— Bien sûr.

Doreen dut apercevoir une ombre d'inquiétude sur le visage de Vaughn car elle essaya de le rassurer.

— Ne t'inquiète pas, je serai de retour dans une semaine. J'espère que tu auras attrapé ce tueur d'ici là.

Vaughn regarda la petite Toyota noire de Doreen descendre l'allée et tourner dans la rue. Son pressentiment ne faisait que grandir. Il maudissait Liz qui lui avait fait prendre conscience de ce pouvoir sans lui donner le moyen d'infléchir le cours des événements. Il ne lui restait plus qu'à espérer s'être trompé.

●—◆—●

Il sourit en glissant la clé dans la serrure. La providence, qui lui avait permis de surprendre la conversation entre Vaughn et Doreen, venait de lui donner un coup de pouce. Il était temps d'agir. Il entra dans la pièce que les rideaux tirés avaient gardée fraîche et sombre. Sans allumer, il alla à la cuisine et ouvrit un placard. Il en tira une large boîte. Elle contenait un sac de cuir dont il étala le contenu sur la table. Il plaça à droite des gants de chirurgien et des préservatifs, à gauche des ciseaux, un filet pour les cheveux, une tondeuse et une corde de nylon qu'il dénoua d'un air pensif. Elle mesurait environ cinq mètres. Ce serait suffisant.

Il alla ensuite dans la chambre à coucher et prit dans la penderie une blouse et des protège-chaussures de plastique blanc. Il ne prit pas la peine de recompter ses réserves : il savait qu'il lui restait exactement sept tenues identiques à celles-là.

Dans son plan initial, le châtiment de Doreen ne devait intervenir que quelques jours plus tard, aussi n'avait-il pas encore eu le temps de rédiger un de ses petits poèmes pour la circonstance. Ce détail l'ennuyait, mais il n'y avait plus de temps à perdre s'il ne voulait pas la rater.

Il mit son ordinateur en marche. Qu'allait-il écrire ? Remontant dans le temps, il se rappela le jour où il avait compris que Doreen était pareille aux autres.

L'école organisait un bal ce jour-là. Il s'y était rendu, tout en sachant qu'il ne danserait pas. Dissimulé dans l'ombre d'un grand arbre, il avait observé les allées et venues en fumant cigarette sur cigarette.

La nuit était chaude. Quelques heures après le début du bal, on avait ouvert les portes du gymnase et les étudiants s'étaient égaillés dans le parc. L'air était chargé de l'excitation de ces adolescents qui découvraient les plaisirs du flirt. Restant à l'écart, il les avait épiés sans oser prendre part à leurs jeux.

Soudain, il avait aperçu Doreen Hanson. Elle s'était éloignée du groupe et avançait dans sa direction. A l'abri dans sa cachette, il l'avait regardée. Malgré sa pauvre robe qui ne la mettait pas en valeur, elle était belle fille. Il se sentait proche d'elle car elle était une malheureuse comme lui. Doreen ne l'avait jamais traité avec mépris.

Elle s'était assise sur la pelouse, à quelques mètres de l'endroit où il se tenait. Elle grommelait des jurons et s'était mise à arracher des brins d'herbe qu'elle jetait au loin avec des gestes rageurs. Sa colère ne le dérangeait pas. C'était un des rares sentiments qu'il comprenait. Il s'était demandé quel effet cela ferait d'embrasser cette fille. Il avait alors entrevu une faible lueur d'espoir. Avait-il enfin trouvé celle qu'il lui fallait ? Peu à peu, la rage de Doreen s'était calmée. Il s'était approché d'elle.

— Je peux m'asseoir ?

Elle avait sursauté, puis avait posé sur lui ses yeux noisette qui brillaient dans la nuit comme ceux d'un chat.

— Ça ne me dérange pas, avait-elle répondu d'un air indifférent.

— Tu ne t'amuses pas ?

— Pas vraiment.

Il était resté silencieux pendant un long moment, ne sachant quoi dire. Etre près d'elle suffisait à le rendre heureux. Doreen le regardait du coin de l'œil et il s'était demandé à quoi elle pensait. Brusquement, elle lui avait pris la main et l'avait forcé à se lever.

— Viens, avait-elle ordonné en l'entraînant vers l'ombre d'un grand chêne. (Elle s'était adossée à l'arbre et avait posé sur lui un regard plein de défi. Des larmes perlaient dans ses yeux.) Embrasse-moi.

Il n'en revenait pas. Hésitant, il s'était approché d'elle et l'avait prise dans ses bras. Maladroitement, il avait posé ses lèvres sur celles de Doreen. Mais celle-ci n'était pas d'humeur à tergiverser. L'attrapant par les cheveux, elle lui avait donné un baiser avide tandis qu'elle pressait son corps chaud et souple contre lui. La violente sensation qu'il avait éprouvée l'avait laissé tremblant et rempli de désir.

— Doreen, nom de Dieu ! Qu'est-ce que tu fous ? avait hurlé une voix avinée.

C'était un des frères de Doreen. S'arrachant à son étreinte, la jeune fille s'était précipitée vers la lumière.

— Mon Dieu ! Ça va être ma fête ! Ils m'avaient dit de les attendre.

— Reste avec moi, ne pars pas ! avait-il imploré.

Elle s'était tournée vers lui et s'était mise à rire.

— Je ne peux pas. Ils me tueraient.

— Pourquoi m'as-tu embrassé si tu savais que tu allais partir ?

— Je n'en sais rien. Sans doute que j'avais envie de voir quel effet ça me ferait, avait-elle répondu en haussant les épaules.

Elle s'était déjà éloignée de lui, mais il l'avait attrapée par le bras pour la retenir.

— Quand pourrons-nous nous revoir ?

Elle avait éclaté de rire.

— Tu plaisantes !

Touché au vif par cette réponse, il l'avait lâchée. Les poings serrés, il l'avait regardée s'éloigner et monter dans le camion avec ses ivrognes de frères.

Il venait de revenir brusquement à la réalité. Hâtivement, il tapa sur l'ordinateur quelques vers de sa composition :

Folle tu étais, et cruelle encore.
Mais près de toi se tient le seigneur de la Mort,
Et de sa main tu succomberas.

Il relut avec un œil critique ce qu'il venait d'écrire. Ce n'était pas un chef-d'œuvre voué à la postérité, mais ça ferait l'affaire. Enfonçant une touche sur le clavier, il lança l'impression. Il devait se dépêcher maintenant.

14

Deux jours plus tard, Vaughn quittait le bureau du maire, après une brève réunion avec Steve Riley, quand Melissa l'appela sur sa radio.

— Shérif, Tyler McCurdy et Vincent Welsh viennent de passer pour signaler qu'ils avaient découvert un véhicule abandonné à la sortie de la ville, déclarat-elle sur un ton solennel qui lui était inhabituel.

En entendant ces paroles, Vaughn éprouva une sensation d'oppression dans la poitrine. Tyler et Vincent étaient les deux garçons qui avaient trouvé le corps de Trent.

— Tu as la marque de la voiture?

— Il s'agirait d'une Toyota noire, modèle Corolla.

Vaughn ferma un instant les yeux, incapable de penser. Puis il se reprit.

— Où est-elle?

— D'après les deux garçons, le véhicule se trouverait presque exactement à l'endroit où le corps de Trent a été découvert. Cheney et Stone sont déjà en route.

— O.K., Melissa. Je me rends là-bas immédiatement.

Quand Vaughn arriva sur les lieux, Cheney avait déjà délimité leur périmètre d'investigation à l'aide d'un ruban de plastique jaune. De toute évidence, il s'attendait au pire et voulait écarter les badauds autant que possible. Vaughn chercha des yeux la voiture. Elle était dans un fossé peu profond, au bord de la route, à moitié dissimulée par des broussailles. S'agissait-il de la Toyota de Doreen? Il aperçut Stone. Il était occupé à prendre des photos, à consigner des notes dans son calepin et à inspecter avec soin le sol autour du véhicule. Vaughn aurait voulu s'enfuir et dut se faire violence pour descendre de sa Land Rover. Ray vint à sa rencontre.

— C'est la voiture de Doreen Hanson. Aucun doute là-dessus. Apparemment, elle n'est pas arrivée à Chelan.

Vaughn hocha la tête. Pourquoi ne l'avait-elle pas écouté?

— Aucune trace de Doreen?

— Non, pas pour l'instant.

Entrant avec précaution dans le périmètre protégé, il alla rejoindre Stone qui venait de s'accroupir près de la portière du côté conducteur.

— Un indice? demanda Vaughn.

— Il y a une belle empreinte sur la poignée, marmonna Stone. Il y a un peu de sang près du volant, dit-il en indiquant l'endroit de la pointe de son stylo. J'ai l'impression qu'il y a eu une lutte. Je vais faire analyser l'échantillon, mais je doute qu'il corresponde au prélèvement fait sur la chemise. Ce sang est probablement celui de la victime. Les clés de contact sont toujours là. Mais il y a un détail curieux: l'autoradio a disparu.

— Qu'est-ce qu'il peut bien vouloir en foutre?

— Je n'en ai pas la moindre idée.

— Je vous laisse vous occuper de la voiture. Pendant ce temps, je vais inspecter les environs.

— Garrett!

Vaughn se retourna.

— Je voulais juste vous dire que je suis d'accord avec vous en ce qui concerne ce Mike Drayton. Je suis allé lui rendre une petite visite. Vous avez raison: ce type est louche. Je ne sais pas si c'est l'homme que nous recherchons, mais mon instinct me dit de le garder à l'œil. Le problème, pour l'instant, c'est que notre dossier est vide. J'ai demandé des renseignements sur lui.

De là où il se tenait, Vaughn contempla la forêt qui s'étendait devant lui. Le bas des arbres était caché par un tapis d'épaisses fougères. L'endroit idéal pour dissimuler un cadavre. Mais il ne voulait pas les faire fouiller, pas tant que ça ne serait pas indispensable. Il fit signe à Ray d'approcher.

— Demande à Melissa d'appeler Jordan et Marty. Marty accompagnera Kim. Elle doit aller se mettre à l'abri chez des amis. Killian vient juste de rentrer chez lui. Inutile de le rappeler pour l'instant. Quand Jordan et Marty seront là, nous organiserons une fouille méthodique.

Ray se dirigea vers sa voiture de patrouille pour lancer l'appel, pendant que Vaughn se mettait à inspecter le sol autour du véhicule de Doreen. Tirant de sa poche un briquet et un paquet de Camel, il alluma une cigarette.

Il éprouva soudain une vive douleur. Doreen était morte. Il le savait avec une certitude presque effrayante.

Quelques minutes plus tard, il entendit un bruit de moteur et se tourna vers la route. Ses adjoints arrivaient, suivis par Barney McCarthy. A ses côtés était assis un journaliste qui séjournait depuis quelques jours chez Erma. Pendant un instant, Vaughn eut le sentiment d'avoir été trahi par Barney, mais il se raisonna. Il ne faisait que son métier de reporter, après tout.

Barney s'arrêta à l'extérieur du périmètre délimité par le ruban jaune. Avec un soupir de résignation, Vaughn écrasa sa cigarette sur le talon de sa botte.

— Bonjour, shérif. J'aimerais vous présenter John Lambert. John écrit un bouquin sur les meurtriers en série.

— Très intéressant, mais je n'ai pas de temps à

vous consacrer, répondit Vaughn en s'éloignant des deux hommes.

— En fait, shérif, reprit Barney, je me demandais si vous aviez déjà une déclaration à faire.

— Eh bien, deux garçons ont découvert une Toyota noire dans les broussailles, là-bas. Elle appartient à Doreen Hanson.

— Mais Doreen n'était-elle pas partie pour Chelan il y a deux jours, shérif ?

— C'est exact.

— A-t-elle réussi à aller jusque-là ?

— Je ne peux pas vous répondre sur ce point tant que nous n'aurons pas fait les recherches qui s'imposent.

— Shérif, pensez-vous qu'il soit arrivé quelque chose à Doreen Hanson ?

Vaughn se tourna vers l'homme qui accompagnait Barney. Il avait la trentaine, un regard vif et direct, des cheveux bruns coiffés en queue-de-cheval. Il était vêtu d'un jean, d'une chemise de cow-boy et d'une paire de Reebok. Vaughn ne savait trop que penser de lui, mais il n'avait pas le temps d'approfondir.

— Oui, répondit-il simplement. Maintenant, messieurs, j'aimerais retourner à mon travail.

— Encore une question. D'où tenez-vous cette impression ? Est-ce à cause du message laissé chez Doreen Hanson ou bien avez-vous de nouveaux éléments ?

Vaughn fusilla Barney du regard. Il lui avait pourtant demandé de la fermer. Oh, et puis, quelle différence cela faisait-il ? Lillooet Creek serait sous peu envahie par une nouvelle horde de journalistes.

Il se tourna vers Lambert.

— Non, nous n'avons pas d'autres éléments pour le moment. Veuillez m'excuser maintenant.

Vaughn alla jusqu'à sa voiture pour y prendre son appareil-photo qu'il accrocha autour de son cou et sa mallette pour la collecte des indices. Quelques minutes plus tard, Ray, Jordan, Marty et lui-même avaient formé un cordon et s'apprêtaient à commencer leur fouille. Vaughn était certain que les recherches ne dureraient pas longtemps. L'assassin souhaitait que ses victimes fussent découvertes et ne dissimulait jamais leur corps. Vaughn espérait ne pas se tromper, car la perspective de faire appel à des civils peu préparés à se trouver nez à nez avec un cadavre mutilé ne l'enchantait guère.

Ils étaient prêts à partir quand un nouveau véhicule arriva. C'était le camping-car de Liz. Vaughn se précipita à sa rencontre. Liz n'avait pas eu le temps d'ouvrir la portière que Vaughn était déjà devant elle.

— Qu'est-ce que vous fichez là?

— Il fallait que je vienne, dit-elle avec un visage inquiet.

— Allons bon, que se passe-t-il cette fois?

— Je sais qui je suis venue protéger.

— Ah! Et qui donc? demanda Vaughn sur un ton impatient.

Il avait plus urgent à faire que d'écouter les sornettes de Liz.

— Toi, répondit-elle. C'est toi qu'il veut détruire. Il dit être le seigneur de la Mort et il en veut à ta vie.

Il passa le bras à travers la vitre baissée de la portière et posa la main sur celle de Liz.

— Ecoutez, Liz. Vous avez peut-être raison, mais je n'ai pas le temps de discuter de ça maintenant. J'ai beaucoup de travail. Alors, s'il vous plaît, partez d'ici.

●◆●

Ce fut l'odeur fétide qui les alerta. Malgré la fraîcheur relative de la forêt, elle flottait, persistante, dans l'air immobile de cette journée de juillet. Marty l'avait perçue le premier et avait immédiatement appelé les autres. Peu après, ils avaient entrevu le corps dissimulé dans les broussailles à quelques mètres de là.

— Va avertir Stone, dit Vaughn à Marty. Appelle ensuite le Dr Harcourt. Dis-lui de faire venir une ambulance. Enfin, tu veilleras à ce que personne ne s'approche d'ici. C'est clair ?

Marty acquiesça et s'éloigna. Vaughn, pris de nausées, inspira profondément l'air des montagnes. Depuis l'appel de Melissa, il avait eu la certitude que Doreen était morte. Pourtant, il venait seulement de comprendre qu'il avait gardé au fond de lui un espoir ténu de la revoir en vie. Cet espoir venait d'être anéanti.

Il ferma les yeux, essayant de puiser en lui la force de faire son boulot de flic. Bien sûr, il n'aimait plus Doreen, s'il l'avait jamais aimée, mais elle était la mère de son fils et une amie, aussi.

Le corps de Doreen reposait dans une petite clairière. Elle était allongée sur le dos, complètement nue, les jambes croisées au niveau des chevilles. On aurait pu la croire endormie. Une large blessure noircie de sang caillé entaillait sa gorge de part en part. Les bords de la coupure, qui s'étaient rétractés, dessinaient un sourire macabre. Sa tête rasée était posée sur un oreiller de fougères écrasées. Ses mains, attachées par une corde de nylon et par ce qui s'avérerait, après examen, être ses propres cheveux, étaient croisées sur sa poitrine, serrant un petit bouquet de fleurs fanées. Le manche du couteau qui lui avait donné la mort avait été glissé sous l'arc que formaient ses paumes. Et sous la lame, on avait coincé un morceau de papier.

Fermant les yeux, Vaughn dut lutter quelques instants pour trouver en lui le détachement sans lequel il ne pourrait accomplir son travail. Enfin, il alluma un petit magnétophone qu'il avait rangé dans la poche de sa chemise et entreprit de photographier la scène. Pour chaque cliché, il enregistrait sur la bande des informations concernant l'angle de prise de vue et l'éclairement. Le contenu de cet enregistrement serait ensuite transcrit sur papier.

Vaughn et Ray s'approchèrent, prenant soin de regarder où ils mettaient les pieds pour ne pas risquer de détruire un indice.

— Il n'y a pas de sang autour du corps, fit remarquer Ray. Elle a dû être tuée ailleurs.

Vaughn, qui avait fini de prendre des photos, approuva de la tête. Il s'accroupit près du cadavre, évitant de poser les yeux sur le visage méconnaissable. La peau était froide et la partie supérieure du corps avait pris une teinte olivâtre.

— Je dirais qu'elle est morte depuis vingt-quatre, voire trente heures. Tu avais raison, Ray, elle n'a pas quitté la ville.

●◆●

Quand Kim apprit de Martin Lewis, après l'avoir cuisiné, pourquoi on lui retirait momentanément sa protection, elle lui demanda de l'accompagner chez tante Willie. Elle connaissait les sentiments qui liaient la vieille dame à Doreen Hanson et se dit qu'elle devait avoir besoin de réconfort.

Elle ne se trompait pas. Après la découverte de la voiture abandonnée, la nouvelle s'était répandue en ville comme une traînée de poudre. Tante Willie, qui gardait le fils de Doreen, essayait de cacher au mieux son inquiétude. Mais on la sentait à bout.

Quand Kim arriva, Willie lui confia Landon.

— Je vais faire des gâteaux, prétexta-t-elle.

Mais Kim remarqua ses yeux humides.

Une heure plus tard, la cuisine embaumait et tante Willie s'accorda une petite pause. Elle s'assit et laissa échapper un long soupir qui sembla la vider de ses forces. En un instant, elle vieillit de dix ans. Calant le bébé sur sa hanche, Kim se leva et remplit un verre d'eau. Willie avala quelques gorgées et regarda Kim.

— Cette pauvre petite n'a jamais eu de chance dans la vie. Quand sa mère est morte, ce n'était encore qu'une gamine. C'est elle qui s'est occupée de la maison. Elle lavait le linge, faisait le ménage, préparait les repas... Elle trimait comme une esclave, mais son père et ses frères ne lui ont jamais témoigné la moindre gratitude. Pire, ils la maltraitaient. Cette pauvre gamine n'a jamais eu d'enfance. (Willie buvait lentement son verre d'eau, les yeux dans le vague, se remémorant un passé douloureux.) Quand Doreen est devenue une jeune fille, les choses ont encore empiré. Je sais qu'au moins deux de ses frères la violaient. Lorsque j'ai compris ce qui se passait, je lui ai offert de venir vivre ici. Malheureusement, il était déjà trop tard. Doreen s'était forgé une piètre opinion des hommes.

« J'espérais qu'elle resterait avec Vaughn. Ils avaient tous les deux beaucoup souffert et je pensais que ça les rapprocherait. Mais Doreen n'a jamais pu admettre que certains hommes étaient aussi capables de sentiments.

« Quand elle s'est retrouvée enceinte, elle ne m'a pas avoué de qui était l'enfant. Je ne l'avais jamais vue sortir avec personne. Mais quand Landon est né, j'étais heureuse. J'espérais qu'en élevant un fils elle comprendrait la sensibilité masculine et que ça lui permettrait de se trouver un homme bien. Elle était encore jeune. (Tante Willie renifla et regarda par la fenêtre.) Mais rien ne s'est jamais passé normalement pour elle. La malchance lui collait à la peau. Tu trouves ça normal, toi ?

— La vie est parfois très injuste.

Pendant un instant, elles restèrent silencieuses, plongées toutes deux dans leurs pensées. Brusquement, Landon lança un de ses cubes sur la table, ce qui fit sursauter les deux femmes.

— Maman ! hurla-t-il. (Laissant tomber sa tétine, il montra du doigt la porte.) Je veux maman !

Kim le serra dans ses bras.

— Elle sera bientôt là.

Tante Willie se leva pour retirer ses gâteaux du four. Kim la regarda faire en pensant à une phrase que la vieille femme avait prononcée : « Ils avaient tous les deux beaucoup souffert et je pensais que ça les rapprocherait. » A quoi faisait-elle allusion ? Les cauchemars de Vaughn trouvaient-ils leur origine dans une enfance perturbée ?

— Tante Willie ! appela-t-elle. Que sais-tu de la jeunesse de Vaughn ?

Willie la dévisagea un moment en silence.

— Il n'aime pas parler de ces choses. Ça ne lui plairait pas que je te raconte ça.

— Mais je suis très attachée à lui, tante Willie. Je voudrais l'aider. Il est hanté par des cauchemars dont il refuse de me parler.

Tante Willie la fixait de son regard impassible. Elle se tourna lentement vers son fourneau.

— Vaughn et trois autres enfants ont été élevés par ma sœur Anna. Deux d'entre eux étaient plus âgés que lui. L'un s'appelait Johnny Qualchin, il était indien, et l'autre Freddy Sumner. Laisse-moi me souvenir, dit-elle en levant les yeux vers le plafond. Ils ont quitté la maison environ deux ans après l'arrivée de Vaughn et de Coyd. Vaughn et Coyd étaient les benjamins. Ils avaient été recueillis la même année, mais Coyd était plus jeune que Vaughn.

« Je ne sais pas si tu te rappelles Anna. (Kim secoua la tête.) Elle me ressemblait beaucoup. Elle était très grande, forte comme un bœuf et très jalouse de son indépendance. Elle avait construit sa maison de ses mains, s'occupait de la plomberie et de l'électricité. Anna savait tout faire. Dieu seul sait comment elle a appris tout ça, car elle était illettrée. Elle avait toujours veillé à ce que j'aille à l'école, mais elle-même n'y mettait jamais les pieds. J'ignore pourquoi. C'est à peine si elle savait écrire son nom. Quand nous vivions ensemble, je lui faisais la lecture. Elle adorait la poésie.

« Anna voulait des enfants à qui elle aurait enseigné tout ce qu'elle avait appris toute seule. Alors elle se trouva un homme et se maria. Mais, par la suite, elle découvrit qu'elle était stérile. Anna n'a jamais accepté de renoncer à ce qu'elle voulait. Elle était encore plus têtue que moi. Aussi, malgré l'opinion des médecins, elle fit retomber toute la faute sur le pauvre Herman, son mari.

«Herman Irving était voyageur de commerce. C'était un homme malingre et faible, incapable de tenir tête à Anna. Peu à peu, il se détacha d'elle. Il revenait la voir par-ci, par-là, mais il ne restait jamais très longtemps.

«Alors, Anna songea à adopter des enfants. Mais, là encore, elle rencontra un obstacle. A cause des fugues de Herman, leur foyer fut considéré comme instable et sa demande fut rejetée. En fait, je crois que l'assistante sociale éprouvait de l'antipathie pour Anna. Ma sœur pouvait parfois se montrer très rude. Quoi qu'il en soit, Anna eut alors l'idée de prendre des enfants en placement nourricier.

«Elle enseigna à ces gamins tout ce qu'elle savait : cuisine, sculpture sur bois, menuiserie… Anna aurait pu les rendre heureux si elle n'avait pas été si sévère. Pendant des années, elle arriva à me cacher ce qui se passait réellement dans cette maison. Mais en vieillissant, elle devenait de plus en plus dure. C'est quand ils furent sur le point de partir que Johnny et Freddy trouvèrent le courage de tout me raconter.

Willie se tut, le visage assombri par de pénibles souvenirs. Kim restait silencieuse, attentive. Landon commençait à somnoler, aussi alla-t-elle le coucher dans son lit. Sans protestation, le petit garçon se tourna sur le côté, attrapa sa couverture et glissa son pouce dans sa bouche. Kim se versa une tasse de café. Quand elle se rassit, tante Willie sursauta comme si elle avait oublié la présence de la jeune femme dans la pièce et reprit son récit.

— Au fil du temps, sans que je m'en rende compte, les gamins s'étaient retrouvés à tout faire dans la maison. En rentrant de l'école, ils préparaient le repas. Ils s'occupaient aussi du ménage et des travaux d'entretien. Quant à Anna, elle avait beaucoup changé. Je la reconnaissais à peine. Freddy m'avait raconté que, nuit après nuit, elle les obligeait à lui faire la lecture.

«Johnny me confia que lorsqu'ils désobéissaient, elle les attachait dans la remise, les suspendant par les poignets à une poutre. (Elle ferma les yeux et essuya d'un geste impatient une grosse larme qui avait coulé sur sa joue.) Ensuite, elle leur tondait la tête à ras et frappait leurs fesses nues avec un battoir à linge.

— Mon Dieu! murmura Kim. Comment peut-on traiter des enfants de cette façon?

Willie haussa les épaules.

— Je ne sais pas. Si j'avais mieux compris à l'époque, peut-être aurais-je pu faire plus pour les aider. Mais je ne t'ai pas encore raconté le pire. Freddy m'a aussi avoué qu'Anna s'était mise à abuser des garçons. Elle attendait que minuit fût passé pour se glisser dans le lit de l'un d'eux, pensant que les autres étaient endormis. Freddy avait seize ans et il était au bord du suicide quand il est venu me trouver. Anna avait réussi à le surprendre au beau milieu d'un rêve érotique comme on en fait à cet âge. Il était encore dans un demi-sommeil et elle en avait profité pour l'obliger à faire des choses avec elle.

«On prétend qu'une femme ne peut violer un homme, mais je ne sais quel autre nom donner à ce qu'Anna faisait subir à ces garçons. Quoi qu'il en soit, quand j'ai appris ce qui se passait de la bouche de Freddy et de Johnny, je suis allée voir Anna. Je lui ai dit que j'allais alerter les autorités pour qu'on lui retire la garde des enfants.

— Qu'a-t-elle répondu?

— Elle m'a menacée.

— Mais de quoi?

Des images du passé défilaient devant les yeux de Willie. Elle revit son mari, enragé, levant la main sur elle pour la rosser une fois encore. Elle se revit, comme des dizaines de fois depuis lors, attrapant la bouteille de whisky, la brisant sur la rampe de l'escalier et lui ouvrant la gorge avec un tesson. Quel démon s'était emparé d'elle? Elle l'ignorait encore. La fatigue, peut-être. Elle s'était soudain sentie lasse de ces nuits blanches passées à l'attendre, des infidélités qu'il ne cherchait même plus à cacher, lasse des insultes et des coups.

Elle n'avait pas réfléchi à ce qu'elle faisait. Anna était là quand son mari s'était effondré dans l'escalier. Elle avait aidé sa sœur à maquiller le crime en accident.

Willie regarda Kim. Elle était trop jeune, elle ne pourrait pas comprendre.

— Je suis désolée, c'est un secret que je n'ai encore jamais révélé à personne. Anna était la seule à être au courant et, avec ce qu'elle savait, elle pouvait détruire ma vie. Si bien qu'en échange de son silence j'ai accepté de me taire. Je me suis contentée d'intervenir au jour le jour. J'ai bien failli la rendre folle, ajouta Willie en esquissant un pauvre sourire.

« Par ma présence constante, j'ai réussi à mettre fin à la plupart des mauvais traitements et aux sévices sexuels. Petit à petit, j'ai pris les commandes de la maison. Anna ne pouvait pas faire grand-chose contre moi. Et comme c'était moi qui disais aux garçons ce qu'ils devaient faire, c'était également moi qui distribuais les punitions quand cela s'avérait nécessaire.

« J'ai installé des targettes aux portes des chambres. Le lendemain matin, Anna les avait retirées. Mais je les ai remises le soir même. Cette petite guerre a duré pendant une semaine, mais c'est moi qui l'ai gagnée.

« Dans les années qui ont suivi, Anna et moi n'avons pas échangé plus de dix mots. Bien sûr, en public, nous nous adressions la parole. Pour tout le monde, nous nous adorions.

— Et les garçons? Que sont-ils devenus?

— En ce qui concerne Vaughn et Coyd, je pense être intervenue à temps. Ils étaient tous deux très jeunes. Mais Freddy et Johnny ne s'en sont jamais remis. Freddy s'est marié et a divorcé trois ou quatre fois. Il buvait et a fini par en mourir. Quant à Johnny, il fallait qu'il risque sa vie, comme si elle n'avait aucune valeur pour lui. Il s'est tué dans un rodéo. (Willie s'éclaircit la gorge.) C'est drôle, ces deux garçons ne m'avaient pas connue très longtemps, et pourtant, tous deux gardaient dans leur portefeuille un papier me désignant comme la personne à prévenir en cas d'accident. C'était la meilleure récompense qu'ils pouvaient m'offrir.

Kim sourit.

— En effet. Et Coyd ?

Willie se leva et se versa une tasse de café.

— Je n'ai jamais pu communiquer avec Coyd. On aurait dit qu'un mur le séparait du monde extérieur. Mais c'était un brave gosse, très intelligent. Il était sage comme une image. Pourtant, je n'ai jamais réussi à savoir ce qu'il pensait.

— Où vit-il ?

— Il est mort.

— Lui aussi ! Comment est-ce arrivé ?

— Quand il avait quatorze ans, il a disparu pendant une randonnée dans les gorges. On n'a retrouvé que son sac à dos caché dans un rocher. Il ne contenait pas grand-chose et on en a conclu que Coyd n'avait pas fugué. Mais sa disparition m'a toujours intriguée. Coyd connaissait bien l'endroit et n'était pas un casse-cou.

— Le corps n'a jamais été retrouvé ?

— Non. Mais la gorge est très profonde et le courant y est très fort. Il a dû être emporté avant même qu'on ne lance les recherches.

— Je me demande… dit Kim, songeuse.

— Assez remué le passé, l'interrompit Willie.

Elle se leva et alla vérifier que Landon dormait toujours dans son parc.

Il était là quand ils emportèrent le corps. Ils formaient une belle procession de flics. Doreen, enveloppée dans un sac de plastique, fut placée sur une civière et chargée dans l'ambulance.

Il exultait. Il avait pris un réel plaisir à châtier Doreen. Elle s'était montrée si forte, si déterminée à ne pas manifester sa peur. Elle avait tout tenté pour s'en sortir. Quand il lui avait attaché les mains, elle l'avait traité de lâche et l'avait mis au défi de l'affronter dans un combat régulier. Puis elle avait utilisé des ruses féminines, lui promettant de lui offrir son corps en échange de sa liberté. Mais il était resté insensible à tous ses arguments et, finalement, elle s'était soumise à son bourreau.

Le bruit que fit la porte de l'ambulance en se refermant le tira de ses rêveries. Il regarda autour de lui. Il y avait foule près de l'ambulance. Il observa le visage de ceux qui se trouvaient là. Les sentiments qu'il y lisait allaient du chagrin à la curiosité malsaine, en passant par la rage et la peur. Les yeux de Vaughn étaient humides. Une telle faiblesse le rendait malade. Vaughn n'avait jamais eu de tripes. Lui aussi mourrait bientôt, mais il serait le dernier. Que c'était passionnant de le regarder se débattre dans des tourments qui n'avaient que sa propre stupidité pour origine !

Mais il était temps de se remettre au travail. Il y avait un autre enterrement à préparer. Il pourrait procéder avec Kimberley comme avec Doreen. En l'effrayant assez, elle finirait peut-être par retourner à Seattle et il la coincerait à la sortie de la ville. Non, ce plan était trop incertain. Il fallait trouver autre chose. Une gageure.

◆—◆—●

L'après-midi touchait à sa fin quand Vaughn arriva chez tante Willie. Il s'agissait d'une visite officielle, car Willie était la personne la plus proche de Doreen. Pourtant, quand il vit le visage ravagé de la vieille femme, Vaughn oublia vite son rôle de policier et, redevenu pour un instant le petit garçon qu'elle avait élevé, il serra tante Willie dans ses bras.

Kim était restée à l'écart. A un moment, elle croisa le regard de Vaughn. Elle y lut un chagrin immense. Comme elle avait peu connu Doreen, elle se sentait étrangère à leur douleur et préféra les laisser seuls.

Vaughn vint la rejoindre quelques minutes plus tard.

— Killian prendra son service vers dix-neuf heures. Il t'escortera jusqu'à la maison de ta tante.

— Très bien.

Il avait l'air très abattu. Son fardeau devenait chaque jour plus lourd et finirait par l'écraser. Kim aurait voulu le prendre dans ses bras. Mais elle ne le sentait pas encore prêt à accepter son aide. Souffrant pour lui, elle le regarda ouvrir la porte et se diriger vers sa voiture.

Le soleil se couchait quand Kim retourna chez elle vers vingt heures. Killian la suivait dans sa voiture de patrouille. Avant de partir, elle avait mis Landon au lit et s'était assurée que tante Willie était en mesure de s'occuper de lui. Elle avait proposé de prendre l'enfant, mais Willie s'y était fermement opposée.

Kim passa en revue les événements des dernières semaines. L'enterrement de Trent lui semblait si lointain. Elle se souvenait de ce jour où Vaughn lui avait décrit le profil de l'assassin tel qu'il avait été établi par le FBI. Kim se demandait si le même rituel avait entouré l'assassinat de Doreen. Le meurtrier avait-il là aussi laissé sa signature? La tête rasée, les poignets attachés avec les cheveux de la victime…

Soudain, Kim sentit sa gorge se serrer. Non, c'était impossible! Elle se faisait des idées. Une pensée effrayante s'imposait à elle, bien qu'elle mît toutes ses forces à la repousser.

Anna Irving tondait les enfants désobéissants et les victimes du tueur étaient retrouvées la tête rasée. Anna attachait les enfants par les poignets avant de les battre et les victimes avaient été ligotées. Elle forçait les garçons à lui lire des poèmes et l'assassin semblait avoir une certaine prédilection pour ce type de littérature. Des coïncidences ?

Kim avala sa salive, tentant de se débarrasser de la boule qui l'étouffait. Des quatre enfants élevés chez Anna Irving, un seul était encore en vie : Vaughn Garrett, shérif du comté de Waterford. Kim s'efforça désespérément de trouver une autre explication. En vain.

Elle se gara devant la maison, remarquant à peine Killian qui prenait son tour de garde dans sa voiture. Le camping-car était toujours dans l'allée. Kim espéra que Liz était sortie. Elle ne pourrait supporter de lui parler au moment où elle envisageait la possibilité que son fils fût un assassin.

Elle allait ouvrir la porte quand Killian l'appela.

— Madame Tannas, si vous n'y voyez pas d'inconvénient, j'aimerais fouiller la maison. Elle n'a pas été surveillée de toute la journée.

— Je pensais que cela avait déjà été fait. Liz n'est pas là ?

— Je ne crois pas, non.

— Eh bien, allez-y, répondit Kim d'un air distrait.

Elle pensait encore à toutes ces pistes qui convergeaient sur la personne de Vaughn. Elle attendit dans l'entrée que Killian eût fini d'inspecter la cuisine.

— Je vais regarder en haut, dit-il. Je n'en aurai pas pour longtemps.

Pour toute réponse, Kim hocha la tête. Elle entra dans la cuisine, où elle entreprit de préparer une salade. Elle entendit Killian gravir les marches, puis oublia totalement sa présence. Comment Vaughn pourrait-il être ce tueur? C'était un homme bon et doux qui, malgré ce qu'il avait enduré dans son enfance, était parvenu à se réconcilier avec le monde qui l'entourait. Elle repensait à ces magnifiques sculptures dont il était l'auteur. Mais ce souvenir en évoqua un autre, moins plaisant.

Kim contemplait le couteau qu'elle tenait à la main et se rappelait ce jour où elle s'était rendue chez Vaughn à l'improviste. Elle revoyait l'expression de colère sur son visage, la lame tachée de sang.

— Ça suffit! dit-elle en reposant violemment le couteau sur la planche à découper. C'est impossible.

Un bruit sourd au-dessus de sa tête la tira soudain de ses pensées. Elle leva les yeux vers le plafond avec un air soucieux. Pourquoi Killian ne redescendait-il pas? Son inspection devait être terminée. Elle sortit de la cuisine et avança jusqu'au bas de l'escalier.

— Killian? Tout va bien?

— Oui, j'ai presque fini, répondit une voix étouffée.

Qu'est-ce qu'il fabriquait? Il s'était enfermé dans un placard ou quoi? Sans bouger de sa place, elle attendit qu'il redescendît. Un bruit de pas se fit entendre. Puis, plus rien. Allons bon, il n'allait pas passer la nuit là-haut!

Elle venait de poser le pied sur la première marche quand Charity se mit à gratter à la porte d'entrée. Agacée, Kim alla lui ouvrir et la chatte se rua à l'intérieur. Elle disparut dans la cuisine en indiquant, avec force miaulements, que l'heure du dîner avait sonné.

Kim jeta un dernier coup d'œil vers l'escalier. Elle s'occuperait de Killian plus tard. Pour l'instant, il fallait nourrir la chatte.

Peu après, en revenant dans l'entrée, elle remarqua que les lumières étaient éteintes, la moustiquaire refermée. Killian était-il redescendu pendant qu'elle était dans la cuisine ? Elle sortit sous la véranda et regarda en direction de la voiture de patrouille. Il était assis derrière le volant, la tête levée vers le premier étage de la maison. Etrange, pensa Kim. Pourquoi n'avait-il rien dit ? Frottant ses bras nus, Kim rentra dans la maison.

Elle mangea sans faim une assiette de salade. Puis, rongée par le doute, le moral au plus bas, elle décida de prendre une douche pour se calmer.

Elle baissa le store de la chambre et commença à se brosser les cheveux devant le miroir, quand elle se figea soudain. La penderie était entrouverte. Ce n'était pas normal. Elle n'oubliait jamais de refermer une porte, et, quand ils inspectaient la maison, les adjoints du shérif veillaient scrupuleusement à ne rien déranger. Kim frissonna. Y avait-il quelqu'un à l'intérieur de la penderie ? Elle se raisonna. C'était probablement un oubli de Killian.

Pourtant, son intuition lui soufflait que quelque chose ne tournait pas rond. Elle balaya la pièce du regard, à la recherche d'une arme. Elle aperçut une batte de base-ball de Trent dans un coin de la pièce, mais elle était trop loin d'elle. Débranchant la lampe de chevet, elle la prit et s'avança vers la penderie. D'un geste vif, elle ouvrit la porte. Personne.

Poussant un soupir de soulagement, elle commença à se déshabiller, vaguement honteuse d'avoir pris peur si facilement. Un frisson lui parcourut l'échine. Le baiser du danger, pensa-t-elle. Au diable le ridicule ! Attrapant son peignoir au passage, elle se rua dans la salle de bains qu'elle inspecta soigneusement avant de s'enfermer à double tour.

Quand elle sortit de la douche, elle se sentait beaucoup mieux. L'eau chaude avait effacé toute la tension accumulée dans ses muscles. Attachant son peignoir, elle enveloppa ses cheveux dans une serviette et retourna dans la chambre.

Au moment où elle se campait devant le miroir

pour démêler ses cheveux, son sang se glaça dans ses veines. Elle essaya de crier, mais aucun son ne sortit de sa gorge. Une bouche d'un rouge vif éclatant ornait le coin supérieur droit du miroir, comme si quelqu'un y avait pressé les lèvres pour y déposer un baiser.

15

Kim sentit ses genoux se dérober sous elle et elle s'affaissa sur le sol. Paralysée par la peur, elle n'était plus capable de réfléchir avec cohérence. Puis une pensée balaya toutes les autres : il était là, dans la maison. Le tueur avait profité des quelques minutes qu'elle avait passées sous la douche pour se glisser dans la chambre. Il ne pouvait pas s'agir de Vaughn. C'était matériellement impossible. Et, paradoxalement, à cet instant précis, Kim songeait moins à sa propre sécurité qu'à retrouver sa confiance en Vaughn.

Galvanisée, elle se releva, empoigna la batte de base-ball et se précipita dans la chambre de sa tante pour téléphoner. Elle composa le numéro de Vaughn. Au bout de deux sonneries, le répondeur se déclencha. Kim tremblait de la tête aux pieds. Mon Dieu ! Il n'était pas chez lui. Elle se mordit les lèvres, indécise. Où pouvait-il bien être ? Elle raccrocha.

Soudain, elle pensa à Killian. Pourquoi n'avait-il pas intercepté l'homme qui s'était introduit dans la maison ? Elle avait besoin de son aide, mais elle avait peur de redescendre l'escalier seule, peur de sortir dans la nuit, peur de...

— Ça suffit ! s'écria-t-elle. Reprends-toi !

Elle allait appeler le bureau du shérif. Ils prendraient contact avec Killian par radio. Elle composa le numéro. Il y eut quelques instants d'attente interminables pendant que la standardiste cherchait à contacter Killian.

— Madame Tannas, il ne répond pas. Je vais vous envoyer quelqu'un. Surtout, restez calme. Vous m'entendez?

— Oui, oui. Merci, répondit-elle d'une voix à peine audible.

Elle ferma les yeux. Elle était seule dans la maison avec un tueur sadique et personne n'était là pour l'aider. Au temps pour le plan de Vaughn de la protéger et d'épingler le tueur! Le plan de Vaughn? Non, elle ne devait pas gamberger. Bon Dieu, elle ne voulait pas mourir! Une larme coula sur sa joue. Elle l'essuya d'un geste rageur. *Réfléchis!* s'intima-t-elle.

Si le tueur avait voulu la supprimer, il l'aurait déjà fait. Cela signifiait donc qu'il cherchait juste à l'effrayer. Bravo, c'était réussi! Si elle parvenait à garder la tête froide, elle avait — peut-être — une chance de le coincer. La conversation qu'elle avait eue avec tante Vivian quand elle avait choisi de rester lui revint soudain en mémoire.

Doucement, elle ouvrit le tiroir de la table de nuit. Le revolver était bien là où sa tante avait dit qu'elle le trouverait. Kim le prit dans ses mains tremblantes et l'arma.

●◆●

Vaughn sortait de sa douche. Il y était resté un long moment, espérant que l'eau chaude le débarrasserait de cette odeur de mort, qu'elle le laverait de ce sentiment d'échec. Il avait laissé Doreen sans protection et devait maintenant apprendre à vivre avec cette idée, sinon la culpabilité le rendrait fou.

Il se sécha et regagna sa chambre pour s'y rhabiller. Il jeta un coup d'œil au réveil. Vingt-deux heures. Hésitant, il regarda le jean qu'il s'apprêtait à enfiler. Après tout, il ferait peut-être mieux de se mettre au lit.

Mais il savait qu'il ne trouverait pas le sommeil. Il mit son pantalon et, pieds nus, alla dans la cuisine se préparer un scotch bien tassé.

En entrant dans le salon, son verre à la main, il remarqua que le voyant de son répondeur clignotait. On avait dû l'appeler pendant qu'il était sous sa douche. Il appuya sur une touche pour rembobiner la bande.

C'était étrange. Il n'y avait pas de message. Juste une respiration, comme un sanglot, puis plus rien. Un sombre pressentiment s'empara de lui. Kim, pensa-t-il. Il devait s'assurer qu'elle allait bien.

Sans un instant d'hésitation, il retourna dans sa chambre pour finir de s'habiller. Mais en entrant dans la pièce, il s'arrêta net. Il lui semblait avoir entendu grincer la porte moustiquaire. Retenant sa respiration, il tendit l'oreille. Il s'avança vers la chaise où il avait accroché son revolver qu'il tira de son étui, puis, sans un bruit, il s'approcha de la fenêtre. Plaqué contre le mur, il regarda à l'extérieur et entendit un bruit de pas.

Lentement, il entrouvrit la fenêtre et, d'un bond, sortit sur la terrasse. Pivotant sur lui-même, il scrutait l'obscurité autour de lui. Soudain, il vit bouger une silhouette dans la nuit.

— Pas un geste ! hurla-t-il.

Il s'élança, revolver au poing, mais l'ombre se fondit dans la nuit. Il fouilla les buissons, en vain. Il était tellement sur les nerfs, peut-être avait-il rêvé.

Respirant à fond, il glissa son arme dans la ceinture de son jean et regagna sa chambre par la fenêtre ouverte. Après ce qui venait de se produire, il était plus déterminé que jamais à s'assurer que rien n'était arrivé à Kim.

Sa chemise sale traînait sur le tapis. Vaughn fronça les sourcils. Il aurait juré qu'il l'avait mise dans le panier à linge. Il la ramassa et se dirigea vers la penderie pour en prendre une propre ; le téléphone sonna. Il le regarda sans réagir. Une deuxième sonnerie retentit. Il s'approcha de la table de chevet en grommelant et décrocha.

— Ouais ?

— Shérif, vous êtes là !

Ethel Wright semblait soulagée de l'entendre. Bien sûr que je suis chez moi, pensa-t-il avec agacement. Tout en écoutant ce qu'Ethel avait à lui dire, il regarda distraitement sa chemise sale qu'il tenait toujours. Qu'est-ce que c'était que cette tache rouge sur le col ?

— J'ai essayé de vous joindre plusieurs fois, mais vous aviez laissé le répondeur, disait la voix à l'autre bout du fil.

Vaughn oublia la tache. Si Ethel avait tant insisté pour le joindre, c'est qu'il avait dû se produire quelque chose de grave.

— Qu'est-ce qui se passe ? demanda-t-il, la gorge serrée.

— Mme Tannas a appelé. Quelqu'un s'est introduit chez elle. J'ai essayé de contacter Killian par radio... Il n'a pas répondu.

— Quelle heure était-il ?

— Environ vingt et une heures quarante. Comme je ne pouvais pas vous joindre, j'ai appelé votre adjoint Cheney qui s'est immédiatement rendu sur les lieux. Je lui ai parlé il y a deux minutes. Il venait d'arriver, mais je n'ai pas eu de nouvelles depuis.

— Je pars là-bas tout de suite.

Vaughn raccrocha, passa une chemise, prit son étui à revolver sur le dossier de la chaise, puis enfila ses boots. Quelques secondes plus tard, il démarrait en trombe.

●◆●

La maison était brillamment éclairée quand il s'engagea dans l'allée et se gara derrière les deux voitures de patrouille déjà sur place. Pourtant, on ne percevait aucun mouvement à l'intérieur. Sortant de son véhicule, il s'avança vers la porte. Tout semblait beaucoup trop calme. Il jeta un bref coup d'œil dans la voiture de Cheney. Ray devait déjà être dans la maison. Quand il passa devant celle de Killian il distingua une forme derrière le volant. Lentement, il s'approcha de la portière.

— Killian, appela-t-il en reconnaissant son adjoint.

Pas de réponse. Il aperçut qu'il avait oublié sa lampe torche.

Inquiet, il passa la main à travers la vitre baissée et tâta le cou de Killian, à la recherche de son pouls. Il poussa un soupir de soulagement. Le cœur battait encore.

— Tiens bon, Killian! dit-il.

Où donc était passé Ray? Vaughn avança vers la maison d'un pas rapide. La crainte qu'il fût arrivé quelque chose à Kimberley abolissait toute pensée.

Parvenu au bas du perron, il vit une ombre bouger sur sa droite. Il s'en rapprocha instinctivement. La lune venait de sortir des nuages qui l'avaient cachée jusque-là et Vaughn reconnut devant lui Kim qui tenait un pistolet. Son soulagement de la retrouver saine et sauve fit bientôt place à la colère. Rien n'était plus dangereux qu'un revolver dans la main d'un tireur inexpérimenté. Silencieusement, il avança vers elle. Il ne devait pas attirer son attention, car elle pouvait prendre peur et se mettre à tirer.

Kim regardait fixement un point dans les buissons. Soudain, les branches s'agitèrent et, pendant un court instant, le visage de Skeeter Barnes fut éclairé par les lumières qui venaient·de la maison, puis il disparut. Mais Kim avait déjà levé son pistolet.

— Kim, non! cria Vaughn.

Il allait bondir pour la plaquer au sol quand elle se tourna vers lui. Elle l'aperçut, accroupi à ses pieds.

— Kim, c'est moi.

Mais elle ne baissait pas son arme.

— C'est moi, Vaughn, dit-il en se relevant.

Elle l'avait reconnu, mais restait indécise. Vaughn eut l'horrible impression qu'elle allait tirer. Pourquoi, bon Dieu?

— Donne-moi ce pistolet, Kim, dit-il en tendant prudemment la main vers elle.

Lentement, les mains tremblantes, elle abaissa l'arme et la remit à Vaughn. Et s'évanouit. Vaughn la rattrapa au moment où elle allait tomber. Il la souleva dans ses bras pour la ramener dans la maison.

Il aperçut Ray qui venait de l'allée, Liz dans ses bras.

— Que se passe-t-il, bon Dieu? cria Vaughn.

Cheney tenta de prendre un air désinvolte, mais son regard était soucieux.

— Si je le savais! En arrivant ici, j'ai trouvé Killian inconscient dans son véhicule. La maison était éclairée comme pour un bal, mais il n'y avait personne à l'intérieur. J'ai pensé que Kim et Liz étaient dans le camping-car et je suis allé l'inspecter. C'est là que j'ai découvert Liz, évanouie. Elle a une bosse de la taille d'un œuf sur la nuque. Je m'apprêtais à appeler le médecin et à passer les lieux au peigne fin.

Kim fronça les sourcils et tenta de repousser la main qui lui donnait de petites tapes sur la joue.

— Kim, ma chérie, réveille-toi!

Lentement, elle souleva les paupières et aperçut le visage inquiet de Vaughn. Mon Dieu, comme elle aimait ces reflets d'or dans ses yeux! Elle aperçut ensuite Ray Cheney, agenouillé devant l'autre canapé.

— Que s'est-il passé?

— Tu t'es évanouie, expliqua Vaughn d'une voix douce.

Elle lui lança un regard incrédule.

— A d'autres! Je ne me suis jamais évanouie de ma vie.

Elle essaya de se redresser, mais Vaughn la força à se rallonger.

— D'accord, tu n'es pas tombée dans les pommes. Tu as été prise d'une soudaine envie de dormir et tu t'es allongée dans les plates-bandes pour faire un petit somme. Comment te sens-tu?

Elle tenta de soulever la tête et grimaça de douleur. On aurait dit que son crâne était emprisonné dans un étau.

— J'ai une migraine carabinée.

— Tu as de l'aspirine?

— Il doit y en avoir dans l'armoire à pharmacie de la salle de bains.

— Ne bouge pas, je vais la chercher.

Kim obéit sans faire de difficultés. Vaughn parti, elle entendit frapper à la porte.

— Entrez, docteur! cria Ray.

Pourquoi avaient-ils appelé un médecin? Elle essaya encore une fois de s'asseoir et fut prise de nausées.

— Liz Murphy est dans la pièce à côté, docteur, elle a une belle bosse sur le crâne, expliqua Ray. Mais vous devriez d'abord vous occuper de Killian. Il est dans un sale état.

Kim essaya d'apercevoir l'autre canapé et se pétrifia. Les cheveux de Killian étaient poisseux de sang séché.

— Que s'est-il passé? bredouilla-t-elle.

— Nous comptions sur vous pour nous donner des explications, répondit Ray.

Vaughn revint avec les cachets; Kim les avala et reposa le verre sur la table. La douleur l'empêchait de réfléchir. Elle regarda le Dr Harcourt qui s'agenouillait pour examiner Killian et s'efforça de rassembler ses idées.

Elle se rappelait avoir été chez tante Willie. La vieille femme lui avait dit... lui avait dit... Elle grimaça. La réponse était là, toute proche, mais elle ne pouvait s'en souvenir. Elle se massa les tempes. *Réfléchis!* se dit-elle. Et soudain, tout lui revint avec une effrayante clarté. Elle avait menacé Vaughn de son arme. S'il avait fait le moindre geste, elle aurait tiré. Elle avait eu si peur! Ensuite Vaughn l'avait ramenée à la maison et s'était occupé d'elle. Comment avait-elle pu imaginer un seul instant que cet homme était un assassin?

Vaughn s'approcha d'elle et, avec un doux sourire, lui tendit un morceau de tissu dans lequel il avait enveloppé des glaçons. Devant tant de sollicitude, Kim faillit éclater en sanglots.

— Te sens-tu en mesure de parler, maintenant? lui demanda-t-il.

Elle leva les yeux vers lui. Le regard de Vaughn exprimait l'inquiétude, mais aussi l'impatience et la détermination. Elle résolut de tout lui raconter, y compris les soupçons qu'elle avait nourris à son égard. Mais elle ne voulait pas parler devant Ray et le Dr Harcourt.

— Pouvons-nous aller dans la cuisine? demanda-t-elle.

Vaughn la dévisagea, surpris par sa requête.

— Bien sûr, répondit-il.

Il l'aida à se mettre debout et passa le bras autour de sa taille pour la soutenir.

●◆●

Ils étaient seuls dans la maison. Le Dr Harcourt était parti après avoir fait transporter Liz et Killian à l'hôpital. Ray les avait accompagnés.

Vaughn regardait fixement Kimberley, refusant de croire à ce qu'il venait d'entendre. Il était blessé et furieux. Tante Willie n'avait pas le droit de faire des confidences sur son passé.

— Tu peux me répéter ce que tu viens de dire? demanda-t-il d'une voix trop douce.

— Je disais que, pour moi, il n'y a que trois explications plausibles à toutes ces similitudes entre les événements de ton enfance et les meurtres d'aujourd'hui.

Kim arpentait la cuisine, tenant à la main la poche de glace que lui avait confectionnée Vaughn. Sa migraine semblait s'être envolée.

— Première hypothèse, dit-elle en se tournant pour faire face à Vaughn : quelqu'un qui connaît tous les détails intimes de ton passé cherche à te faire porter le chapeau. Deuxième hypothèse : Coyd, qui n'est pas mort dans les gorges, est revenu à Lillooet Creek. Troisième hypothèse : tu souffres d'un dédoublement de la personnalité.

Vaughn la regarda d'un air incrédule. Comment pouvait-elle l'imaginer capable de tels actes ? Cette théorie lui semblait complètement farfelue. Pourtant, il ne pouvait nier qu'il existait une ressemblance étrange entre les mauvais traitements dont il avait souffert et le rituel qui entourait les meurtres. Il frissonna. Cela crevait les yeux ! Pourquoi ne l'avait-il pas vu ? Il connaissait la réponse. Parce que, depuis toujours, il s'était efforcé d'occulter ces pénibles souvenirs, de refouler le passé et, avec lui, la peur, le mépris de soi et la rage impuissante.

Son regard croisa celui de Kim. Pourquoi restait-elle plantée là à le dévisager comme si, après avoir entendu ses brillantes déductions, il allait se métamorphoser sous ses yeux ? Son visage prit une expression glaciale.

— Eh bien, je peux te rassurer sur un point : je ne souffre pas d'un dédoublement de la personnalité. Maintenant, nous allons nous pencher sur les deux autres hypothèses et déterminer quelle est la bonne. Espérons que Liz et Killian pourront éclairer notre lanterne demain. En attendant, j'aimerais examiner cette marque de baiser sur le miroir.

Il en voulait à Kim d'avoir su voir la vérité. Il s'en voulait de sa lâcheté. Il en voulait aussi à celui qui lui jouait ce sale tour. Sa rage était si violente que s'il avait pu mettre la main sur ce salopard, il l'aurait mis en pièces.

Quand il vit la trace laissée sur le miroir, il se souvint soudain d'une autre tache du même rouge. Il se rappela le grincement de la porte, les bruits de pas sur sa terrasse et sa rage se transforma en une haine froide et implacable.

Le tueur ne cherchait pas à le faire accuser à sa place. Non, il jouait avec lui comme un chat avec une souris. S'il s'était introduit chez Kim, ce n'était pas pour l'attaquer, mais pour faire la démonstration que rien ne pouvait lui résister. Il voulait montrer à Vaughn que tous les efforts déployés pour protéger la jeune femme étaient vains et qu'il était insaisissable. Vaughn fut pris d'une immense lassitude.

Passant la main dans ses cheveux, il s'assit sur le bord du lit et fixa le sol.

— Vaughn? Que se passe-t-il?

— Rien, répondit-il avec un sourire qu'il voulait rassurant. Ne t'inquiète pas.

Mais Kim n'était pas dupe. Elle savait à quel point cette journée avait été éprouvante pour lui. Elle s'avança vers Vaughn et l'étreignit, pressant son visage contre sa poitrine. Ils restèrent immobiles quelques instants, puis Vaughn releva la tête et plongea son regard dans celui de Kim. Soudain, il la serra avec force et la fit basculer sur le lit. Du bout des doigts, il caressa son visage.

— Kim, je...

Mais il s'interrompit et donna à Kim un baiser avide. Le corps de la jeune femme répondit immédiatement. Elle resserra son étreinte. Son intuition lui disait que Vaughn avait besoin, à cet instant précis, de compassion, de compréhension, en un mot, d'amour.

Son cœur se serra à cette pensée. Elle n'était pas certaine de pouvoir lui donner ce qu'il attendait d'elle. Elle était très attachée à lui, et, depuis qu'il lui avait révélé sa féminité, elle l'avait souvent désiré avec ardeur. Pourtant, malgré toutes ses qualités, Vaughn restait un flic. Cette maudite profession lui avait déjà pris un mari. Elle était prête à donner à Vaughn tout ce qu'il voulait, mais pas son amour. Torturée par la culpabilité et par la conscience de sa propre lâcheté, elle s'abandonna dans ses bras puissants.

Tandis que Vaughn dormait, la tête sur sa poitrine, Kim réfléchissait, les yeux ouverts dans l'obscurité de la chambre. Si Coyd était revenu, où vivait-il? Pourquoi ne l'avait-on pas reconnu en ville? Il devait avoir quatorze ou quinze ans quand il avait disparu. Certes, les années changeaient un visage, mais qu'est-ce qui pouvait transformer un homme au point de le rendre méconnaissable? Kim repensa à Susan Granger. Elle avait bien failli ne pas la reconnaître à cause de tous les kilos qu'elle avait pris.

Elle sursauta soudain en entendant un bruit de verre cassé au rez-de-chaussée. Son pouls s'accéléra. Ils avaient pris soin de verrouiller toutes les portes. Comment aurait-il pu entrer?

— Vaughn, appela-t-elle.

Vaughn poussa un grognement mais ne s'éveilla pas. Elle tendit l'oreille. Plus un bruit. Avait-elle rêvé?

Elle n'allait pas se laisser intimider pour si peu. Il était inutile de réveiller Vaughn. Après tout, elle était une femme indépendante. Elle alluma la lampe de chevet et se glissa hors du lit. En la sentant remuer, Vaughn s'agita dans son sommeil. Elle prit, dans le tiroir de la table de nuit, le pistolet de tante Vivian que Vaughn n'avait pas réussi à lui confisquer et sortit de la chambre.

16

Kim s'avança vers l'escalier, allumant toutes les lampes au passage. Elle avait toujours eu ce sentiment irrationnel qu'un éclairage intense la protégerait de tous les démons qui hantaient les ténèbres. Et cette conviction lui avait permis de surmonter bien des frayeurs nocturnes.

Elle descendit en se tenant au mur, terrifiée à l'idée de ce qui l'attendait en bas. Encore une marche et elle aurait une vue d'ensemble sur le salon. Elle avala sa salive et inspira profondément pour ralentir le rythme de son cœur.

Le salon n'était éclairé que par la lumière provenant de l'escalier. D'un coup d'œil, Kim s'assura qu'il était désert. Elle regarda alors avec appréhension la porte qui donnait sur la cuisine. Pendant un instant, elle fut tentée de remonter se cacher sous les couvertures, puis elle se raisonna.

Elle traversa le salon et poussa la porte de la cuisine. La pièce était plongée dans l'obscurité la plus totale et l'interrupteur se trouvait à deux mètres de sa main. Kim attendit que sa vision se fût adaptée à cette absence de lumière avant de s'aventurer plus loin.

Deux yeux brillaient dans les ténèbres. Kim sentit son pouls s'accélérer. Les grands yeux jaunes l'observaient sans sourciller.

— Charity ?

— Miaou !

— Méchante chatte, tu as failli me faire mourir de peur.

Faisant un pas sur le côté, elle alluma. La pièce s'illumina. Charity cligna ses yeux pleins de sommeil.

— Qu'est-ce que tu fabriques en haut de ce placard ?

— Miaou, répondit l'animal qui ne bougea pas d'un pouce.

Prenant un air menaçant, Kim s'approcha.

— Descends immédiatement de là !

Charity fixa l'évier. Il était rempli des débris d'un verre et d'un pot de fleurs tombé du rebord de la fenêtre.

— N'essaie pas de me faire croire que tu n'y es pour rien !

Charity, indignée, sauta à terre. La queue en panache, elle fonça jusqu'à la porte et disparut. Kim contempla l'évier et poussa un long soupir. Au moins n'avait-elle pas eu besoin de se servir de son arme.

●◆●

Il était dix heures du matin quand Vaughn se gara devant la casse de Skeeter Barnes. Il ne pouvait toujours pas croire que l'empreinte relevée par Stone sur la portière de la voiture de Doreen appartenait à Skeeter et non à Drayton, comme il l'avait d'abord supposé. Il avança entre les amoncellements de vieux pneus et de ferraille jusqu'à la caravane déglinguée qui faisait office de bureau.

Poussant la porte, il regarda à l'intérieur. Une odeur nauséabonde l'assaillit, mélange de chiffons et de vêtements crasseux, de restes de nourriture en décomposition et d'huile de moteur.

— Skeeter ? appela-t-il.

Pas de réponse. D'un pas hésitant, il entra et jeta un coup d'œil derrière le comptoir, vers l'endroit qui faisait office de chambre à coucher. Skeeter n'était pas là non plus. Soulagé, Vaughn allait rebrousser chemin pour retrouver l'air frais quand son regard fut attiré par un autoradio sur le comptoir. L'objet l'intrigua.

Une fois dehors, il inspira à fond et se mit à scruter les alentours. Skeeter était toujours invisible, mais Vaughn savait qu'il devait se cacher quelque part. Dans une vieille carcasse à faire la sieste ou sur le toit d'une voiture à lézarder au soleil.

Il mit les mains en porte-voix.

— Skeeter!

Une minute plus tard, une casquette rouge émergeait d'un tas de ferraille à l'autre bout du lotissement. Skeeter fit un signe de la main à Vaughn et avança dans sa direction. Il portait, sous une vieille chemise de flanelle déboutonnée, un T-shirt trouvé à la couleur indéfinissable.

Vaughn le salua d'un mouvement de tête.

— Comment ça va, Skeeter? demanda-t-il en essayant d'ignorer l'aigre relent de sueur qui lui montait aux narines.

— Ça va, répondit l'autre avec un sourire qui découvrit ses dents noires et pointues. Qu'y a-t-il pour votre service? C'est un pneu que vous cherchez, shérif?

— Pas aujourd'hui, Skeeter. Je suis venu te poser quelques questions.

Skeeter passa le doigt sous son foulard crasseux.

— Demandez toujours.

— Tu te souviens de Doreen Hanson?

— Une jolie dame avec des cheveux bruns? Ouais, je me souviens d'elle.

— Et de sa voiture?

— Pour ça, oui, répondit Skeeter en se rengorgeant. Une Toyota Corolla deux portes.

— C'est bien ça. Skeeter, savais-tu que Doreen était morte?

Skeeter perdit soudain ses airs fanfarons. Il enfonça les mains dans ses poches, les épaules voûtées, le regard rivé sur la pointe de ses chaussures, et hocha timidement la tête.

— Regarde-moi, s'il te plaît. Peux-tu m'expliquer pourquoi on a retrouvé tes empreintes sur la Toyota de Doreen ?

Le visage de Skeeter prit soudain une expression apeurée.

— J'ai rien fait, shérif ! Faut me croire. Je ferais pas de mal à une mouche ! s'exclama-t-il en se balançant nerveusement d'un pied sur l'autre.

— Je ne t'accuse pas, Skeeter. Je veux juste savoir comment tes empreintes se sont retrouvées sur la voiture.

Skeeter sembla se calmer un peu.

— Y avait ce petit oiseau qu'avait une aile cassée. Je l'avais bien soigné et il était temps qu'il retourne avec ses copains. J'étais en train de le relâcher quand j'ai vu la voiture. Je me suis approché et j'ai regardé dedans. Y avait toujours la clé sur le contact, alors je me suis dit que Doreen était partie faire un petit tour. Et puis j'ai vu l'autoradio. On m'en demande souvent, ces temps-ci…

Skeeter s'interrompit, les yeux écarquillés, comprenant qu'il venait de faire une bourde.

— Et tu l'as pris ?

L'autre eut un petit hochement de tête pitoyable.

— Je me suis dit qu'elle pourrait s'en payer un autre avec le fric de l'assurance.

— C'était quand ? Tu t'en souviens ?

Skeeter prit un air pensif.

— Euh, mardi matin, je crois bien.

Le lendemain du départ de Doreen pour Chelan.

— Tu n'as rien remarqué d'anormal ?

Skeeter fronça les sourcils, puis secoua la tête.

— Non, shérif. J'ai rien vu du tout.

— C'est bon. Maintenant, tu pourrais me dire ce que tu faisais près de la maison des Farris la nuit dernière ?

236

— Qui a dit que j'étais là-bas ? protesta Skeeter qui essayait d'éviter le regard de Vaughn.

— Je t'ai vu de mes propres yeux. Sais-tu que tu aurais pu te faire tirer dessus ?

— Je regardais juste par la fenêtre, on tue pas les gens pour ça !

Skeeter se mordit les lèvres en comprenant qu'il venait de se trahir une fois de plus.

— Tu aurais pu te faire tuer par Mme Tannas. Les gens en ville sont sur les dents, Skeeter. S'ils te surprennent là où tu ne devrais pas être, ils t'abattront sans sommation. Regarde-moi dans les yeux ! La prochaine fois que je te surprends à faire le voyeur, je te coffre et ce sera uniquement dans le but de te protéger. Tu m'as compris ?

Skeeter opina, la mine maussade.

— Bon, je n'ai pas d'autres questions pour le moment. Tu dois me rendre l'appareil que tu as pris dans la voiture.

— D'accord, grommela Skeeter, tel un enfant recevant une punition injuste.

Après avoir quitté Skeeter Barnes, Vaughn avait décidé de rendre une petite visite à Mike Drayton. Il désirait connaître son emploi du temps pour la nuit où Doreen avait disparu et pour la soirée précédente.

Lorsque Hall, l'adjoint du shérif, prit son tour de garde ce matin-là, Kim lui demanda de l'escorter jusqu'à l'hôpital où elle voulait prendre des nouvelles de Liz.

— Ce n'est pas l'heure, dit une infirmière revêche. Le médecin n'a pas terminé ses visites.

Pour tuer le temps, Kim se rendit à la bibliothèque. Elle espérait y trouver le recueil de poésie dont Anna Irving aimait tant qu'on lui fît la lecture.

Ravie, elle découvrit que la petite bibliothèque de Lillooet Creek en possédait un exemplaire. Mais elle se trouva vite découragée par l'énormité du travail qui l'attendait. L'ouvrage comptait un bon millier de pages et elle n'avait jamais eu de goût particulier pour ce genre de littérature. Elle emprunta néanmoins l'anthologie et, l'ayant glissée sous son bras, sortit de la bibliothèque pour se rendre chez Erma. Elle avait le temps de prendre un petit déjeuner; les visites à l'hôpital ne commençaient pas avant onze heures.

Kim avait l'intention de se plonger dans la lecture de son livre, tandis qu'elle dégusterait une part de tarte accompagnée d'une bonne tasse de café. Mais, sans cesse, ses pensées revenaient à Vaughn.

Il était clair que leur relation devenait sérieuse. Vaughn s'attachait à elle, et cela l'effrayait. Grâce à lui, elle savait désormais que les hommes beaux n'étaient pas tous des égoïstes. Il s'était montré attentif et aimant, mais elle ne voulait plus se lier à un homme pour risquer de le perdre ensuite. S'il avait exercé une autre profession, peut-être se serait-elle investie davantage. Non, s'éprendre d'un homme tel que lui était trop risqué. Dès que cette affaire serait terminée, elle retournerait à Seattle et tâcherait de l'oublier.

Pourtant, à cette pensée, elle sentit son cœur se briser. Les larmes lui montèrent aux yeux. Vaughn, avec toutes ses contradictions, avec sa rudesse et sa sensibilité, sa gentillesse et son honnêteté brutale, avait-il réussi à faire tomber ses défenses ? De toutes ses forces, elle espérait qu'elle se trompait.

Elle se rappela soudain, avec une certaine appréhension, qu'elle avait accepté d'aller dîner chez lui ce jour-là. Buvant son café à petites gorgées, elle regardait dehors, perdue dans ses pensées. Elle se souvenait avec quelle intensité ils avaient fait l'amour la nuit précédente. Elle n'avait jamais connu autant de plaisir avec un homme. Pourtant, elle attribuait cette attirance pour Vaughn à l'excitation d'une passion naissante. Or, peut-être s'était-elle leurrée, peut-être était-elle déjà amoureuse de lui.

Elle se rappelait comment il l'avait prise contre lui quand elle était revenue se coucher après avoir nettoyé les dégâts laissés par Charity dans la cuisine. Il l'avait serrée dans ses bras et jamais elle ne s'était sentie aussi protégée et aimée. Elle revoyait l'expression de son regard quand il l'avait quittée ce matinlà. Avec Killian à l'hôpital et un autre de ses adjoints occupé avec Stone à la collecte des indices, il manquait d'hommes pour assurer la sécurité de Kim. Elle avait tenté de le rassurer. De toute façon, elle allait sortir. Mais il avait refusé de partir, tant qu'il ne l'aurait pas vue descendre la route en direction de la ville. Toute cette sollicitude l'attendrissait. Quand Vaughn l'avait embrassée avant de la quitter, Kim avait senti ses genoux faiblir sous elle.

Soudain, Kim s'arracha à ses rêveries. Elle jeta alors un coup d'œil à la pendule. Il était temps d'aller voir Liz.

●◆●

Paul Killian reposait dans son lit d'hôpital, la tête enveloppée d'un épais bandage. Vaughn était venu dès que les médecins l'avaient prévenu que son adjoint avait repris connaissance.

— Salut, Paul, dit Vaughn en s'asseyant près du lit. Comment te sens-tu ?

Killian grimaça de douleur.

— J'ai l'impression qu'on me tape sur le crâne avec un marteau, mais à part ça je vais bien. (Il haussa les épaules.) Tu sais, j'ai honte. Quand je pense que j'étais supposé protéger Mme Tannas.

— Ce n'était pas ta faute. Kimberley va bien, tu n'as pas à t'en faire. Si j'en veux à quelqu'un, c'est à ce salaud qui s'imagine pouvoir jouer ainsi avec nous. (Il observa le visage de Killian.) Tu te sens de taille à me raconter ce qui s'est passé, Paul ?

— Je ne me rappelle pas grand-chose. Mme Tannas venait de rentrer et je faisais l'inspection de la maison. Je suis monté au premier étage. Quand je suis entré dans la chambre de Mme Tannas, j'ai d'abord regardé derrière la porte, puis j'ai inspecté la pièce. Soudain, j'ai senti quelqu'un remuer derrière mon dos. Je me suis retourné, mais avant que j'aie eu le temps de voir quoi que ce soit, j'ai senti qu'on me frappait à la tête et ensuite, c'est le trou noir. Je n'ai repris connaissance que ce matin dans cette chambre.

Vaughn était plongé dans une intense réflexion.

— A ton avis, d'où venait-il ?

— Il était sûrement caché dans la penderie. C'est le seul endroit que je n'avais pas encore inspecté. A moins qu'il n'ait réussi à se cacher sur le palier, mais ça me semble peu probable. (Il frappa du poing sur les couvertures.) Bon sang, pourquoi n'ai-je pas vérifié cette penderie avant le reste ?

— As-tu vu avec quoi il t'a frappé ?

Killian se concentra.

— Ouais, ça me revient maintenant, c'était une batte de base-ball.

Vaughn hocha la tête. L'explication était plausible. Il avait vu cette batte dans la chambre de Kim quelques jours auparavant. Il faudrait la retrouver pour relever les empreintes. Avec un peu de chance, cette piste le conduirait à Mike Drayton.

Vaughn n'avait pas beaucoup aimé l'alibi que lui avait fourni Drayton pour les deux soirées qui l'intéressaient. La nuit où Doreen avait été tuée, il avait joué au billard au T.J. Bar jusqu'à minuit et demi. L'information avait été confirmée par le patron de l'établissement. Mais le rapport d'autopsie situait la mort de Doreen entre minuit et quatre heures du matin. L'alibi de Drayton ne tenait donc pas la route. Quant à la nuit précédente, Drayton avait prétendu l'avoir passée chez lui à regarder la télévision. Il avait pu donner un compte rendu précis des émissions qui avaient été diffusées ce soir-là, mais ça ne prouvait rien. De toute façon, Mike Drayton restait pour Vaughn le suspect numéro un. Avec trente kilos de moins, des yeux d'un vert plus foncé et un peu plus de cheveux sur le crâne, ce gars pouvait très bien être Coyd.

Vaughn était soucieux quand il quitta l'hôpital. Le tueur s'enhardissait et ça ne laissait rien présager de bon.

◆—◆—●

Vaughn accueillit Kim avec un grand sourire.

— Mon Dieu, comme ça fait du bien de te voir ! dit-il en lui prenant le bras pour l'attirer à l'intérieur.

Avant de refermer la porte, il fit un geste de la main en direction de Ray qui, suivant à la lettre les instructions de son supérieur, avait déposé Kim devant la maison et ne l'avait pas quittée des yeux jusqu'à ce que Vaughn fût venu lui ouvrir.

Quand ils furent seuls, Vaughn serra Kim dans ses bras.

— Cette journée m'a semblé si longue, dit-il en lui déposant dans le cou des petits baisers qui la firent frissonner.

— Il ne s'est pourtant écoulé que douze heures, répondit-elle d'un ton sec.

Kim était torturée par la culpabilité. Elle était venue à ce rendez-vous avec l'intention de dire à Vaughn qu'elle voulait rompre avant que leur relation ne devînt trop sérieuse et elle se demandait si elle en serait capable.

— Une éternité, répondit-il en desserrant son étreinte. Laisse-moi te débarrasser.

Elle retira sa veste et la lui tendit. Vaughn ouvrit la porte de la penderie pour y prendre un cintre et se figea brusquement. Il souleva la manche d'un blouson en jean qu'il examina attentivement. Elle était déchirée. Le vêtement avait disparu avant que Doreen ne devînt la cible du tueur et il était revenu maintenant qu'elle était morte. Encore une fois, un objet qui lui appartenait le liait aux meurtres. Un nouvel épisode dans la guerre des nerfs que lui menait l'assassin. Vaughn fut pris d'une envie soudaine de décrocher le blouson pour le brûler, mais il devait d'abord le faire examiner.

— Que se passe-t-il?

Il se tourna lentement vers Kim, les yeux dans le vague. Mais il se ressaisit rapidement.

— Oh rien, répondit-il avec un sourire contraint. Je croyais avoir perdu ce blouson et j'essayais de me rappeler quand j'avais ouvert cette penderie pour la dernière fois. (Il prit Kim par l'épaule.) Viens dans la cuisine. Je dois surveiller la cuisson du dîner. Ensuite, je te ferai visiter la maison.

— Ça sent très bon commenta Kim qui se tenait au beau milieu de la cuisine d'une propreté immaculée.

Vaughn soulevait çà et là le couvercle des casseroles qu'il avait mises sur le feu. Il flottait dans l'air un arôme que Kim n'arrivait pas à identifier.

— Qu'est-ce que tu nous prépares? demanda-t-elle.

— Un dîner asiatique à ma façon: filets de perche en sauce à l'orange, nouilles thaï aux crevettes et bœuf chop-suey.

— Tu me mets l'eau à la bouche.

Il lui prit le menton et déposa un baiser sur ses lèvres.

— Viens. Je vais te montrer le reste de la maison. Comme ça, tu n'auras plus à espionner par la fenêtre. Nous allons commencer par le premier.

La tenant par le bras, il la conduisit jusqu'au grand escalier de bois qui partait du salon et décrivait un arc de cercle pour rejoindre l'étage.

— C'est moi qui ai demandé cet agencement en duplex, expliqua-t-il. Parce que je voulais que l'escalier donne directement sur le salon et la cuisine. En haut, il y a deux chambres, une salle de bains et une… salle de jeux.

Sa voix s'était brisée sur la fin de la phrase et Kim vit une ombre passer dans son regard.

— As-tu l'intention de prendre bientôt Landon avec toi ?

Il hésita un moment avant de répondre.

— Oui, je crois. Mais tante Willie a besoin de sa présence pour l'instant. De toute façon, tant que l'enquête ne sera pas terminée, je préfère qu'il reste là où il est.

Kim regarda par la fenêtre du palier et aperçut le toit d'un bâtiment caché dans les arbres.

— Qu'est-ce que c'est ?

— Mon atelier. C'est là que je vais quand je veux m'isoler pour sculpter. Je l'ai fait construire à bonne distance de la maison, pour ne pas être tenté d'y faire installer un téléphone. (Il entraîna doucement Kim.) Voici l'une des deux chambres à coucher. A côté, c'est la salle de bains. (Ils firent encore quelques pas dans le couloir.) Et voici la chambre de Landon.

Kim sourit. Il s'agissait bien d'une chambre de petit garçon. Tout y était bleu, depuis le papier peint jusqu'aux rideaux. Un lit à barreaux était poussé contre un mur et quelques jouets jonchaient la moquette turquoise, dans un désordre organisé.

Ils continuèrent leur visite.

— Et voici la salle de jeux, annonça Vaughn en poussant une autre porte. Elle n'est pas meublée pour que les enfants puissent s'y amuser librement.

Vaughn avait dit vrai. La pièce, longue et étroite, était entièrement vide. Mais Kim connaissait assez les enfants pour savoir qu'elle ne resterait pas longtemps dans cet état une fois que Landon l'aurait investie. Le spectacle de cette salle de jeux fit naître en elle une sorte de gêne.

Vaughn lui sourit.

— Et maintenant, à table ! Je te montrerai la suite un peu plus tard.

— Enfin ! répondit Kim avec un gros soupir. Je meurs de faim !

Vaughn rit et invita Kim à passer devant lui pour redescendre l'escalier. Quelques instants plus tard, ils étaient attablés devant un succulent repas. Chaque mets était un délice, mais la jeune femme s'efforçait de rester sobre dans ses compliments pour ne pas flatter l'orgueil déjà démesuré de son hôte. Elle se surprit même à apprécier le vin qui n'était pas habituellement sa boisson préférée. Bref, le dîner était une réussite, et, dans une telle ambiance, Kim se sentait incapable d'annoncer à Vaughn la décision qu'elle avait prise.

Ce n'est qu'à la fin du repas, alors qu'ils dégustaient une tasse d'un excellent café, qu'elle eut le courage d'aborder le sujet qui lui tenait à cœur.

— Vaughn, j'ai beaucoup réfléchi, commença-t-elle.

— A quoi?

— A notre relation.

Il y eut un moment de silence.

— Et quelles sont tes conclusions? demanda-t-il d'un air narquois.

— Eh bien, j'ai l'impression que les choses entre nous deviennent sérieuses et je crois que nous devrions prendre un peu de distance pendant quelque temps.

Vaughn hocha la tête d'un air pensif.

— Ça t'inquiète que nous nous attachions l'un à l'autre?

— Oui, et tu le sais bien. Je t'ai déjà expliqué pourquoi.

— Ah oui, je me souviens! Tous les hommes que tu as aimés sont morts, c'est ça? Mais qu'as-tu à perdre? Si tu me perdais, tu te retrouverais seule et malheureuse, comme maintenant.

Elle lui lança un regard glacial.

— Mon raisonnement n'est pas aussi stupide que tu le dis.

Il plaqua soudain les mains sur la table, ce qui fit sursauter Kim.

— Ah oui, tu crois ça? (Son ton calme et posé semblait à Kim plus menaçant que tous les hurlements.)

244

Encore une fois, tu prends la fuite. Tu préfères renoncer à tout parce que tu supposes qu'il pourrait m'arriver quelque chose.

Kim ravala les sanglots qui lui montaient dans la gorge. Elle ne pleurerait pas devant lui.

— Oui, je suis lâche, et après? Sais-tu seulement ce qu'on éprouve quand on perd un être cher?

— Oui, je crois le savoir. (Il avait soudain haussé le ton. Approchant son visage de celui de Kim, il la regarda intensément.) Je te rappellerai que j'ai perdu quelques amis très proches récemment et que j'en souffre encore.

L'attrapant par le bras, il la força à se lever. Encore suffoquée par la surprise, elle sentit sur ses lèvres la bouche avide de Vaughn. Sa poitrine était écrasée contre son torse musclé. Il la caressait de ses mains expertes, mais son étreinte était rude, dépourvue de toute tendresse. Il cherchait à la punir. Kim le savait, et pourtant elle sentit son corps la trahir et s'abandonner sans résistance.

Brusquement, Vaughn mit fin à leur baiser. Il la regarda fixement.

— Le plaisir physique sans investissement affectif, c'est donc ça que tu veux? demanda-t-il d'un ton calme. Le sexe sans amour, ça te plaît, Kim?

Elle se raidit. La colère qui montait en elle l'empêchait de trouver une réponse appropriée.

— Lâche-moi, dit-elle entre ses dents serrées.

Il fit mine de n'avoir rien entendu. Quand il reprit la parole, il avait toujours le même ton posé.

— Quel que soit le prix à payer, et même si je dois le perdre un jour, je ne tournerai jamais le dos à l'amour. Car lui seul nous rend humains. Peu importe s'il ne dure pas.

Vaughn relâcha son étreinte. Kim s'éloigna de lui.

— Comprendre est une chose, ressentir en est une autre, rétorqua-t-elle.

— Tu es une femme intelligente et sensible. Interroge ton cœur. Il te dira qu'un amour même bref est préférable à l'absence d'amour. (Il marqua une pause et la regarda intensément.) Tu renonces au bonheur à cause de craintes qui ne sont probablement pas fondées.

Kim étudia le visage grave de Vaughn. Cet homme lui avait beaucoup donné.

— Je vais y réfléchir, répondit-elle.

Elle lui devait bien ça.

— Bien, dit-il avec un sourire si tendre que Kim sentit les larmes lui monter aux yeux.

Un silence gêné s'installa entre eux. Kim s'éclaircit la gorge et alla ramasser sa serviette qui était tombée à terre.

— Je vais devoir partir. Il est plus de dix heures et je ne veux pas laisser Liz seule à la maison. Elle n'est pas encore bien remise.

— O.K.

Kim avait besoin d'être seule pour réfléchir. Elle était effrayée par les sentiments qui naissaient en elle, aussi effrayée qu'il l'était lui-même. Cette fois, il le savait, c'était bien de l'amour. Jamais il n'avait ressenti cela auparavant. Il pensait à Kim continuellement, aux moments les plus inattendus, et chaque fois qu'elle était près de lui il éprouvait une sensation de bonheur et de plénitude. L'idée qu'il pourrait la perdre le terrifiait.

Se fiant à son instinct, il avait évité de lui faire une déclaration qu'elle n'était pas prête à entendre. Et il avait eu raison de s'abstenir. Quand elle avait amené la conversation sur leur relation, il avait cru pendant un instant que son cœur allait s'arrêter de battre. Puis il s'était laissé guider par son intuition et avait tenté de plaider sa cause avec toute la diplomatie dont il était capable. Sans se déclarer, il avait réussi à convaincre Kim de lui donner une chance. Désormais, s'ils devaient refaire l'amour ensemble, ce serait à Kim de prendre l'initiative. Sinon, il ne serait jamais sûr des sentiments qu'elle éprouvait pour lui.

La voix de Kim le tira soudain de ses pensées.

— Tu veux que je t'aide à finir la vaisselle avant de partir ?

— Non, je m'en tirerai bien tout seul. Ray va t'escorter jusque chez toi. Nous nous verrons demain.

Prenant sa radio qu'il avait posée près du réfrigérateur, il appela son adjoint. Ils entendirent bientôt le bruit d'un klaxon dehors.

Vaughn raccompagna Kim jusqu'à l'entrée et l'aida à enfiler son manteau.

— Merci d'être venue, dit-il en ouvrant la porte.

Pour toute réponse, elle hocha la tête et sortit sur le perron. Subitement, elle se retourna et regarda Vaughn d'un air hésitant. Il s'approcha d'elle lentement et l'enlaça. Elle se blottit contre lui.

— Merci pour ce dîner.

Kim se haussa sur la pointe des pieds et déposa un baiser furtif sur les lèvres de Vaughn.

Elle regagna son véhicule et descendit l'allée, suivie par Ray dans sa voiture de patrouille. Quand Vaughn referma la porte, un petit sourire flottait sur ses lèvres.

●━◆━●

Kim était assise dans le salon et lisait le recueil de poésie emprunté à la bibliothèque. Un peu découragée, elle se demandait à quoi pouvait l'avancer ce travail si elle n'avait pas accès aux poèmes composés par le tueur. Avec un soupir de lassitude, elle posa le livre près d'elle. Il était près de minuit. Elle allait se préparer pour la nuit et se faire une tasse de chocolat chaud. Ensuite, elle reprendrait sa lecture. Peut-être découvrirait-elle enfin quelque chose.

Une demi-heure plus tard, elle sortait de sa douche. Les cheveux encore mouillés, elle se drapa dans une couverture et redescendit au rez-de-chaussée. Elle repensait à ce que lui avait dit Vaughn quand elle entra dans la cuisine pour mettre la bouilloire à chauffer. Mais un bruit à la porte qui donnait sur le jardin la fit soudain sursauter. Elle se précipita pour vérifier que le verrou était bien mis et tendit l'oreille. Quelque chose avait dû frotter le mur à l'extérieur, mais il ne pouvait pas s'agir d'une branche — il n'y avait pas d'arbre de ce côté-là de la maison. Elle sentit un frisson la parcourir mais s'efforça de garder son calme. A cause de sa maudite imagination, elle avait déjà failli tuer la chatte la veille.

Tenant sa tasse de chocolat dans une main et serrant dans l'autre son peignoir improvisé, elle retourna dans le salon. Elle venait de se rasseoir sur le canapé et avançait la main vers la table où elle avait posé son recueil de poésie, quand elle se figea brusquement.

Le livre n'était plus dans la position où elle l'avait laissé. Elle se rappelait bien l'avoir refermé avant de monter prendre sa douche. Et maintenant, il était ouvert. Lentement, elle tourna la tête. Le poème imprimé sur la page de droite s'intitulait *L'Enterrement*.

Ce titre lui semblait familier, mais elle ne se souvenait pas pourquoi. Son regard ne pouvait se détacher du livre et elle finit par le prendre. Deux lignes attirèrent immédiatement son attention.

Tressé de fins cheveux qui mon poignet couronne;
Mis comme au condamné à mort les fers aux mains.

L'homme était là, dans la maison. Il était revenu. Prise de panique, elle laissa tomber sa couverture et courut vers la porte de la chambre où dormait Liz. Mais elle s'arrêta à mi-chemin. Il fallait prévenir immédiatement l'adjoint du shérif qui montait la garde.

Haletante, elle se précipita dans l'entrée. Arrivée là, elle s'immobilisa, ne sachant quoi faire. Peut-être avait-il déjà assommé Cheney comme Killian l'autre soir. Et si le tueur l'attendait dehors? Elle avait oublié de prendre le pistolet. Malgré ses hésitations, elle ouvrit la porte et scruta l'obscurité à la recherche de la voiture de patrouille. Elle l'aperçut bientôt, garée au bout de l'allée, sous l'épais feuillage d'un saule pleureur. Elle fit un signe de la main pour attirer l'attention de Ray Cheney. Aucune réponse. Lentement, elle descendit les marches du perron et fit quelques pas sur la pelouse en direction du véhicule. Elle leva le bras encore une fois, mais personne ne bougea. Un sanglot lui monta dans la gorge. Elle le ravala.

●◆●

Il était tapi dans l'ombre. Elle était tout près de lui, si proche qu'il pouvait sentir le parfum qui se dégageait de sa peau en sueur. Sa main se crispa sur le manche de son couteau. Il n'avait qu'à tendre le bras et elle serait à lui. Elle n'avait même pas détecté sa présence. Il en était déçu. Il aurait voulu qu'elle sentît sur elle le baiser de la mort. Mais il pouvait encore attendre. Bientôt, elle se retournerait et rencontrerait son regard. Patience.

Mais elle ne bougeait pas. Pendant plusieurs minutes interminables, elle lui tourna le dos, tendue, regardant devant elle la voiture de patrouille vide. Finalement, elle pivota sur sa droite en direction de la maison. Il fit la grimace. Si elle avait pris à gauche, elle l'aurait vu. Bah, cela n'avait pas d'importance ! Son heure n'avait pas encore sonné !

Il aurait voulu rester plus longtemps afin d'observer la réaction de Kimberley quand elle découvrirait le message qu'il lui avait laissé. Il en était assez fier. Malheureusement, un autre travail l'attendait. Juste avant que Kim ne sortît, il avait aperçu une silhouette qui descendait d'un arbre. Il regarda dans la direction que l'homme avait prise en s'enfuyant.

●◆●

Une fois revenue dans la maison, Kim referma la porte et la verrouilla. Elle avait senti sa présence dans la nuit. A un moment, elle avait envisagé d'approcher de la voiture de patrouille, mais son instinct lui avait dicté de cacher sa peur et de feindre l'indifférence.

Adossée contre le mur, elle essuya son front sur lequel coulait une sueur glacée. Il lui fallait trouver de l'aide. Elle pensa soudain à Vaughn et se précipita vers le téléphone. Mais elle s'arrêta avant de l'avoir atteint, regardant devant elle, vers celui qu'elle ne pouvait voir mais dont elle sentait la présence derrière la fenêtre du salon. Cette idée lui était insupportable ; elle avait l'impression d'être un insecte pris au piège dans un bocal. Elle irait dans la cuisine où il y avait un autre poste. S'il voulait continuer à l'espionner, il lui faudrait d'abord faire le tour de la maison.

Mais elle resta paralysée sur le seuil de la cuisine. La porte de service était grande ouverte. C'était impossible. Elle l'avait verrouillée elle-même quelques minutes plus tôt. C'est alors que son regard plongea dans l'obscurité et rencontra les yeux froids et morts.

— Non ! hurla-t-elle. Salaud !

Elle courut vers la dépouille de Charity qui se balançait au bout d'une corde. Une fois qu'elle l'eut décrochée et posée sur le sol, Kim remarqua que la pauvre bête avait été sauvagement étripée.

Elle contempla avec horreur le sang et les entrailles qui maculaient le devant de sa chemise de nuit. Un goût de bile lui envahit la bouche. Elle recula. Le téléphone. Il lui fallait trouver de l'aide. Comme un automate, elle regagna la cuisine et décrocha le combiné. Sans réfléchir, elle composa le numéro de Vaughn. Et c'est alors qu'elle vit le message, accroché à la lame d'un couteau à steak qu'on avait planté dans le mur.

La caresse du danger, pareille au serpent,
Remonte, le long de ton échine, sinueuse.
De la tempête imminente, elle est l'avertissement.
Prends garde au baiser de la Faucheuse.

— Bonjour. Je suis absent pour le moment. Si...

Mais Kim, isolée dans sa terreur et sa rage, n'entendait déjà plus rien. Pour se soulager, elle prit le combiné du téléphone et frappa de toutes ses forces sur le couteau qui tomba par terre.

— Je te tuerai !

Cette flambée de violence s'évanouit aussi vite qu'elle était venue et Kim s'effondra sur le sol, hébétée.

— Pourquoi ? lança-t-elle en direction de la porte ouverte. Pourquoi ?

17

Mais personne ne lui répondit. Les joues sillon-
nées de larmes, Kim ne voyait plus rien qu'une corde
qui se balançait et la fourrure grise de Charity, ébouriffée par la brise nocturne. Elle rampa jusqu'à la
véranda et vint s'écrouler près de la dépouille de
l'animal.

Elle essayait d'imaginer la terreur qu'avait dû
éprouver Charity, confrontée pour la première fois à
la cruauté d'un humain. La pauvre bête avait certainement cherché à se défendre, mais elle n'était qu'un
petit animal docile qui avait toujours donné son
affection aux hommes en échange d'un peu de nourriture. Kim se sentait coupable de n'avoir pas su la
protéger.

— Je suis désolée, répétait-elle en caressant la
dépouille de Charity.

Quand Liz entra dans la cuisine, elle resta sans
voix devant ce spectacle. Mal réveillée — elle avait
pris un somnifère avant de se coucher —, elle crut
d'abord qu'elle faisait un cauchemar. Mais hélas, elle
ne rêvait pas ! Soudain prise de panique, elle ravala
les cris d'hystérie qu'elle sentait monter en elle. Il
fallait trouver de l'aide au plus vite. Elle raccrocha le
combiné qui pendait au bout de son fil et le souleva
de nouveau. Elle appela le bureau du shérif. Les
quelques secondes qui s'écoulèrent avant que la sonnerie retentît lui parurent interminables. Il fallait

rester calme. Elle ferma les yeux pour ne pas voir tout ce sang qui maculait les murs et le sol, et dont elle sentait la présence gluante sur l'écouteur. Kim était peut-être blessée.

La standardiste répondit dès la première sonnerie.

— Allô! je m'appelle Liz Murphy. Pouvez-vous envoyer…

— Parlez plus lentement. Je n'arrive pas à vous comprendre, madame Murphy.

Liz était hors d'elle. Elle faisait des efforts pour parler distinctement et cette femme lui demandait de répéter! Etait-elle sourde?

— Je m'appelle Liz Murphy. Pouvez-vous envoyer quelqu'un à la maison de Vivian Farris? Il est arrivé quelque chose.

— Pouvez-vous me dire ce qui s'est passé?

— Non.

Liz serra les dents pour ne pas se mettre à hurler dans l'écouteur.

— Ne quittez pas. Je vais essayer de contacter Ray Cheney. Il devrait déjà être sur place.

Liz sentit son cœur se serrer. Où était Ray? Pourquoi n'était-il pas intervenu? Retenant sa respiration, elle attendit. Enfin, elle entendit la voix de la standardiste.

— Madame Murphy? Le shérif est en route. Il sera là d'un instant à l'autre.

— Mais où est Cheney?

— Je ne sais pas. Il n'a pas répondu à l'appel radio. Il s'est peut-être éloigné de son véhicule.

— Non. Il lui est arrivé quelque chose!

— Je vous en prie, restez calme. Le shérif va bientôt arriver. Pouvez-vous me raconter ce qui s'est passé, maintenant?

— Non, je dormais.

— Comment va Mme Tannas?

Liz baissa les yeux vers Kim, assise sous la véranda dans sa chemise de nuit tachée de sang.

— Je crois qu'elle va bien, mais la chatte est morte.

Vaughn conduisait au hasard, fuyant le sommeil et les cauchemars qui l'accompagnaient, quand il entendit sur sa radio l'appel en provenance du poste de police. L'angoisse l'étreignit. Un de ses adjoints était déjà à l'hôpital. Où pouvait bien se trouver Ray ? Kim était-elle blessée ?

Il était encore tourmenté par toutes ces questions quand il vint se garer derrière la voiture de Cheney. Il se rua immédiatement vers la maison, ne s'arrêtant devant le véhicule de Ray que le temps de braquer le faisceau de sa lampe torche à l'intérieur et de s'assurer qu'il était vide. Arrivé sur le perron, il donna un grand coup d'épaule dans la porte qui refusa de s'ouvrir. Sans perdre une minute, il courut vers le côté de la maison.

Au passage, son cerveau enregistrait le moindre détail : un nœud coulant au bout d'une corde, un petit corps inerte devant la porte de service.

— Kimberley ! s'écria-t-il en entrant dans la cuisine.

Kim, assise sur une chaise, ne réagit pas à l'appel de son nom. Liz essorait dans une bassine un chiffon rouge de sang. Elle tourna la tête en entendant la voix de Vaughn. Devant son visage livide, elle s'empressa de le rassurer.

— Kim va bien, ne t'en fais pas.

— Que s'est-il passé ? demanda-t-il, le cœur battant.

— Je ne sais pas au juste et je n'ai pas voulu poser trop de questions à Kim. J'ai préféré nettoyer d'abord.

Vaughn, qui regardait autour de lui les murs tachés de sang, approuva.

— Je dois joindre Stone. Il faut qu'il vienne examiner tout ça.

Il ne voulait pas utiliser le téléphone de la cuisine, aussi se dirigea-t-il vers le salon. Il décrocha le combiné et aperçut le livre resté ouvert sur la table. Le titre du poème attira immédiatement son attention. C'est alors qu'il comprit que Kim avait raison : Coyd était vivant. *L'Enterrement*. C'était sa poésie préférée. Vaughn, lui, l'avait prise en aversion. Pour la première fois, après toutes ces années, il s'obligea à relire ces vers. Son sang se glaça dans ses veines quand il arriva aux dernières lignes dans lesquelles se trouvait enfin révélé le mobile de tous ces crimes :

C'est aussi grand courage,
Quand tu m'as tout perdu, de t'enterrer un peu.

La revanche — c'était donc ça ! Coyd se vengeait de ceux qui l'avaient rejeté quand il était enfant.

Il n'avait jamais eu d'amis. Quelque chose en lui semblait garder les gens à distance. Vaughn et lui avaient toujours été des solitaires. Mais alors que Vaughn recherchait cet isolement, Coyd, lui, le vivait comme une souffrance.

Vaughn ferma les yeux, se plongeant dans ses souvenirs. Les dernières paroles qu'ils avaient échangées lui revinrent en mémoire :

— Tu ne veux pas de moi ! lui avait hurlé Coyd.

— Mais je ne peux pas t'emmener.

Il avait seize ans et Coyd quatorze. Vaughn venait de prendre la décision de quitter la maison d'Anna Irving. Tante Willie l'avait aidé à trouver un petit travail qui lui permettrait, en dehors des heures de classe, de gagner de quoi se loger et se nourrir. Son maigre salaire ne lui permettait malheureusement pas de s'occuper de Coyd. De plus, il était encore trop jeune et Anna aurait fait des histoires s'il avait quitté la maison en même temps que Vaughn.

Finalement, Coyd était parti avant lui. Il s'était toujours reproché ce suicide, dont il se sentait en partie responsable. Et maintenant, il se demandait comment ce jeune garçon avait si bien organisé sa disparition. Où s'était-il caché durant ces quinze années ?

Absorbé dans ses pensées, Vaughn retourna à la cuisine. Malgré l'absence de preuves tangibles, il adhérait à la thèse de Kim : Coyd était bel et bien vivant. Mais, pour l'heure, il devait se préoccuper d'une affaire plus urgente. Il fallait retrouver Ray.

Liz leva les yeux vers lui.

— Je m'apprêtais à accompagner Kim dans sa chambre pour qu'elle se change.

— D'accord, je vais faire un tour dehors. Stone va arriver d'une minute à l'autre.

Liz le regarda avec un air grave.

— Tu dois le trouver, Vaughn.

— Oui, répondit-il, sans savoir au juste si elle parlait de Ray ou du tueur.

Il sortit en prenant soin d'éviter le cadavre de Charity puis, armé de sa lampe torche, se mit à la recherche de son adjoint.

Ce n'est que vingt minutes plus tard qu'il le découvrit, ligoté et bâillonné, derrière le camping-car de Liz. Il venait juste de revenir à lui. Il avait une énorme bosse à l'arrière de la tête. Vaughn le détacha et s'assura, par un rapide examen, qu'il n'avait pas d'autres blessures.

Ray passa quelques instants à tousser et à cracher, puis sa langue se délia :

— Si je mets la main sur cet enfant de salaud, je lui ferai regretter ce qu'il a fait !

Vaughn ne prêta pas la moindre attention à ces paroles. Il était préoccupé par l'état de Ray.

— Tu te sens capable de marcher jusqu'à la maison ?

— Quelle question ! Bien sûr que je peux marcher. Il ne m'a pas coupé les jambes, non ?

Vaughn aida son adjoint à se relever et le soutint pour regagner la maison.

Cinq minutes plus tard, les deux hommes étaient assis à la table de la cuisine. Faisant la sourde oreille aux menaces de Ray, Vaughn avait appelé le Dr Harcourt qui avait recommandé de faire transporter le blessé à l'hôpital. Vaughn et Ray se disputaient à ce sujet quand Liz fit son entrée.

— Elle se repose, expliqua-t-elle à Vaughn avant qu'il eût le temps de formuler sa question. Je lui ai donné un somnifère. (Elle s'approcha de Ray qu'elle venait d'apercevoir.) Comment vas-tu ?

— J'ai une grosse bosse sur le crâne, mais ça va.

Vaughn remarqua que le ton de Ray s'était considérablement radouci pour s'adresser à Liz.

— Ce gars a la fâcheuse habitude d'assommer tous ceux qui se mettent en travers de son chemin, déclara Liz qui tâtait la tête de Ray à la recherche de la blessure.

— Ça pourrait être pire, fit remarquer Vaughn. Que s'est-il passé ? demanda-t-il en se tournant vers Ray.

— J'ai entendu un miaulement comme si un chat venait de se faire marcher sur la queue, mais le son était étouffé. On aurait dit que l'animal était enfermé dans quelque chose. Ça m'a donné la chair de poule.

«J'ai tout de suite pensé qu'il s'agissait du gros persan gris que j'avais vu dans la maison, alors je me suis mis à sa recherche. Je venais de passer le coin de la maison et me dirigeais vers le garage quand j'ai soudain vu un objet venir vers moi. J'ai essayé d'esquiver le coup, mais je n'ai pas été assez rapide. Après ça, j'ai perdu connaissance et quand je me suis réveillé, tu étais là.

Vaughn s'adressa à Liz.

— Est-ce que Kim ou vous-même avez remarqué quelque chose ?

Liz secoua la tête.

— Le cachet que j'avais pris avant de me coucher m'avait assommée. Même un tremblement de terre n'aurait pas pu me réveiller.

— Et Kim ?

— Je ne sais pas au juste. Elle avait les cheveux encore humides quand je l'ai retrouvée. Elle devait sortir de la douche.

De rage, Vaughn fit claquer la paume de sa main contre le mur.

— Ce type a agressé deux de mes hommes et je ne sais toujours pas à quoi il ressemble !

Vaughn savait désormais qui il recherchait, mais il ignorait à quoi pouvait bien ressembler Coyd après tant d'années.

●◆●

Trois heures plus tard, l'agent spécial du FBI avait pris assez de photos pour remplir un album. Il avait mis dans un sac et étiqueté avec soin la dépouille de Charity, ainsi que le message laissé dans la cuisine et le couteau à steak. Après que Vaughn lui eut montré le recueil de poésie en lui parlant de la page qu'il avait lue, Stone confisqua également le bouquin. Vaughn et lui se tenaient maintenant sous la véranda.

— Ainsi, vous pensez connaître l'identité de l'assassin. Et comme quinze ans se sont écoulés depuis votre dernière rencontre, vous ne savez pas à quoi il ressemble, ni quel nom il porte aujourd'hui.

— C'est à peu près ça, répondit Vaughn. Nous recherchons un homme de race blanche, âgé d'environ trente ans et qui serait arrivé à Lillooet Creek... (il s'arrêta un instant pour réfléchir)... au cours des cinq dernières années. Encore une chose : cet homme a séjourné à Seattle au moment où Candace Smyth a été assassinée. Je ne suis malheureusement pas au courant des déplacements de tous les habitants de Lillooet Creek, et c'est un point sur lequel il est facile de mentir.

Stone hocha la tête.

— Nous touchons au but, mais il faut faire vite. Nous connaissons déjà son groupe sanguin grâce au prélèvement effectué sur le morceau de jean. Il y avait aussi du sang sous les griffes du chat. Nous le ferons analyser. Ensuite, je vérifierai s'il s'agit bien du même type.

258

Vaughn approuva.

— Je fouillerai les alentours de la maison dès qu'il fera jour.

Liz appela depuis la cuisine.

— Je ne crois pas que nous réussirons à convaincre Ray de rester en observation à l'hôpital. C'est à peine s'il accepte de voir un médecin. Je me disais que, si tu restais ici avec Kim, je pourrais passer la nuit avec lui. Est-ce que tu, enfin... penses-tu... ?

D'un geste de la main, Vaughn mit fin aux bredouillements de Liz.

— Ne vous en faites pas, Liz. Je comprends très bien et je vais rester dans la voiture de Ray en attendant que le jour se lève.

Mais Liz l'observait d'un air inquiet.

— Tu es sûr ? Si tu as besoin de moi, il faut le dire.

— Oui, j'en suis sûr. Allez rejoindre Ray.

Elle soupira et esquissa un petit sourire.

— Dans ce cas, d'accord. On se verra demain matin.

Vaughn alla rejoindre Stone et les deux hommes regardèrent Ray partir en compagnie de Liz.

— A-t-elle ajouté quelque chose qui puisse nous éclairer ? demanda Stone.

Vaughn fut un peu déconcerté par cette question. Malgré les recommandations de Stone, il n'avait encore jamais pensé à utiliser les dons de Liz pour son enquête.

— Je ne suis pas surpris, répondit l'autre. Utiliser les services d'un médium suppose de renoncer à beaucoup de préjugés. Néanmoins, j'aimerais que Mme Murphy jette un coup d'œil sur certaines preuves. On ne sait jamais.

— D'accord, répondit Vaughn. Je lui demanderai de passer à mon bureau demain matin.

Stone hocha la tête et, sans rien ajouter, regagna sa voiture. Avant de démarrer, il se tourna vers Vaughn et lui souhaita bonne nuit d'un air absent.

Vaughn retourna dans la maison dont il verrouilla

soigneusement toutes les issues. Puis il monta voir Kimberley dans sa chambre. Elle était couchée sur le lit, le visage exsangue. Dès qu'elle l'entendit approcher, elle ouvrit les yeux.

— Vaughn?

— Je suis là, chérie.

Il s'assit doucement sur le bord du lit et prit la petite main fragile de Kim dans la sienne. Elle était froide et il se mit à la frotter, tandis qu'il observait les traits tirés de la jeune femme, des traits qui, en l'espace de quelques semaines à peine, lui étaient devenus si précieux.

— Tu vas passer la nuit ici? demanda-t-elle.

Kim ne posait cette question que parce qu'elle avait peur et il en fut blessé.

— Oui, je reste. Dorénavant, je ne te laisserai plus passer une nuit seule dans cette maison.

Elle leva les yeux vers lui et eut un petit sourire.

— Je n'y vois pas d'objection.

●◆●

Le jour se levait. Vaughn avait passé les dernières heures de la nuit assis sur le canapé du salon, se relevant de temps à autre pour marcher en long et en large dans la maison. Liz avait appelé pour donner des nouvelles de Ray qui s'en sortirait avec une belle ecchymose. Vaughn regarda le ciel. Il y avait assez de lumière pour permettre des recherches. Au moment où il se levait, il aperçut Kim dans l'escalier. Elle était habillée de pied en cap, jusqu'à son sac à main qu'elle tenait en bandoulière. Il la regarda d'un air mécontent.

— Tu ne t'es pas beaucoup reposée.

— Toi non plus, rétorqua-t-elle en haussant les épaules. Je dois rendre visite à Deirdre. Je ne peux pas annoncer la mort de Charity au téléphone. Tante Vivian avait ce chat depuis plus de cinq ans.

Vaughn l'observait. Il n'arrivait pas à déterminer si cette attitude désinvolte était un jeu ou si Kim s'était réellement remise des émotions de la nuit précédente. Le problème, avec cette femme, c'était sa trop grande force. Elle n'aurait jamais laissé transparaître une émotion qui aurait pu être interprétée comme une faiblesse.

— Je ne crois pas que ce soit une bonne idée.

Coyd n'attendait pas la nuit pour frapper. Il avait bien abordé Doreen en plein jour. De plus, si l'analyse de Stone était juste, il avait prévu de s'attaquer à Kim durant les prochaines quarante-huit heures.

— Même escortée, je m'oppose à ce que tu y ailles.

Kim eut un sourire narquois.

— Je ne suis à l'abri nulle part. Et puis, je n'y vais que pour la matinée, j'ai promis à tante Willie de m'occuper de Landon pendant qu'elle irait à l'enterrement. Tu vas y aller, toi aussi?

— Bien sûr.

— Quand vas-tu apprendre à tante Willie que Landon est ton fils?

— Elle comprendra cet après-midi, quand on lira le testament de Doreen, puisqu'il me désigne comme le tuteur de Landon. Mais je n'ai pas l'intention de le prendre avec moi tant que cette affaire ne sera pas réglée.

Il regarda par la fenêtre. Sa décision dépendait aussi de Kimberley. S'il arrivait à la convaincre de rester avec lui, serait-elle prête à assumer aussi Landon? Au cours d'une de leurs conversations, elle lui avait avoué qu'elle comptait adopter des enfants, mais avait-elle parlé sérieusement? Il garda ses réflexions pour lui. De toute façon, tant que Coyd ne serait pas arrêté, leur avenir était trop incertain.

— Je crois que c'est une bonne idée.

Vaughn se tourna vers Kim, la mine confuse.

— Pardon, je réfléchissais. Que disais-tu?

— Je disais que c'est une bonne idée de laisser Landon avec tante Willie jusqu'à ce que les choses se soient un peu tassées. Il a besoin de temps pour s'habituer à l'absence de sa mère. Tu lui rends visite régulièrement, non ?

— Oui, je passe là-bas chaque jour, ne serait-ce que pour quelques minutes.

— Bon, encore une dernière petite tasse de café et j'y vais.

— Ecoute, Kim. Si tu ne veux pas que je t'accompagne, accorde-moi au moins une faveur.

— Volontiers. De quoi s'agit-il ?

— Appelle Deirdre et préviens-la de ton arrivée. Dis-lui qu'elle m'avertisse immédiatement si, à huit heures, tu n'étais toujours pas là.

Kim hésita un instant.

— D'accord, si tu penses que c'est indispensable.

●◆●

Vaughn regarda Kim descendre l'allée, suivie par Jordan Hall au volant de la voiture de patrouille. Il inspira une grande bouffée de l'air frais du matin et s'apprêta à fouiller la propriété.

Au cours de ses recherches, il découvrit quelques empreintes sans grand intérêt. Elles auraient pu appartenir à n'importe qui. Il ramassa aussi un mégot de cigarette, mais il avait séjourné dans l'herbe plusieurs jours. Il le garda quand même. Puis il inspecta soigneusement l'arrière de la maison car, selon Ray, c'était de ce secteur qu'était venu son agresseur. Ne trouvant rien, il décida d'aller jeter un coup d'œil dans les massifs de lilas. Quelques branches avaient été cassées, mais les arbustes formaient un enchevêtrement impénétrable. Même un enfant aurait hésité à s'y cacher. A moins que...

Prenant un peu de recul, il observa l'endroit. A moins que cette personne n'eût été particulièrement effrayée. Vaughn sentit son pouls s'accélérer. Venait-il de mettre le doigt sur quelque chose ? Le tueur ne s'était peut-être pas trouvé seul dans le jardin. Peut-être y avait-il eu un témoin. Plein d'espoir, Vaughn s'accroupit et examina attentivement le sol. Mais il ne trouva rien. Il longea la haie jusqu'au garage. De là partait un petit sentier qui s'enfonçait dans la propriété. Il le suivit sur quelques mètres, puis remonta la haie de lilas, mais par l'autre côté cette fois. Il découvrit d'autres branches cassées. Visiblement, quelqu'un s'était caché là.

Il tira de sa poche une cigarette et l'alluma en contemplant d'un air pensif la terre au pied des arbustes. De qui pouvait-il s'agir? De gosses, peut-être, mais il imaginait mal un enfant s'aventurer seul dans un jardin à la nuit tombée. Il fallait donc chercher du côté des adultes, mais qui se serait amusé à se promener là à une heure pareille? Skeeter Barnes. Ce nom lui vint soudain à l'esprit. Il écrasa sa cigarette sur la semelle de sa botte et rangea soigneusement le mégot dans sa poche. Il aurait donné sa main à couper que ce petit pervers de Skeeter avait traîné dans le coin la nuit précédente. Et il avait dû apercevoir quelque chose qui lui avait flanqué une belle trouille.

Vaughn savait à qui il allait rendre sa prochaine visite. Plongé dans ses pensées, il reprit sa promenade le long de la haie et faillit passer à côté du morceau d'étoffe. En fait, il ne l'aurait pas vu si un coup de vent providentiel ne l'avait pas agité devant ses yeux.

C'était le foulard crasseux que portait Skeeter autour du cou lors de leur dernière rencontre. Lentement, il le détacha de la branche à laquelle il était accroché. Ce bout de tissu sale lui apportait la preuve qu'il cherchait. Barnes s'était bien trouvé là et il avait assisté à toute la scène.

Vaughn grimpait dans sa Land Rover quand il vit la voiture de Ray s'engager dans l'allée. Liz l'accompagnait. Vaughn s'avança vers eux.

— Bonjour, lança-t-il.

Se souvenant de la conversation qu'il avait eue avec Stone, il s'adressa directement à Liz.

— Stone insiste pour avoir un entretien avec vous ce matin, Liz. Vous êtes disponible ?

Elle le regarda un instant en silence.

— Euh, oui. A quelle heure veut-il me voir ?

— A l'heure qui vous conviendra. Mais le plus tôt serait le mieux.

— Entendu. Kim est là ?

— Non, elle est allée chez Deirdre, mais elle sera là cet après-midi.

— Eh bien, dans ce cas, je vais me changer pour aller voir l'agent spécial Stone. (Elle se tourna vers Ray.) A plus tard.

Les deux hommes regardèrent Liz entrer dans la maison, puis Vaughn raconta à Ray ce qu'il venait de découvrir.

— Je partais chez Barnes quand je vous ai vus arriver, conclut-il.

— D'accord, je te rejoins là-bas, proposa Ray. Mais avant, je veux déposer Liz au bureau.

●◆●

Quand Vaughn se gara devant le cimetière de voitures de Skeeter Barnes, il eut le sentiment que quelque chose ne tournait pas rond. Il marchait vers l'entrée, quand il s'arrêta brusquement. Il entendit des mouches bourdonner. Des chaînes de vélo suspendues à un crochet cliquetaient dans la brise matinale. Tout semblait trop calme. Il avait l'impression que quelqu'un l'observait. Lentement, il fit quelques pas et appela.

— Skeeter !

Aucune réponse. Pas même un mouvement. Un sombre pressentiment l'étreignit. Il essaya de se rassurer. Il était à peine neuf heures. Skeeter devait encore dormir à poings fermés. Il marcha jusqu'à la porte du bureau et frappa. On n'entendait aucun bruit à l'intérieur.

— Skeeter, c'est le shérif. Tu m'entends ?

Ce silence était inquiétant. Il tourna la poignée et

entra. Immédiatement, il fut assailli par cette même puanteur qu'il avait sentie lors de sa dernière visite. Seulement, cette fois, une autre odeur semblait s'y être mêlée. Une odeur fétide d'excréments humains.

Il fit le tour du comptoir et s'avança vers la chambre. Skeeter était allongé sur le lit. Un de ses bras dépassait du matelas. Il était parcouru par trois minces coulées de sang qui avaient formé une mare noirâtre sur le sol, au bout des doigts. Skeeter avait été assassiné. Au moment de sa mort, les muscles de ses sphincters s'étaient relâchés, répandant sur le lit un mélange d'urine et d'excréments. Vaughn serra les dents. Décidément, il n'y avait pas de dignité dans la mort. Et jamais il ne s'habituerait à ce spectacle.

Pourquoi n'était-il pas venu plus tôt? Soudain, dans le silence qui l'entourait, il se souvint qu'il avait eu l'impression d'être observé quand il était descendu de son véhicule. Cela signifiait donc que le tueur était caché là, dans l'une des carcasses. Coyd le regardait et s'amusait du nouveau tour qu'il venait de lui jouer.

18

Pour Vaughn, il ne faisait aucun doute que le meurtre de Skeeter avait été commis par le tueur qu'il recherchait. Comme il l'avait soupçonné, Skeeter avait été témoin de ce qui s'était passé chez les Farris la nuit précédente et l'assassin l'avait certainement surpris. L'erreur du petit homme avait été simplement de se trouver là où il n'aurait jamais dû être. Son meurtre n'avait pas été programmé, c'est pourquoi sa mort n'était pas entourée du rituel habituel.

Vaughn entendit grincer la porte derrière lui. N'écoutant que son instinct, il pivota sur lui-même, la main sur la crosse de son revolver, s'apprêtant à se trouver face à face avec celui qui, dans son esprit, avait gardé le visage d'un enfant, celui de Coyd. Mais l'homme qui se tenait devant lui n'était pas Coyd, ni personne qui lui ressemblât. Il s'agissait seulement de Ray.

Vaughn poussa un long soupir et rengaina son arme.

— Bon sang, Vaughn, qu'est-ce qui te prend ? s'exclama Cheney en pénétrant dans la caravane.

Vaughn lui montra le cadavre de Skeeter.

— Tu ferais bien d'appeler le Dr Harcourt. Nous allons avoir besoin de l'ambulance. Moi, je préviens Stone pour qu'il envoie le médecin légiste faire l'autopsie.

— Nom de Dieu! grommela Ray.

— Comme tu dis. Tu peux t'estimer heureux de n'avoir pas vu le tueur hier soir. Skeeter, lui, l'a reconnu et on ne lui a pas laissé le temps de parler.

◆◆●

D'un pas hésitant, Liz s'approcha du bureau que Melissa lui indiquait. Elle observa Stone qui, ne l'ayant pas entendue arriver, était toujours plongé dans son travail. Son regard, plus brillant qu'à l'accoutumée, exprimait une concentration intense qui semblait l'isoler du reste du monde.

— Madame Murphy, veuillez vous asseoir, je vous prie, dit-il quand il l'aperçut. Je vous remercie d'être venue.

Liz prit place sur la chaise qu'il lui proposait.

— Inutile de me remercier, je ne sais toujours pas ce que vous attendez de moi.

— Laissez-moi tout vous expliquer. Vaughn m'a confié qu'il y a quelque temps vous aviez proposé de mettre vos facultés au service de la police. Je crois que l'heure est venue d'exploiter votre don. Mais, dans un premier temps, j'aimerais que vous me disiez en quoi il consiste exactement et comment il se manifeste.

Liz scrutait le visage de Stone, redoutant d'y lire de l'ironie. Mais il ne semblait pas se moquer d'elle.

— Habituellement, il s'agit de visions, parfois très précises, parfois, au contraire, symboliques. Je ressens aussi des émotions, des sentiments. Il m'arrive d'entendre des voix, mais c'est plus exceptionnel.

— Je vois, dit Stone. Et vous est-il déjà arrivé de collaborer avec la police?

— Non, jamais.

— Avez-vous déjà essayé d'utiliser votre don pour aider quelqu'un?

— Oui, plusieurs fois, mais ça n'a pas toujours porté ses fruits.

Stone s'était renversé dans sa chaise et observait Liz.

— Madame Murphy, je vais être franc avec vous. Nous devons rassembler sur ce tueur autant de renseignements que possible et nous ne disposons pas de beaucoup de temps. Je vais vous montrer quelques preuves collectées sur les lieux des meurtres et si des impressions vous viennent, je vous demanderai de me les décrire.

Liz tirait nerveusement sur l'étoffe de sa jupe.

— Bien sûr, répondit-elle. Je ferai de mon mieux.

Stone ouvrit un tiroir et disposa devant elle plusieurs sacs de plastique transparent. Il sourit.

— J'avais anticipé votre réponse, madame Murphy. J'espère que vous ne m'en voulez pas.

— Pas du tout. Et vous pouvez m'appeler Liz.

Elle regarda Stone dont le visage était éclairé d'un large sourire. C'était un jeune homme charmant lorsqu'il était plus détendu.

— Dans ce cas, appelez-moi Stone, répondit-il.

Il finit de placer les objets sur son bureau et Liz s'avança sur sa chaise pour les examiner. Il y avait plusieurs messages dactylographiés, deux grands couteaux et quelques photos. Elle tendit la main pour prendre l'un des clichés. Il s'agissait d'un portrait de Doreen. Liz se rappelait avec horreur ce visage qu'elle avait entrevu dans une de ses visions. Ses mains se mirent à trembler si fort qu'elle lâcha la photographie. A quoi bon ? pensait-elle. Son don n'avait jamais aidé personne, hélas ! Qu'était-elle venue faire là ?

Sa bouche était soudain devenue sèche et elle demanda à Stone un verre d'eau.

Stone sorti, elle se remit à observer les objets étalés sur la table. Evitant de poser les yeux sur les photos, elle se concentra sur les poèmes. Elle les lut en frissonnant.

Stone revint et posa un verre devant elle. Tout en buvant, Liz se remit à examiner les clichés. Elle resta silencieuse un moment, tandis qu'elle relisait les poèmes.

— Celui-ci et celui-là, dit-elle enfin en prenant deux messages qu'elle isola des autres. Je les associe avec cette victime. (Elle plaça les deux morceaux de papier sur le portrait de Doreen.) Ces trois-là sont liés à cette victime, déclara-t-elle en plaçant trois autres poèmes sur la photo de Trent Farris. Quant à ces deux-là, je sais qu'ils étaient destinés à Kim, elle m'en a parlé.

— Pouvez-vous me dire comment vous êtes arrivée à ce résultat ? demanda Stone. Avez-vous vu quelque chose ?

— Non, il ne s'agit que d'impressions, pour l'instant.

— Très bien. Vous pouvez continuer quand vous vous sentirez prête.

Inspirant profondément, Liz regarda les deux couteaux. Elle ferma les yeux et posa une main tremblante sur le premier. Dès que le contact fut établi, un flot d'images et d'émotions décousues l'assaillit avec la violence d'un ouragan.

— Liz, comment vous sentez-vous ? Que se passe-t-il ?

Liz suffoquait. Elle but un peu d'eau pour apaiser le feu qui lui desséchait la bouche. Puis elle leva les yeux vers Stone.

— Cette arme a servi à tuer Doreen Hanson. Elle était agenouillée et sa... sa tête était rasée. Ses mains étaient ligotées dans son dos quand il lui a tranché la gorge.

— Où cela s'est-il passé, Liz ?

— Dans la cathédrale, répondit-elle.

Mais elle ne comprenait pas elle-même le sens de ces paroles et fronça les sourcils.

— La cathédrale ?

— Oui, la cathédrale. Je suis désolée, je ne sais pas d'où ça me vient.

— Pouvez-vous me décrire cet endroit, Liz ?

Elle ferma les yeux et reposa les mains sur le couteau.

— Il y a des lumières partout.

— Quel genre de lumières ?

— Des bougies. Oui, c'est ça. Elles sont disposées autour de l'autel.

— Pouvez-vous me dire à quoi ressemble cet autel ? De quelle couleur sont les bougies ?

— C'est juste une dalle posée en équilibre sur deux pierres plus petites. Les bougies sont de toutes les couleurs : blanches, vertes, rouges, noires. (Elle rouvrit les yeux et retira ses mains qu'elle plaça sur ses genoux.) Je suis navrée, je ne vois rien d'autre.

— Connaissez-vous les rites sataniques, Liz ?

— Pas vraiment. J'ai lu comme tout le monde des articles dans la presse à ce sujet.

— Croyez-vous que ce que vous m'avez décrit pourrait s'apparenter à de telles pratiques ?

— Vous pensez que le tueur ferait partie d'une secte satanique ?

— Exactement.

— Non, répondit-elle en posant les yeux sur le couteau. Je n'ai pas cette impression. C'est plutôt comme si... (Elle soupira, mécontente de ne pas trouver les mots pour exprimer sa pensée.) C'est comme s'il cherchait à recréer l'atmosphère d'une véritable église. Il ne s'agit pas d'une parodie. Est-ce que vous me suivez ?

— Je pense que oui. Avez-vous autre chose à me dire ?

Liz se leva et marcha jusqu'à la fenêtre. Elle frottait ses bras parcourus de frissons.

— Il est fou, mais il s'imagine être très malin.

— Pourquoi dites-vous ça ?

— Il est très difficile d'expliquer les émotions qui accompagnent une vision.

— Essayez quand même.

— D'accord, dit-elle. J'ai ressenti de la colère. (En prononçant ces mots, elle serra les poings inconsciemment.) Non, c'était plus violent que la colère, c'était de la rage. Tout cela était très confus. Il y avait aussi de la souffrance, du chagrin. Et enfin, un sentiment de triomphe et de puissance. Il s'est baptisé le seigneur de la Mort, vous savez. Du moins, c'est ce qu'il a dit à Kim.

— Oui, je connaissais ce détail, répondit Stone qui montrait du doigt le deuxième couteau. Vous sentez-vous capable de continuer ou préférez-vous revenir un autre jour?

— Oh, maintenant que je suis là…

Elle venait de poser la main sur la seconde arme quand la sonnerie du téléphone retentit. Elle attendit, sachant qu'elle ne pourrait pas se concentrer tant que Stone n'aurait pas terminé sa conversation.

Stone écoutait la voix qui lui parlait à l'autre bout du fil.

— Je vous rejoins dès que possible, répondit-il enfin, avant de raccrocher. (Il regarda Liz.) Je vous demande encore une petite minute de patience. (Il reprit le téléphone.) Melissa, appelez l'hôtel et demandez M. David Strilman. S'il est là-bas, dites-lui de venir me trouver le plus vite possible, je vous prie. (Il reposa le combiné et se tourna vers Liz.) Eh bien, Liz, cette fois nous pouvons continuer.

Liz ferma les yeux et essaya de se concentrer. Elle resta immobile quelque temps, puis fronça les sourcils et laissa retomber ses mains.

— Je ne vois plus rien. Je suis désolée.

Stone lui répondit par un sourire et se mit à ranger les sacs dans son tiroir.

— Vous nous avez été d'une aide précieuse. J'espère que nous aurons l'occasion de reprendre cet exercice. (Il se leva et tendit la main à Liz.) Je vous remercie d'être venue.

●◆●

Quand Vaughn avait appris que tante Willie avait l'intention de se rendre au cimetière en taxi, il s'était mis en colère. A quoi avait-elle la tête? Elle savait pourtant que Vaughn assisterait lui aussi à l'enterrement, pourquoi ne lui avait-elle pas demandé de l'y accompagner? Jusqu'où pouvait aller l'indépendance de cette femme! Heureusement, il l'avait fait renoncer à ce projet insensé.

Ils venaient de s'engager dans l'allée menant à la maison des Farris. Vaughn se gara derrière la voiture de patrouille dans laquelle Jordan Hall montait la garde. Ils allaient laisser Landon avec Kim avant de se rendre à l'église.

Durant le voyage, Vaughn avait observé la façon dont tante Willie se comportait avec son fils. Il était évident qu'elle l'adorait. Willie avait toujours aimé les enfants. Et heureusement, car il ne savait pas ce qu'il serait devenu sans elle. Elle avait toujours réussi à communiquer avec lui, même durant son adolescence tumultueuse. En se rappelant la droiture dont elle avait fait preuve envers lui, Vaughn fut pris de remords. Il n'était pas très délicat de sa part d'attendre qu'elle apprenne que Landon était son fils à la lecture du testament de Doreen. Elle méritait plus de franchise.

La main posée sur la poignée, Willie s'apprêtait à ouvrir la portière et à descendre de la voiture. Vaughn la prit par l'épaule pour la retenir.

— Willie, je dois t'avouer quelque chose.

Elle reprit sa place sur son siège et lui lança un regard interrogateur. Vaughn s'éclaircit la gorge. Willie s'était tournée vers lui et le dévisageait d'un air inquiet.

— Tu ne vas pas m'annoncer une mauvaise nouvelle, au moins?

— Au contraire, ce que je vais te dire devrait te faire plaisir.

— Alors, vas-y, mon garçon! s'impatienta Willie.

Vaughn scrutait les yeux clairs de Willie. Il se demandait comment elle allait réagir. Lui en voudrait-elle de lui reprendre Landon ? Il n'y avait qu'un seul moyen de le savoir.

— Landon est mon fils, déclara-t-il. Dans son testament, Doreen m'a désigné comme tuteur. Je suppose qu'il y a des papiers quelque part qui établissent ma paternité. Mais je ne voulais pas que tu l'apprennes de cette façon. (Willie restait silencieuse.) Dis quelque chose, bon sang ! Tu es fâchée ?

— Fâchée ? Au contraire, c'est la première bonne nouvelle que j'entends depuis longtemps. Je me faisais un sang d'encre en pensant à ce qu'allait devenir ce pauvre gosse. (Elle serra le garçonnet dans ses bras.) Je suis trop vieille pour l'élever. (Elle lança à Vaughn un regard noir.) Dieu tout-puissant, je devrais te tirer les oreilles pour m'avoir laissée dans l'ignorance pendant tout ce temps !

— Tu n'es pas en colère, alors ?

Willie prit un air exaspéré.

— Si cette journée n'était pas assombrie par l'enterrement de cette pauvre Doreen, je ferais les pieds au mur à l'heure qu'il est.

Vaughn sourit. Il regarda le petit garçon aux joues rondes assis sur les genoux de tante Willie. Soudain, il n'y tint plus. Il n'avait plus à se cacher désormais.

— Je peux prendre mon fils ?

— Papa va te porter jusqu'à la maison, tu es d'accord ? demanda Willie à Landon.

Sans hésiter, le garçonnet tendit ses bras potelés vers Vaughn.

— Papa porter, dit-il de sa petite voix.

Vaughn était trop ému pour lui répondre. Il sortit de la voiture. Willie vint le rejoindre et ils marchèrent ensemble jusqu'à la maison.

— Willie ? demanda Vaughn quand ils arrivèrent à la véranda.

— Oui?

— Tu ne dois parler de rien tant que cette affaire ne sera pas terminée.

— Tu peux compter sur moi. Je me tairai aussi longtemps que cela sera nécessaire.

Landon s'agitait dans les bras de son père.

— Entrer, criait-il en montrant la porte du doigt.

Vaughn sourit et grimpa les marches du perron. A ce moment, Kim vint leur ouvrir.

— Je vous ai vus arriver, dit-elle à Vaughn qui pénétrait dans la maison.

Elle aperçut Landon dont elle pinça gentiment le petit ventre rebondi.

— Je vous attendais, jeune homme. Nous allons bien nous amuser, tous les deux. Sais-tu ce que nous allons faire?

Landon fit un grand sourire et secoua la tête.

— Nous allons peindre avec nos doigts.

Elle prit dans ses bras l'enfant qui vint s'y blottir en toute confiance.

Ils n'avaient pas fait un pas, que Landon se retournait vers Vaughn et Willie.

— Rester! ordonna-t-il.

— Non, répondit Vaughn. Nous devons partir, mais nous reviendrons bientôt. D'accord?

Les petites lèvres de Landon se mirent à trembler.

— Rester! les implora-t-il. Pas s'en aller.

Vaughn sentit sa gorge se serrer. Pauvre gamin! Comment trouverait-il le courage de partir quand son fils le regardait avec ces yeux-là? Il se tourna vers Willie. Elle était au bord des larmes.

Soudain, ils entendirent la voix de Liz qui venait d'apparaître derrière Kim.

— Mais qui je vois là? s'exclama-t-elle en se plaçant face à Kim pour mieux voir l'enfant. N'es-tu pas le plus beau petit garçon du monde? Voyez-vous ces beaux cheveux bruns et ces yeux...

Liz s'arrêta. Elle venait d'apercevoir Vaughn. Elle

lui jeta un regard interrogateur auquel il répondit par un hochement de tête discret.

— Je vous expliquerai, murmura-t-il.

Pas un instant Landon n'avait détaché ses yeux de Vaughn et de tante Willie. Liz le prit doucement par le menton.

— Mon chéri, tante Willie doit aller faire des courses. Elle ne sera pas absente longtemps, je te le promets.

L'enfant lança un dernier regard à Willie et à Vaughn, puis il observa attentivement Liz et Kim.

— D'accord, dit-il enfin.

◆—◆—◆

Les funérailles sont destinées aux vivants plus qu'aux morts, pensait Vaughn. Elles marquent la rupture définitive, l'adieu qui permet à ceux qui restent de faire le deuil des disparus et de continuer à vivre. Mais Vaughn, loin de se soumettre à l'inéluctable, éprouvait une colère qui ne faisait que grandir à mesure que se déroulait la cérémonie. Doreen était morte pour rien, tout comme Trent.

En repensant à l'enterrement de Trent, il se rappela soudain la jonquille que le tueur avait déposée chez lui. L'assassin avait assisté aux obsèques de Trent, il devait donc se trouver parmi les gens rassemblés autour du cercueil de Doreen.

Vaughn scrutait les visages qui l'entouraient. La famille Hanson se tenait à sa gauche. Les fils, mal à l'aise dans leurs habits du dimanche, affichaient un visage froid et sec. Seul le père, qui se tamponnait les yeux avec un mouchoir crasseux, paraissait éprouver un peu de chagrin. Des larmes de crocodile, pensa Vaughn. Mais peut-être le vieux grigou avait-il le cœur moins dur qu'on ne le croyait.

Vaughn était mécontent de les voir là. Doreen n'aurait certainement pas approuvé leur présence. Hélas, ils étaient ses seuls parents !

Il continua à observer l'assistance. Coyd se trouvait-il parmi ces gens? Scrutant un à un chaque visage, il cherchait dans la foule le garçon qu'il avait connu, se demandant pourquoi il s'était transformé en meurtrier.

19

Après avoir raccompagné Landon et Willie, Vaughn avait rejoint Kim chez les Farris. Ils se trouvaient dans la cuisine où ils se préparaient une petite collation, quand Liz fit son entrée.

— Salut, Liz, lança Vaughn. (Pendant un instant, il dévisagea les deux femmes d'un air soupçonneux.) Kim vous a-t-elle dit quelque chose concernant Landon?

Liz vidait sur la table le contenu d'un sac à provisions.

— Non, rien du tout. Mais je ne suis pas aveugle. Cet enfant me ressemble assez pour être mon petit-fils. (Elle se tourna brusquement vers Vaughn, braquant sur lui son regard perçant.) Ai-je raison?

— Eh bien, oui, répondit Vaughn en fourrant les mains dans ses poches. Landon est mon fils et j'aimerais justement vous toucher deux mots à ce sujet. Kim, ça ne te dérange pas si nous nous isolons un moment?

— Non, pas du tout. Je vais finir d'éplucher les légumes.

Vaughn lui sourit.

— Merci, nous n'en aurons pas pour longtemps. (Il passa son bras sous celui de Liz qu'il entraîna vers le salon. Liz prit place dans le canapé; il préféra rester debout.) Je ne sais par où commencer.

— Pourquoi pas par le début? Je suis curieuse de

savoir comment tu as réussi à garder cette affaire secrète dans une ville de la taille de Lillooet Creek.

Pour la seconde fois, Vaughn fit le récit de sa relation avec Doreen Hanson. Quand il eut fini, il vint s'asseoir en face de Liz.

— Voilà pourquoi tout le monde ignore que je suis le père de Landon. Maintenant que vous connaissez toute l'histoire, j'aimerais vous demander un grand service. (Vaughn se passa la main dans les cheveux d'un geste nerveux et se remit à arpenter la pièce.) J'ai beaucoup réfléchi à la question. Si je venais à disparaître, Landon se retrouverait orphelin et serait placé dans une famille d'adoption. Et je ne veux pas de ça, soupira-t-il.

Les épaules voûtées, il enfonça les mains dans ses poches.

— Allons, vas-y. Qu'as-tu à me dire?

Vaughn s'éclaircit la gorge.

— Je sais que tante Willie est très attachée à Landon, mais elle a presque soixante-dix ans. Elle n'est plus en mesure d'élever un enfant. Alors, voilà: je voudrais que vous acceptiez de vous occuper de lui dans le cas où quelque chose m'arriverait.

— J'accepte volontiers, répondit Liz avec un grand sourire. C'est un enfant adorable, et puis, il est mon petit-fils.

Vaughn poussa un soupir de soulagement.

— Merci. J'ai retiré les formulaires cet après-midi. La procédure est très simple. Nous avons juste à signer les documents et Kim sera notre témoin.

Liz avait une expression soucieuse.

— Pourquoi es-tu si pressé de me faire signer tous ces papiers? demanda-t-elle. Tu as un pressentiment, n'est-ce pas? (Son visage était devenu livide.) Dis-moi tout.

Il vint soudain s'asseoir près d'elle et lui prit la main.

— Liz, calmez-vous. Vous vous faites des idées, je vous assure. Comme beaucoup de gens dans cette ville, je me sens menacé. J'ai maintenant la responsabilité d'un enfant et je dois regarder la réalité en face. Je sais que la mort peut venir me faucher d'un moment à l'autre et je préfère me préparer à cette éventualité.

— Tu es sûr de m'avoir tout raconté ?

— Certain.

Elle soupira et se sentit soudain plus détendue.

— Il y a encore une chose dont je souhaitais vous parler, ajouta Vaughn. Nous pensons que le tueur va s'attaquer à Kimberley dans les prochaines trente-six heures. Un de mes hommes restera posté devant la maison nuit et jour. Notre dispositif de sécurité est en place et je ne vois pas comment ce type pourrait passer entre les mailles du filet. Cependant, il a déjà réussi à déjouer notre surveillance. Nous devons donc rester très vigilants.

— Que cherches-tu à me dire, Vaughn ?

Il hésita.

— Vous ne devez pas rester dans cette maison. (Liz ouvrit la bouche pour protester, mais il l'arrêta.) A quoi bon vous demander de vous occuper de Landon si vous vous entêtez à vous mettre en danger ? Vous avez déjà été agressée une fois et vos dons de voyance ne vous ont pas été d'un grand secours. (Prenant soudain conscience de l'agressivité de son ton, il essaya de se modérer.) J'ai besoin de vous garder en vie. S'il vous arrivait quelque chose à vous aussi, que deviendrait Landon ?

Liz soupira.

— Très bien. Je vais prendre des dispositions pour déménager.

●—◆—●

De gros nuages noirs s'étaient amoncelés au-dessus des montagnes, apportant un crépuscule précoce. Liz conduisait son camping-car dans cette lumière surnaturelle. Elle quittait la maison, laissant derrière elle Kim et Vaughn qui dînaient. L'air était anormalement lourd et immobile. Pas une feuille ne remuait dans les arbres. De temps à autre, un éclair déchirait le ciel et le grondement lointain du tonnerre revenait en écho, lourd de menaces.

Une soudaine baisse de tension due à l'orage fit sursauter Kim qui se sentait de plus en plus nerveuse.

Vaughn lui prit doucement la main.

— Tout va très bien se passer, ne t'en fais pas.

— Je sais, répondit Kim qui ne pensait déjà plus à l'orage.

Vaughn ne l'avait plus touchée depuis la nuit où elle lui avait annoncé son intention de rompre. En sentant sa chaleur sur sa peau, elle comprit à quel point ces caresses lui avaient manqué. A cet instant précis, elle n'aurait dû se soucier que de son angoisse, de la menace que faisait peser sur elle ce meurtrier. Or c'était son désir pour Vaughn qui occupait toutes ses pensées. Elle n'avait qu'une seule idée en tête : trouver un moyen de l'entraîner dans son lit sans pour autant lui donner de faux espoirs. Elle n'était pas encore certaine d'être prête à s'engager dans une relation durable.

Libérant sa main, elle repoussa son assiette et se leva. Elle fit le tour de la table pour venir se placer derrière Vaughn qu'elle prit doucement par les épaules.

— Comme tu es tendu, dit-elle en lui massant la nuque.

— Kimberley, qu'est-ce que tu fais ? Dois-je comprendre que tu as réfléchi à notre conversation de l'autre soir ?

Kim eut un moment d'hésitation, puis elle reprit ses caresses. Elle cherchait une réponse convaincante, mais aucune ne lui venait à l'esprit.

— J'ai encore besoin de temps.

Soudain, il lui prit les poignets et l'attira vers lui.

— Que veux-tu dire ? demanda-t-il.

Elle baissa les yeux, incapable de soutenir le regard de Vaughn qu'elle sentait rivé sur elle.

— Je suis bien avec toi, dit-elle.

Il la fit s'agenouiller et lui prit le menton, l'obligeant à lever la tête vers lui.

— Pourtant tu n'es pas encore prête à m'aimer.

— Je ne peux pas, est-ce que tu comprends cela? Mon amour porte malheur. Si je m'attachais à toi, tu mourrais.

— Et tu te crois assez forte pour résister à tes sentiments?

— Non, et c'est pourquoi je voulais que nous cessions de nous voir. Mais comme c'est impossible pour le moment, autant en profiter pour prendre du bon temps ensemble.

— En somme, tu voudrais que je te gratte là où ça te démange? Et puis, quand j'aurai rempli mon office, tu me congédieras.

Kim bondit sur ses pieds, furieuse.

— Tu n'as pas besoin d'être aussi vulgaire. De toute façon, je ne vois pas où est le problème. Une aventure sans lendemain, n'est-ce pas ce que tous les hommes recherchent?

Vaughn fut pris d'un accès de rage. Les mâchoires serrées, il se leva lentement.

— Tu as probablement raison, mais je suis différent des autres. Pour moi, le sexe n'a pas d'intérêt sans engagement affectif.

— Dans ce cas, je suis désolée, mais je ne peux pas t'offrir ce que tu attends de moi.

— Alors, je suppose que nous n'avons plus rien à nous dire.

Kim soupira et se frotta les tempes pour calmer une migraine naissante. Elle n'avait que ce qu'elle méritait. Pourtant, elle se sentait si triste. Refoulant ses larmes, elle se mit à débarrasser la table. Vaughn se leva pour l'aider.

— Laisse-moi m'occuper de ça et va faire ton boulot de shérif, lança-t-elle.

Un éclair déchira l'obscurité derrière la fenêtre,

immédiatement suivi par un coup de tonnerre assourdissant.

— Quand va-t-il enfin se mettre à pleuvoir ? murmura Kim au moment où Vaughn quittait la pièce.

Elle avait toujours aimé l'orage, mais, cette nuit-là, il lui mettait les nerfs à vif.

◆–◆–◆

Il s'était endormi. Quelque part dans la maison, une pendule sonna une heure. Ce bruit réveilla en lui un lointain souvenir de son enfance. Il était de nouveau ce petit garçon terrorisé. C'était l'heure. Elle allait venir. Il était allongé dans son lit, retenant sa respiration, tendant l'oreille pour percevoir le bruit de ses pas. Il devait rester éveillé car c'était pire quand elle le trouvait endormi.

Le parquet craquait. Elle approchait. Dans la chambre éclairée par un rayon de lune, il fixait la poignée de la porte de ses yeux révulsés par la peur. La poignée tournait. Encore une fois, c'était lui qu'elle avait choisi. Pourquoi n'allait-elle jamais chez Vaughn ? Comme il le haïssait d'avoir cette chance !

— Hou, hou, mon chéri, appelait-elle de cette voix rauque qu'il abhorrait. Devine qui vient te border ?

Il se réveilla brutalement de ce cauchemar qui lui opprimait la poitrine. Tout en essayant de reprendre son souffle, il scruta les ténèbres et se rappela où il était. Quel idiot ! Comment avait-il pu s'assoupir dans cet endroit où n'importe qui aurait pu le surprendre ? Il avait trop confiance en lui, et cette assurance allait le conduire à sa perte. Furieux contre lui-même, il émergea de dessous le lit. Il se trouvait dans la chambre de cette cinglée de parapsychologue. L'heure n'était plus au laisser-aller, il était grand temps de se reprendre en main.

Il se souvint soudain qu'il n'avait pas entendu Liz Murphy rentrer. Où pouvait-elle bien être ? Peut-être était-elle revenue pendant qu'il dormait. Il tendit l'oreille. Un silence total régnait dans la chambre. Il n'y avait personne dans le lit. Il en était certain à présent.

Sur la pointe des pieds, il avança vers la porte. A cause du tonnerre, il n'arrivait pas à entendre s'il y avait du bruit dans la maison. Il resta un moment immobile. Personne ne semblait remuer.

Déboutonnant sa chemise, il en sortit un sac. Les gants de chirurgien qu'il portait diminuaient sa sensibilité au toucher mais il commençait à s'y habituer. Lentement, il vida le sac de son contenu, puis il ouvrit la porte et sortit.

Il fit quelques pas et se trouva bientôt dans le salon. La cuisine était sur sa droite. Il allait en pousser la porte, mais une intuition subite l'arrêta. Il jeta un coup d'œil en direction du salon. Et soudain, son sang se glaça dans ses veines. Lentement, il se plaqua contre le mur. Quelqu'un était assis dans le canapé, toutes lumières éteintes. Vaughn.

Il ne s'attendait pas à le trouver là alors qu'un de ses adjoints montait la garde dehors. Il observa la silhouette immobile. Il avait assez espionné Kimberley et Vaughn pour savoir que ces deux-là couchaient ensemble. Alors pourquoi cet idiot n'était-il pas dans la chambre à faire des galipettes ? Coyd dirigea son regard vers l'escalier, un sourire moqueur aux lèvres. Ils avaient dû avoir une scène de ménage.

Il regardait maintenant la porte de la cuisine, estimant mentalement la distance qu'il avait à parcourir. Pourrait-il l'atteindre sans se faire entendre de Vaughn ? Non, il valait mieux attendre. L'autre finirait bien par quitter la pièce.

Adossé au mur, il se détendit, prêtant l'oreille au moindre bruit qui lui parvenait du salon. Enfin, il entendit remuer Vaughn. Il se pencha. Vaughn se tenait devant la fenêtre et lui tournait le dos. Enfin, il tenait sa chance. En trois pas, il serait dans la cuisine. Retenant son souffle, il avança, puis referma doucement la porte derrière lui. Immobile, il attendit quelques secondes. Il régnait dans la maison un silence total.

Avec un grand sourire, il marcha jusqu'au réfrigérateur qu'il ouvrit doucement, puis déposa le contenu du sac de plastique à l'intérieur. Cela fait, il referma la porte. Pour quelqu'un comme lui, habitué à se mouvoir dans les ténèbres, cette tâche avait été un jeu d'enfant.

Il s'amusait déjà à l'idée de l'émotion qu'allait susciter son petit cadeau. Malheureusement, il ne serait pas là pour jouir de sa victoire.

Le jour se levait. L'orage s'était éloigné, ne déversant que quelques gouttes de pluie sur son passage. Vaughn frottait ses yeux rougis par le manque de sommeil. Il était resté presque toute la nuit à regarder Kim dormir et à réfléchir. Il avait pensé à la relation qu'il avait eue avec Doreen, à celle qu'il entretenait avec Kimberley et enfin à celle qu'il espérait développer avec son fils. Pourtant, il ne sortait guère plus avancé de ces heures d'intense réflexion.

Poussant un long soupir, il marcha jusqu'à la fenêtre pour tenter d'apercevoir la voiture de Jordan Hall. Il vit un coude dépasser de la vitre baissée et un nuage de fumée s'échapper dans l'air du matin. Il allait faire du café et en apporterait à son adjoint qui devait en avoir besoin.

Il posa les tasses fumantes sur la table et alla ouvrir le réfrigérateur pour y prendre du lait. C'est alors qu'il trouva la rose noire posée sur une feuille de papier. Usant de grandes précautions, il emporta la fleur et le poème jusqu'à la table. Les poings serrés, il lut les quelques lignes dactylographiées.

Ô Terre, pèse lourdement sur ses yeux ;
Clos ces yeux fatigués de voir, ô Terre ;
Enferme-la dans ton linceul, sans laisser de place
    à la joie,

Avec ses rires argentins, ni au son des soupirs.
Entoure-la de ténèbres plus claires que le jour,
D'un silence plus mélodieux que la musique;
Même son cœur a cessé de frémir:
Jusqu'à l'aube de l'Eternité
Son repos sans début et sans fin, simplement
  sera;

Le dernier vers manquait, mais Vaughn pouvait le réciter de tête : *Et lorsqu'elle s'éveillera, son sommeil lui aura paru bref.*

Il s'adossa contre un placard. Son cerveau fatigué fonctionnait au ralenti. Kim, pensa-t-il soudain. Il bondit hors de la cuisine et grimpa l'escalier quatre à quatre. Il était resté sur le seuil de sa chambre toute la nuit et ne s'en était éloigné qu'à l'aube. Coyd pouvait avoir profité de ces quelques minutes pour s'attaquer à elle.

Quand il aperçut la chevelure blonde ébouriffée de Kim sous les couvertures, son angoisse se calma. Pourtant, il devait encore s'assurer que tout allait bien. Son cœur battait à se rompre quand il entra dans la chambre et s'avança vers le lit. Mais Kim dormait à poings fermés. Il resta un moment à la contempler, puis, sur la pointe des pieds, quitta la pièce et entreprit de fouiller la maison.

Quelques minutes plus tard, il était de retour dans la cuisine. Comment Coyd avait-il réussi à entrer? Bien sûr, ils verrouillaient les portes, mais cette bâtisse était si vaste que n'importe qui aurait pu y pénétrer sans attirer l'attention des occupants pour peu qu'ils se fussent trouvés dans une autre partie de la maison.

La présence d'une voiture de patrouille à l'extérieur ne semblait pas non plus impressionner Coyd. Vaughn était maintenant presque certain qu'il arrivait à pied et qu'à la faveur de la nuit il entrait dans la maison par-derrière. En procédant de la sorte, il devenait pratiquement insaisissable. Certes, Vaughn pouvait laisser un de ses adjoints en faction dans le jardin, mais il se faisait peu d'illusions sur l'efficacité d'une telle méthode. Coyd attendrait pour s'approcher que l'homme se fût éloigné. Il leur aurait fallu un chien policier, mais Lillooet Creek n'en possédait pas.

Prenant les deux tasses de café, il alla rejoindre Jordan. Il devait trouver un moyen d'assurer la protection de Kimberley et le temps pressait.

●◆●

Qu'est-ce qu'ils mijotaient ? La voiture de patrouille garée dans l'allée était vide, tout comme la Land Rover de Vaughn. Visiblement, ils avaient modifié leur tactique. C'était à la fois agaçant et stimulant. Il sourit dans l'ombre en pensant à ce nouveau défi.

Les yeux plissés, il observait la maison brillamment éclairée. Il aperçut Jordan Hall, assis dans le salon. Il ne voyait pas Vaughn, mais à la façon dont Jordan regardait vers sa droite en parlant, il devina que l'autre s'était posté en haut de l'escalier. Une position judicieuse qui lui permettait de surveiller à la fois le rez-de-chaussée et la chambre de Kimberley. Il leva les yeux vers le premier étage. Aucune fenêtre n'était éclairée. Kimberley était-elle déjà endormie ?

Cette idée le mit en colère. Elle aurait dû l'attendre. Elle devait compter sur son idiot de shérif pour la protéger, mais elle comprendrait bientôt son erreur. Pour le moment, il fallait trouver un moyen de déjouer le nouveau dispositif de surveillance mis en place par Vaughn.

Il posa la main sur son revolver. Il portait toujours sur lui un Beretta neuf millimètres, mais jusqu'à présent, il s'en était seulement servi comme d'une matraque. Les armes à feu, il les laissait aux lâches. Il leur préférait le couteau. Malheureusement, ce soir, il lui faudrait peut-être changer ses habitudes.

L'orage fit soudain vaciller les lumières à l'intérieur de la maison. Il était contrarié. A cause de ces foutus éclairs, il courait le risque d'être aperçu à tout moment. Mieux valait se cacher dans l'ombre pour réfléchir.

Quelques minutes plus tard, son plan était fin prêt. Hélas, il allait devoir régler son compte à Vaughn, ce qu'il déplora, car il avait prévu de s'occuper de lui en dernier. Cet idiot aurait ainsi mesuré toute l'étendue de son incompétence et senti le piège se refermer sur lui. Désormais, il importait peu que Vaughn mourût ce soir ou dans un mois. Il eut un sourire cruel. Les deux amants allaient succomber ensemble, comme dans un drame romantique.

Décidément, ce nouveau scénario lui plaisait. Pourquoi ne l'avait-il pas imaginé plus tôt? Il leur aurait rédigé une belle épitaphe. Il n'avait plus le temps maintenant.

Il ne lui restait plus qu'à rapprocher son camion. Avec deux passagers à charger, il devait se garer à proximité de la maison.

●◆●

De violents coups de tonnerre résonnaient dans les montagnes. L'orage avançait sur eux, obscurcissant l'horizon. Ray et Liz, enlacés, regardaient la télévision, un gros saladier de pop-corn posé sur les genoux. Le film était excellent et pourtant Liz n'arrivait pas à se laisser captiver.

Elle éprouvait un malaise inexplicable et diffus. Certes, la conversation qu'elle avait eue quelques heures plus tôt avec Vaughn l'avait perturbée. Après avoir retrouvé un fils, elle se retrouvait responsable d'un petit-fils dont elle n'avait même pas soupçonné l'existence. Mais là n'était pas la cause de son inquiétude.

Ray la regarda d'un air soucieux.

— Quelque chose ne va pas, Liz?

— Je crois que ce temps me rend un peu nerveuse.

— Tu es sûre qu'il n'y a rien d'autre?

Elle sourit et lui tapota gentiment le genou.

— Non, rien. S'il y avait quoi que ce soit, tu sais bien que je t'en parlerais.

Ray retourna à son film et Liz essaya de faire de même. Pendant un instant, elle parvint même à s'intéresser à l'intrigue. Elle venait de tendre la main pour prendre une poignée de pop-corn quand son cerveau fut soudain assailli par une multitude d'images décousues. Le saladier tomba à terre. Elle entendit comme dans un rêve la voix lointaine de Ray, mais elle ne comprenait pas le sens de ses paroles. Des flashes de couleur défilaient devant ses yeux.

Sur un miroir, l'empreinte rouge d'un baiser. Vaughn dans une mare de sang. Kimberley, debout devant le miroir. Derrière elle, dans l'encadrement de la porte, la silhouette sombre d'un homme. La lame étincelante d'un poignard. Kimberley, les yeux exorbités, poussant un hurlement déchirant. Des éclairs. Des bougies allumées. Une course effrénée dans les arbres. La cathédrale. Des gens vêtus de noir formant un cortège derrière un cercueil blanc. L'horloge sonnant une heure.

— Liz, réponds-moi !

Reprenant peu à peu ses esprits, elle parvint à distinguer les traits de Ray penché vers elle.

— Que se passe-t-il ?

Elle avait bondi sur ses pieds.

— Vaughn, Kim !

Son esprit, qui n'était plus que chaos, n'arrivait plus à formuler une phrase cohérente. Elle tenta en vain de reprendre son souffle. Sa poitrine oppressée réclamait un air qu'elle ne pouvait lui fournir.

— Vite ! Il n'y a pas un instant à perdre !

20

Jordan souleva sa bouteille de Coca-Cola et fit la moue en remarquant qu'elle était vide. Il regarda Vaughn, posté en haut de l'escalier.

— Je vais me chercher un autre soda, dit-il en se levant. Je te rapporte quelque chose ?

Vaughn secoua la tête.

— Non, merci. Fais bien attention en ouvrant la porte.

Jordan, qui avait fait quelques pas en direction de la cuisine, se retourna avec un sourire moqueur.

— Tu ne serais pas un peu parano ?

— Non, répondit Vaughn d'un air grave.

Jordan haussa les épaules et attrapa un petit guéridon dont il se servit pour pousser la porte de la cuisine. Avant d'entrer, il jeta un dernier coup d'œil en direction de Vaughn. Quelques secondes plus tard, il réapparaissait, une bouteille de Coca pleine à la main. Il s'arrêta un instant sur le seuil de la cuisine et s'appuya au chambranle de la porte. Soudain, une détonation plus assourdissante que le tonnerre qui grondait dehors se fit entendre. Un masque de souffrance apparut sur le visage de Jordan, tandis que du sang se mettait à jaillir d'un trou subitement apparu à la base de son cou. Il leva la main, puis s'effondra.

Vaughn se replia immédiatement vers la chambre de Kimberley. D'une main, il avait dégainé son arme, tandis que, de l'autre, il allumait son talkie-walkie.

— Allô, ici Garrett. Envoyez tout de suite des renforts et une ambulance chez les Farris. Vous me recevez?

La réponse affirmative d'Ethel Wright lui parvint au moment où il atteignait la porte de la chambre. Kim se tenait devant lui, vêtue d'un jean et d'un T-shirt. Grâce à Dieu, elle ne s'était pas encore mise en chemise de nuit.

— Enferme-toi là-dedans! lui ordonna-t-il.

De l'endroit où elle se trouvait, Kim ne pouvait heureusement pas voir le corps de Jordan Hall. Et elle n'avait pas besoin de ce spectacle, car, à en juger par son expression hagarde, elle était déjà au bord de la crise de nerfs.

— Kim, secoue-toi! Ferme cette porte, chuchota-t-il d'un ton pressant.

Elle hocha la tête.

— Fais attention à toi, murmura-t-elle avant de s'exécuter.

Vaughn l'entendit bientôt traîner un meuble jusqu'à la porte. Merde, pensa-t-il, il n'y a pas de verrou! Il attendit encore quelques secondes, le temps de s'assurer que Kim s'était bien barricadée.

Enfin, il raccrocha son talkie-walkie à sa ceinture et avança lentement, tenant à deux mains son revolver braqué devant lui. Le corps inerte de Jordan gisait devant la porte de la cuisine dont la lumière avait été éteinte. A pas de loup, il descendit les marches. Il aurait voulu se précipiter au secours de son ami dont il n'était séparé que de quelques mètres, mais il devait agir avec la plus extrême prudence. Il ignorait où se cachait Coyd. Le coup était parti de l'intérieur de la cuisine. Peut-être s'y trouvait-il encore.

Soudain, il aperçut dans l'obscurité une silhouette qui remuait à quelques pas de Jordan. N'écoutant que son instinct, il fit feu dans sa direction. Puis il plongea et vint se plaquer contre le mur. Une fraction de seconde plus tard, une balle passait en sifflant au-dessus de sa tête et venait se loger dans la rampe de l'escalier. Au moins savait-il maintenant où se trouvait Coyd. Il continua sa descente. Au moment où il atteignait les dernières marches, il entendit soudain quelqu'un courir et claquer la porte de la cuisine.

Déconcerté, il scruta les larges baies vitrées du salon. Coyd avait-il décidé de faire le tour de la maison afin d'avoir une meilleure visibilité sur sa cible ? Il dévala les dernières marches et vint se plaquer contre la soupente de l'escalier. Il attendit quelques instants, mais Coyd ne se manifesta pas.

Quand il baissa les yeux vers Jordan, il vit qu'une mare de sang s'était formée sous sa tête. Il n'avait pas fait deux pas en direction du blessé, qu'il entendit quelqu'un marcher dans la cuisine. Immédiatement, il leva son arme.

— Salut, Vaughn !

C'était son adjoint, Martin Lewis. Comment était-il arrivé aussi vite ? C'était matériellement impossible, sauf s'il s'était trouvé à proximité de la maison au moment où Vaughn avait lancé son appel. Mais il n'avait rien à faire dans ce secteur.

— Qu'est-ce que tu fiches ici ? demanda Vaughn.

Lewis, qui s'était penché sur le corps de Jordan, se redressa et regarda Vaughn avec un grand sourire.

— Tu as bien appelé des renforts ? (Il posa les yeux sur le revolver de Vaughn qui était toujours braqué sur lui.) Tu as l'intention de me descendre ?

Mais Vaughn ne bougeait pas.

— Comment es-tu arrivé ici aussi rapidement ?

— Je prenais de l'essence juste en bas de la côte quand j'ai entendu ton appel sur ma radio. Il ne faut pas beaucoup de temps pour parcourir un kilomètre, surtout avec la pédale de l'accélérateur au plancher.

Tout en réfléchissant à cette explication, Vaughn observait le visage de son adjoint. Lewis ne se comportait pas comme d'habitude. Il y avait quelque chose en lui de différent, mais Vaughn n'arrivait pas à dire ce que c'était.

— As-tu aperçu quelqu'un dehors?

Lewis fit mine de se concentrer.

— Non. J'ai cru pendant un instant avoir vu une silhouette, mais je m'étais trompé.

Vaughn hocha la tête d'un air pensif. Combien de temps fallait-il pour remonter la côte? Quatre, cinq minutes? Il ne s'était pas écoulé autant de temps depuis son appel. Allons bon, voilà qu'il se méfiait d'un homme qui était son adjoint depuis deux ans! Il baissa son arme.

— Comment va-t-il?

Martin s'était agenouillé près de Jordan. Vaughn se rapprocha des deux hommes.

— Il vit encore.

Vaughn s'accroupit pour examiner le blessé. C'est alors qu'il comprit soudain ce qu'il y avait de différent chez Lewis. Ses yeux. Ils étaient noirs, et ce soir-là, ils étaient verts. Vaughn connaissait ce regard. C'était celui de Coyd.

En un éclair, il s'était retourné pour attraper son arme, mais il était trop tard. Il ressentit une violente douleur à la tête et perdit connaissance.

●◆●

Il n'y avait plus une minute à perdre. Son plan n'avait pas prévu ce satané talkie-walkie. Il se précipita dans l'escalier dont il grimpa les marches quatre à quatre. Arrivé devant la chambre de Kimberley, il essaya d'ouvrir la porte, mais elle était bloquée.

Il s'accorda une pause, le temps de reprendre une respiration normale.

— Madame Tannas, appela-t-il enfin.

Aucune réponse.

— Madame Tannas, c'est Lewis, l'adjoint du shérif. J'ai ordre de vous faire partir d'ici.

— Où est Vaughn?

Il eut alors un trait de génie.

— En bas. Il essaie d'éteindre le feu. Il faut vous dépêcher, madame. La maison est en train de brûler.

Il pouvait être satisfait, son ton avait été très convaincant.

— Mon Dieu!

A sa plus grande joie, il entendit bientôt Kim déplacer le meuble qui bloquait la porte. Dès qu'il eut Kim en face de lui, il lui décocha un grand coup de poing dans la mâchoire. Elle s'effondra.

Il sortit de sa poche un rouleau de ruban adhésif dont il se servit pour la bâillonner et lui attacher les poignets. Quand il eut terminé, il la chargea sur son dos et se précipita dehors. Il venait juste de refermer la porte du camion et s'apprêtait à regagner la maison pour y chercher Vaughn quand il aperçut la lueur des phares sur la route.

— Merde! s'exclama-t-il en tapant du poing sur la portière.

Il eut encore un bref moment d'hésitation. Finalement, il grimpa dans son véhicule et démarra. Il n'avait plus le temps de s'occuper de Vaughn. L'ennui, c'était que cet idiot connaissait maintenant son identité, ce qui fichait tout son plan par terre. Cette pensée le mit dans une rage folle. Tandis qu'il roulait sur la pelouse pour regagner la route, il jeta un coup d'œil vers la voiture de patrouille qui approchait de la maison et reconnut tout de suite Ray, assis derrière le volant.

Comment pouvait-il être déjà là? Ray habitait de l'autre côté de la ville et il n'était même pas de service ce soir-là.

Il ne pouvait pas se payer le luxe d'être suivi. Dégainant son Beretta, il fit feu en direction de l'autre véhicule. Une balle fit exploser le pare-brise. Il en tira une autre qui traversa la vitre latérale. La dernière atteignit l'un des pneus. Puis il démarra en trombe.

Désormais, il y avait peu de risques pour que Ray le rattrapât. Même s'il n'était pas blessé, il lui faudrait changer de voiture et ça lui prendrait un petit moment. Jordan Hall était entre la vie et la mort. (Coyd fut brusquement pris de remords. Il n'avait rien contre lui, mais aussi avait-il besoin, comme Skeeter Barnes, de se mettre en travers de son chemin ?) Killian se remettait de sa blessure à Kalispel Falls. Même s'il était en état de conduire, il lui faudrait bien vingt minutes pour arriver jusque-là. Stone se trouvait à son hôtel et n'avait certainement pas entendu l'appel. Même si Ethel avait pensé à le contacter, il serait déjà loin lorsque l'agent du FBI se lancerait à sa poursuite. Quant à Vaughn, il était dans les pommes. En somme, pensa-t-il, j'ai encore du temps devant moi.

●◆●

Kim reprenait peu à peu connaissance. Ses oreilles bourdonnaient. Elle éprouvait une douleur atroce dans la joue. En se sentant rouler de gauche et de droite, elle tenta de se retenir à quelque chose, mais elle ne pouvait pas remuer les mains. Lentement, elle ouvrit les yeux.

Il faisait très sombre. Où était-elle ? Un éclair illumina soudain le ciel. Que faisait-elle dans ce camion ?

Un cahot sur la route réveilla brusquement sa douleur. Elle voulut crier, mais ne réussit à produire qu'un son étouffé. On l'avait bâillonnée. Elle essaya de se rappeler ce qui s'était passé avant qu'elle perdît conscience.

Ça lui revenait maintenant. Quelqu'un avait frappé à la porte de sa chambre. Elle n'avait pas répondu car Vaughn lui avait ordonné de rester enfermée. Puis elle avait entendu la voix de Martin Lewis. Elle s'était d'abord méfiée mais, lorsqu'il lui avait parlé de l'incendie, il avait semblé si sincère qu'elle avait accepté d'ouvrir. C'est alors qu'elle avait reçu ce coup de poing.

L'angoisse lui serrait la gorge. Pour une fois, elle

aurait préféré que la mémoire lui fît défaut. La réalité qu'elle entrevoyait était presque insoutenable. Elle se trouvait aux mains du tueur qui n'était autre que Martin Lewis, l'adjoint du shérif.

Elle pensa soudain à Vaughn. Que lui était-il arrivé? Mais il était inutile de se laisser aller à la panique. Elle devait désormais utiliser toute son énergie à rester en vie. Si seulement elle pouvait se servir de ses mains, mais elles étaient trop solidement ligotées. Il n'y avait rien à espérer de ce côté-là. De toute façon, on devait déjà être à sa recherche. Il fallait donc gagner du temps jusqu'à ce qu'on lui vînt en aide. Et la meilleure façon était encore de contrarier le plan de Lewis en prenant la fuite. Elle trouverait bien une occasion.

Elle essaya d'apercevoir le paysage qui défilait derrière la vitre. Les éclairs se succédaient, donnant à la scène une dimension cauchemardesque. De grands arbres bordaient la route. Elle voyait leur feuillage se balancer dans le vent qui se levait. Elle ferma les yeux, sombrant dans le désespoir. Toutes les forêts se ressemblaient. Comment saurait-elle où elle se trouvait?

Quelques instants plus tard, ils tournèrent à droite et s'engagèrent sur un étroit chemin. Des branches s'accrochaient aux parois du camion, telles des griffes. Bien que déterminée à garder son calme, Kim se sentait peu à peu gagnée par la terreur. Un gémissement monta de sa gorge, mais elle s'obligea à le retenir. Elle baissa les paupières et prit une grande inspiration. Brusquement, elle se rappela une phrase que son père lui avait dite un jour où ils campaient ensemble dans les bois : *Si jamais tu te trouves nez à nez avec une bête sauvage, surtout ne montre pas ta peur; car s'il te sent vulnérable, l'animal t'attaquera à coup sûr*. Elle ignorait si ce conseil pouvait s'appliquer aux circonstances présentes, mais elle tâcherait de le mettre en pratique.

Le camion s'était arrêté. Une portière claqua. Il

approchait. Elle entendait craquer les feuilles mortes sous ses pas. La porte arrière s'ouvrit soudain et elle fut aveuglée par le faisceau d'une lampe torche.

Coyd l'attrapa par les chevilles et la tira vers lui. Elle sentit monter en elle une bouffée de rage et de terreur. Malgré le bâillon qu'elle avait sur la bouche, elle lui lâcha toutes les insultes de son répertoire, tandis qu'elle donnait de violentes ruades pour se dégager. Mais tous ses efforts restèrent vains. En quelques secondes, il l'avait sortie du véhicule et remise sur ses jambes.

— Bonsoir, chérie, dit-il en dégageant d'un geste doux les cheveux qu'elle avait devant le visage. La fête va bientôt commencer.

Un éclair illumina le ciel et elle entrevit le sourire carnassier qui flottait sur les lèvres de Coyd. Une goutte de pluie tomba sur sa peau glacée par la peur.

●◆●

Liz venait de relever la tête et, lentement, elle ouvrit les yeux. Elle ressentait une douleur terrible à la tête. Le tonnerre claqua au-dessus d'elle. Incapable de rassembler ses esprits, elle regarda devant elle et aperçut le capot défoncé de la voiture qui s'était écrasée contre un arbre. Ils avaient eu un accident. Pourtant, elle ne se souvenait de rien. La conversation que Ray avait eue sur sa radio avec Ethel Wright était le dernier événement qu'elle se rappelait. Ray!

Elle avait tourné la tête trop brusquement et faillit encore une fois perdre connaissance. Revenant lentement à elle, elle s'avança sur la banquette. Ray était immobile, le front appuyé contre le volant.

Elle le prit par l'épaule et le secoua.

— Ray, réponds-moi!

Il poussa un grognement. Liz le saisit d'une main plus ferme et essaya de le renverser en arrière. Mais Ray était costaud et elle ne réussit pas tout de suite à le faire bouger. Elle soupira et essuya son nez qui coulait. Quand elle retira sa main, elle était couverte d'un liquide épais et noir. Elle saignait du nez. Cette constatation ne fit qu'augmenter son inquiétude pour Ray.

— Ray, réponds-moi immédiatement! Est-ce que tu m'entends?

— Nom de Dieu! grommela-t-il en relevant la tête.

A ce moment, le capot émit un petit sifflement et un jet de vapeur s'en échappa.

— Ray, il faut sortir de là.

Glissant à grand-peine le long de la banquette, elle réussit à descendre de la voiture. Puis, les jambes tremblantes, elle fit le tour du véhicule. Il lui fallut presque une minute pour parvenir à faire jouer la poignée. Quand elle tira la portière vers elle, des morceaux de verre en tombèrent. Elle essaya de voir si Ray saignait, mais il faisait trop sombre.

— Tu es blessé?

— Bien sûr que je le suis! aboya-t-il. Tu crois que ça m'amuse de bouger si lentement?

Sans se formaliser de cette rebuffade, elle se mit à lui palper le torse.

— Je veux dire: est-ce que tu as reçu une balle?

— Non.

— Dans ce cas, allons-y, dit-elle en le tirant par le bras.

Il sortit un pied de la voiture et tenta vainement de se soulever du siège.

— Bon sang, lâcha-t-il.

La douleur le rendait hargneux.

— Cesse de te comporter comme un vieillard et fais-moi le plaisir de lever tes fesses de cette banquette! Tu m'entends, Ray Cheney?

— Ouais, ouais, je t'entends.

Il fit encore un effort et parvint à se mettre debout. Il avait les jambes en coton et dut s'appuyer sur Liz. Puis ils marchèrent ensemble, cahin-caha, jusqu'à la maison.

— As-tu aperçu celui qui nous a tiré dessus ? demanda Liz.

— Non. Pendant une fraction de seconde, il m'a semblé reconnaître le camion, mais j'ai dû me tromper.

Ils venaient de franchir la porte d'entrée quand ils entendirent la sirène d'une ambulance. Liz y prêta à peine attention car, à ce moment, elle venait d'apercevoir les deux corps gisant à terre.

— Vaughn ! cria-t-elle.

A peine avait-elle retrouvé son fils qu'elle le perdait à jamais. Non, c'était impossible ! Elle laissa Ray sur le seuil et se précipita vers Vaughn. Refusant de céder à la panique, elle lui prit le pouls et, à son plus grand soulagement, sentit bientôt la faible pulsation sous ses doigts. En examinant Vaughn, elle lui découvrit une blessure derrière l'oreille. Une mare de sang s'était formée sous sa tête. Exactement comme dans sa vision.

Dès qu'elle avait posé les yeux sur lui, elle avait su que Jordan Hall avait reçu une balle. Maintenant, elle redoutait de regarder de plus près la blessure de Vaughn. Et si, lui aussi, on lui avait tiré dessus ? Elle osait à peine envisager cette éventualité, et pourtant, elle devait en avoir le cœur net. Elle prit dans ses mains tremblantes la tête de Vaughn qu'elle fit doucement basculer sur le côté. Il avait une grosse bosse et une éraflure, mais, grâce à Dieu, le crâne était intact.

Ils entendirent soudain un grand remue-ménage derrière la porte. Le Dr Harcourt entra, suivi de deux infirmiers qui portaient un équipement de réanimation. Liz constata avec surprise que Ray était venu s'agenouiller près de Jordan.

— De qui je m'occupe ? demanda le médecin.

— De celui-là, répondit Ray en désignant Jordan. Son pouls est très faible, mais il reste peut-être une chance.

Après quoi, il se releva et monta au premier étage

à la recherche de Kimberley. Liz l'avait regardé monter l'escalier sans réagir. Elle savait pourtant que Kim n'était plus là.

Un instant plus tard, Vaughn poussa un gémissement.

— Kim! appela-t-il.

Il aperçut l'infirmier penché sur lui. Il le repoussa d'un geste violent.

— Où est Kim?

Liz vint s'agenouiller près de lui, craignant qu'il n'aggravât son état s'il se débattait.

— Calme-toi, Vaughn.

Elle l'aida à se relever et lui soutint le dos tandis que l'infirmier tentait encore une fois d'examiner sa blessure.

— Nous retrouverons Kimberley, dit-elle, priant intérieurement pour que cela fût vrai.

— Lewis l'a emmenée, n'est-ce pas? lui demanda Vaughn.

Ray, qui venait de redescendre, se précipita vers Vaughn.

— Qu'est-ce que tu veux dire? Qu'est-ce que Lewis vient faire dans cette histoire?

— Marty... Martin Lewis et Coyd Davis ne font qu'un. Nous avons grandi ensemble chez Anna Irving. Coyd est l'assassin.

— Mais pourquoi n'en as-tu jamais parlé?

— Je ne l'avais pas reconnu. La dernière fois que j'ai vu Coyd, il avait quatorze ans, des cheveux bruns et des yeux verts. En plus, tout le monde le croyait mort.

Si on avait annoncé à Ray que la terre était plate, il n'aurait pas eu l'air plus étonné. Pourtant, petit à petit, il se mit à y voir plus clair.

— Ce salaud a réussi à se faire passer pour l'un des nôtres pendant deux ans. Nous le considérions comme un ami alors qu'il se moquait de nous.

Il venait d'apercevoir Jordan qu'on emportait sur

un brancard et son visage fut soudain déformé par une haine si farouche que Liz en fut effrayée.

— Quand je mettrai la main sur cette ordure, je jure devant Dieu que je le réduirai en miettes!

A cet instant, l'un des infirmiers s'approcha de Vaughn.

— Venez, shérif. Nous devons vous conduire à l'hôpital.

— Bas les pattes! beugla Vaughn. Je ne vais nulle part, j'ai un travail à terminer.

— Allons, shérif...

Liz ne le laissa pas terminer sa phrase.

— Pouvez-vous me dire s'il court un réel danger?

— Non, madame. Mais il a besoin de quelques points de suture.

— Ça peut certainement attendre, alors?

L'homme posa les yeux sur Liz dont le visage était encore souillé par le sang qui lui avait coulé du nez.

— A mon avis, vous devriez tous être emmenés à l'hôpital. C'est à vous de voir. Moi, je n'ai pas le temps de discuter.

— Quelqu'un peut-il me dire ce qui se passe ici?

Stone venait d'arriver. En levant la tête, Vaughn aperçut sa silhouette dans l'encadrement de la porte d'entrée. Avec l'aide de Ray, il réussit à se mettre sur ses pieds pour répondre à Stone.

— Coyd s'était caché sous l'identité de Martin Lewis. Il a emmené Kimberley.

Stone resta un instant silencieux, le regard dans le vague.

— J'y avais bien pensé...

Son visage prit soudain une expression détermi-née. Il entra dans le salon qu'il se mit à arpenter tan-dis que Vaughn prenait place sur le canapé.

— Ce type vit dans un passé que vous êtes le seul à connaître. Il va falloir rassembler vos souvenirs. D'après les visions qu'a eues Liz, Coyd commet ses crimes dans un endroit qui ressemblerait à une église, et qu'il appelle «la cathédrale». Est-ce que ça vous rappelle quelque chose?

Vaughn se concentra de toutes ses forces.

— Non, je ne vois pas.

— Pensez aux poèmes. Il est possible qu'il y ait un lien.

Malgré tous ses efforts, Vaughn était incapable de se souvenir. Cette impuissance le mettait dans une rage folle. Kimberley était quelque part, seule avec le tueur. Et l'unique moyen d'arriver jusqu'à elle était de répondre à ces devinettes.

— O.K., laissons tomber pour le moment, dit Stone. Ray, êtes-vous en état de conduire?

— Naturellement, rétorqua Ray. Quelle question!

— Je vous rappelle que vous avez une belle bosse sur le front. Mais passons. Il faut fouiller l'appartement de Lewis et j'espère que nous y découvrirons un indice.

— Je pars immédiatement, répondit Ray qui était déjà à la porte.

Stone se tourna vers Liz.

— Ecoutez, Liz. Je sais que nous ne sommes pas dans les conditions idéales pour ce type d'exercice, mais je vais vous demander de vous concentrer encore une fois. Ça nous donnera peut-être une piste.

Liz leva les yeux vers lui. La vie de Kimberley dépendait désormais d'elle. Pourtant, elle ignorait si son don allait se manifester et la perspective d'un échec la terrifiait.

— D'accord, répondit-elle.

A sa demande, ils passèrent dans la cuisine. Stone resta debout tandis que Liz et Vaughn prenaient place autour de la table. Vaughn essayait de cacher sa détresse, mais Liz savait lire dans son cœur. Il aimait Kimberley et cet amour augmentait encore la lourde responsabilité qui pesait sur elle.

— Concentrez-vous sur la cathédrale, insista Stone.

Les mains posées à plat sur la table, Liz ferma les

yeux. Respirant profondément, elle essaya de faire le vide dans son esprit. Plusieurs minutes passèrent, mais elle ne voyait rien. Elle commençait à désespérer et de grosses larmes se formèrent sous ses paupières.

— Liz, appela Stone. (Elle sentit qu'il lui prenait la main.) Vous y allez trop fort. Ouvrez les yeux.

Elle obéit. Mais elle ne voulait pas croiser le regard de Vaughn. Qu'y aurait-elle lu, de la souffrance, du chagrin ? Elle préférait ne pas savoir.

Stone s'adressa à Vaughn.

— Y a-t-il ici un objet qui permettrait d'établir un lien avec Coyd ?

Il y eut un long silence.

— Oui ! s'exclama soudain Vaughn qui se leva et traversa la cuisine. Prenez ça. Je l'ai trouvé dans le réfrigérateur hier matin et je n'ai pas encore eu le temps de l'enregistrer comme pièce à conviction.

Liz baissa les yeux vers le morceau de papier et la rose que Vaughn venait de déposer sur la table. La fleur retint tout de suite son attention. Elle avait une présence maléfique. En la regardant, Liz sentit son sang se glacer dans ses veines. Elle répugnait à la toucher, mais elle devait le faire. La vie de Kim en dépendait.

Elle posa les mains sur le sinistre bouton de rose et ferma les yeux. La sensation de froid qu'elle éprouvait s'intensifia. Son esprit était plongé dans une obscurité totale. Elle se concentra. Et tout à coup, elle la vit. La cathédrale.

De minuscules lueurs s'allumèrent. Les bougies.

— Ça y est, je l'ai ! murmura-t-elle.

— Où est-ce ? Vous pouvez nous la décrire ?

La soudaine interruption de Vaughn avait fait s'estomper l'image. Liz lutta pour la retenir. D'un geste vif, Stone demanda à Vaughn de se taire.

— Liz, demanda-t-il d'une voix douce, voyez-vous les murs ? A quoi ressemblent-ils ?

Les murs. Elle sentait leur présence derrière les

bougies. Pourquoi ne les voyait-elle pas? Elle avait besoin de plus de lumière. Son vœu fut exaucé, car l'éclairage de la scène se fit soudain plus intense.

— Il y a des pierres, dit-elle.

— Comme dans une cave?

— Non, pas une cave. (Elle se concentra de toutes ses forces, mais son regard ne portait pas assez loin. Et là encore, comme si quelqu'un répondait à ses désirs, elle eut l'impression que son champ de vision s'élargissait.) Des stalactites! C'est une grotte! s'exclama-t-elle, et l'image disparut.

Stone s'adressa à Vaughn.

— Une grotte, ça vous dit quelque chose?

— Oui, répondit Vaughn qui s'était levé de sa chaise et se passait la main dans les cheveux d'un geste nerveux. Un jour, quand nous étions enfants, nous avons découvert cette grotte. Elle était immense, avec la forme d'un dôme gigantesque. (Il s'arrêta soudain et regarda Stone avec une expression étrange.) Quand nous en avons parlé à Anna Irving, elle l'a baptisée «la cathédrale».

— Vous pourriez retrouver cet endroit?

— Mon Dieu, ça fait des années! Mais je pense que oui.

Dix minutes plus tard, ils roulaient sur une route de montagne à bord de la Land Rover de Vaughn.

— J'ai obtenu les renseignements que j'avais demandés sur Mike Drayton, commença Stone.

Il avait haussé la voix pour se faire entendre malgré la pluie torrentielle qui s'abattait sur la voiture.

— Et que dit son dossier? demanda Vaughn sans quitter la route des yeux.

— Drayton est un nom d'emprunt. En réalité, le gars s'appelle Ed Bailey. Il a été condamné pour vol à main armée. A ce qu'on dit, il a la détente facile. Il tire sur tout ce qui se met en travers de son chemin. Il y a trois ans, il s'est échappé de prison. Nous nous sommes rendus à son domicile pour l'arrêter, mais il s'était déjà envolé.

Un vent violent soufflait, faisant plier les grands arbres, s'engouffrant dans la voiture avec un hurlement sinistre. Un éclair zébra le ciel, immédiatement suivi par un coup de tonnerre retentissant. Le tumulte de la nature semblait se faire l'écho du tourment des hommes.

21

Kim frissonna. Elle n'était vêtue que d'un mince T-shirt et il régnait dans la grotte une température glaciale. Après l'avoir brutalement déposée sur le sol et lui avoir attaché les chevilles avec du ruban adhésif, Lewis semblait s'être complètement désintéressé d'elle. Kim savait que ce répit serait de courte durée mais elle n'entrevoyait aucune possibilité d'évasion.

De grosses larmes se formèrent au coin de ses yeux fermés. Malgré sa détermination, la peur semblait toujours l'emporter. Combien de fois l'avait-elle laissée diriger sa vie sans jamais l'admettre ? Tel un caméléon, cette peur changeait d'apparence au gré des situations. Vaughn avait vu juste et elle ne l'avait pas écouté. La vie était trop courte pour laisser la lâcheté en gâcher les meilleurs moments. Pourquoi n'avait-elle pas compris cela quand il était encore temps d'avouer à Vaughn qu'elle l'aimait ? Elle avait été assez stupide pour s'imaginer qu'elle maîtrisait cette force pure et indomptable, ce sentiment si puissant qu'est l'amour. Et elle qui n'avait pas prié depuis des années se mit à implorer le Ciel de la laisser encore une fois sentir les bras de Vaughn autour d'elle.

Des sanglots lui montaient à la gorge. Elle éprouvait une douleur atroce dans la poitrine. Son cœur, cette masse de muscle et de sang, allait se briser comme un morceau de verre.

Soudain, un bruit au fond de la caverne la fit sursauter. Elle tenta de s'agenouiller, tout en s'efforçant d'apercevoir son ravisseur dans la pénombre.

Lewis, qui avait revêtu une grande blouse blanche, accrocha l'étui de son revolver à une saillie dans la roche. Il prit ensuite un sac de cuir noir dont il tira plusieurs objets qu'il disposa sur une sorte de plateau. Il semblait complètement absorbé par ce travail. Le regard de Kim remonta vers l'arme. Si elle osait...

Brusquement, Lewis se tourna vers elle.

— Kimberley, ma chérie, je suis prêt.

Ses yeux vert émeraude brillaient dans le noir. Kim contemplait, terrifiée, ce regard de dément. Il leva ses mains gantées et fit un pas dans sa direction. Dans une main, il tenait une tondeuse électrique et, dans l'autre, un grand couteau.

Les lueurs de mille bougies se reflétèrent sur cette lame dont Kim, fascinée, ne pouvait détacher les yeux. Elle eut soudain une impression de déjà-vu qui la laissa incapable de réagir. Le couteau avait disparu, les parois de la grotte s'étaient volatilisées.

Elle ne voyait plus maintenant que quatre adolescents. Si seulement son père avait donné l'argent sans discuter ! Mais il les avait sermonnés comme des petits garçons et cette erreur lui avait été fatale.

Les assassins l'avaient ensuite menacée avec le couteau dont ils s'étaient servis pour tuer son père. Le chef de la bande, un jeune garçon aux yeux vert clair, lui avait adressé un sourire cruel. A ce moment-là, une voiture s'était arrêtée à la pompe et ils s'étaient enfuis.

Elle se rappelait maintenant avoir vu récemment ces yeux dans un visage épaissi par les années, celui de Mike Drayton.

Lewis, qui s'était agenouillé près d'elle, posa la tondeuse sur le sol. Kim fut brusquement ramenée dans le présent. D'un geste extrêmement lent, il approcha la lame jusqu'à ce qu'elle sentît contre sa joue le contact froid de l'acier, puis, d'un coup, il déchira le ruban adhésif qui la bâillonnait.

— Voilà, tu dois te sentir mieux, chérie.

Elle passa la langue sur ses lèvres sèches. Il la regardait faire avec la curiosité d'un enfant observant une fourmi emprisonnée dans un bocal.

— Pourquoi faites-vous ça ? demanda-t-elle en essayant de contrôler la peur qui faisait trembler sa voix.

— Encore une qui ne se rappelle pas son crime. Tu m'as blessé, Kimberley. Tu t'es conduite comme une vilaine petite fille et ton absence de remords me chagrine énormément.

— Mais de quoi parlez-vous ?

— Allons, allons, Kimberley ! (Il lui toucha le bout du nez de la pointe de son couteau et Kimberley, terrorisée, ferma les yeux.) Inutile de clamer ton innocence. Tu ne peux plus échapper à ton châtiment.

Kimberley s'était renversée sur ses talons, cherchant à s'écarter de lui. Mais il l'attrapa par la nuque pour la retenir. Puis, millimètre par millimètre, il se mit à caresser du plat de la lame ses lèvres, son menton, son cou. Elle sentait son haleine sur son visage. Son pouls s'accéléra. Sa respiration n'était plus qu'un halètement. Elle avala sa salive et ouvrit les yeux pour apercevoir son bourreau.

Le couteau descendait sur sa poitrine, glissait vers son sein gauche. Pendant un instant, elle fut paralysée par la peur, mais soudain, elle sentit monter en elle une bouffée de haine. Sa répulsion était si grande qu'elle faillit vomir, et spontanément, sans prendre conscience de son acte, elle lui cracha au visage.

— Sale porc !

La rage déformait les traits de Lewis. Il l'attrapa brutalement par les cheveux et l'attira vers lui. Leurs bouches n'étaient plus qu'à quelques centimètres l'une de l'autre. Il souriait.

307

— Tu vas payer pour ça, Kimberley. Mais tu n'es pas de celles qui tirent les leçons de leurs échecs.

La douleur lui faisait monter les larmes aux yeux, mais elle le fixa sans répondre. Son haleine sentait la menthe. Ce détail incongru la frappa.

Il lui lâcha les cheveux d'un geste si soudain qu'elle faillit perdre l'équilibre. Puis, ayant glissé sa lame dans le col du T-shirt de Kim, il tira brutalement. L'étoffe se déchira. Kim essaya de s'éloigner de lui, mais ne réussit qu'à retomber sur le flanc. De deux autres coups de couteau, il mit en pièces le vêtement.

Kimberley était maintenant allongée sur le dos. Il se pencha sur elle et lui souleva le menton de la pointe de son arme.

— Tu es à ma merci, chuchota-t-il tandis que son regard de fou descendait le long du buste de Kimberley. Je peux te faire tout ce qui me passera par la tête, et tu le sais, Kimberley.

— Salaud !

D'un nouveau coup de couteau, il fit craquer la mince armature qui retenait les bonnets de son soutien-gorge.

— Tu le sais, répéta-t-il en caressant de sa lame ses seins dénudés.

Brusquement, elle comprit ce qu'il attendait d'elle. Elle devait se soumettre, sinon… De toute façon, elle n'était pas assez forte pour le braver. Elle aimait trop la vie et était prête à tout pour gagner quelques minutes.

— Oui, je le sais, répondit-elle.

Il eut un sourire béat.

— Tu es une gentille fille. (Il l'attrapa par le bras et l'obligea à se rasseoir sur ses talons. Il prit la tondeuse.) Maintenant, ta punition va commencer.

Il se plaça derrière elle et lui fit plonger la tête en avant. Kim fut prise de panique en entendant le bruit de la tondeuse. Elle n'avait plus beaucoup de temps devant elle.

Une énorme touffe de cheveux glissa sur le sol. Elle tenta de ravaler les sanglots qui lui montaient à la gorge. Mais quelle différence cela faisait-il, désormais ? Elle laissa couler ses larmes, tandis qu'elle regardait tomber une à une les mèches de sa chevelure blonde. Sa tête se faisait de plus en plus légère. Il avait presque terminé. Ô mon Dieu, implorait-elle, laissez-moi vivre encore !

●—◆—●

Ils roulaient depuis à peine quarante-cinq minutes et pourtant le voyage semblait prendre une éternité. Vaughn se concentrait de toutes ses forces pour faire resurgir les images d'un passé lointain. Après un essai malheureux, ils s'engagèrent enfin sur le chemin de terre qui menait à la grotte. La pluie torrentielle formait devant le pare-brise un rideau qui gênait la visibilité et il faillit passer près du camion de Lewis sans le voir. Finalement, il vint se garer à quelques centimètres de l'autre véhicule.

— Nous y sommes, annonça-t-il.

— Allons-y, dit Stone. (Au moment où il s'apprêtait à ouvrir la portière, il se tourna vers Liz.) Je préfère que vous restiez ici. Ray ne va pas tarder à arriver.

Quelques instants plus tôt, Vaughn avait appelé Ray sur sa radio pour lui indiquer où ils se trouvaient. Il regarda Liz et fut soulagé de la voir hocher la tête.

Vaughn traversait maintenant d'épaisses broussailles, essayant de retrouver ses repères malgré les gouttes de pluie qui lui coulaient dans les yeux. Stone lui avait emboîté le pas. Ils avaient parcouru une trentaine de mètres quand Vaughn entrevit enfin l'entrée de la grotte. Elle se trouvait un peu en hauteur mais un petit chemin permettait d'y accéder.

— C'est ici.

Stone réfléchit quelques instants.

— Pouvons-nous pénétrer là-dedans sans qu'il nous voie ?

— Seulement s'il ne surveille pas l'entrée.

— O.K. En attendant, nous devons déjà grimper jusque-là.

Cinq minutes plus tard, trempés jusqu'aux os par une pluie glacée, ils arrivaient en haut du chemin et se plaquaient contre la paroi rocheuse. L'entrée de la grotte se trouvait sur leur droite.

— Vous entendez quelque chose ? demanda Stone.

Vaughn secoua la tête et se pencha pour regarder à l'intérieur. Il distingua seulement une lueur au fond de la caverne. L'accès à la grotte se faisait par une sorte de boyau d'environ deux mètres de long. D'un signe de la main, Vaughn indiqua à Stone qu'il allait s'y engager. Il dégaina son arme.

Le silence qui régnait dans l'étroit couloir contrastait étrangement avec le crépitement de la pluie au-dehors. Il n'entendait plus que le bruit de sa propre respiration et le crissement du sable sous ses pieds. De grosses gouttes de sueur perlaient sur son front. Lentement, il s'avança jusqu'à ce qu'il vît enfin une partie de la grotte. Un silence inquiétant régnait à l'intérieur. Il redouta pendant un instant d'être arrivé trop tard.

Il fit encore un pas, et c'est alors qu'il le vit. Coyd, vêtu d'une blouse blanche, lui tournait le dos, complètement absorbé par la tâche qu'il était en train d'accomplir.

Vaughn resta un moment sans bouger, observant la scène : les bougies, l'autel de pierre, le revolver accroché à gauche de Coyd. Soudain, Coyd se déplaça légèrement sur le côté et Vaughn comprit à quoi il était occupé. Il tressait de longues mèches de cheveux blonds. Vaughn n'osait imaginer ce que cela pouvait signifier. Mais il ne devait pas se laisser dominer par ses émotions. Il se tourna vers Stone.

— Regardez, chuchota-t-il.

L'autre se pencha puis regarda Vaughn d'un air grave et déterminé.

— C'est le moment, dit-il.

Vaughn aperçut près de lui l'épaisse colonne d'une stalactite et courut se cacher derrière. Arrivé là, il respira profondément avant d'avancer la tête pour regarder ce qui se passait dans la grotte. C'est alors qu'il vit Kim. Bien qu'il s'y fût attendu, le spectacle de son crâne tondu à ras le bouleversa. Il souffrait pour elle, pensant aux longs moments de terreur qu'elle venait de vivre. Mais elle était vivante. Il contempla son beau visage mouillé par les larmes. Un long filet de sang coulait de sa gorge jusqu'à sa poitrine et elle avait, sur le bras gauche, une vilaine marque rouge. Vaughn était fou de rage.

Soudain, il remarqua que Kim le regardait. Il mit son doigt sur ses lèvres pour lui faire signe de se taire, puis jeta un coup d'œil derrière lui. Stone, revolver au poing, lui indiqua d'un hochement de tête qu'il était prêt.

Mais il était déjà trop tard. Coyd, qui venait de se tourner vers Kimberley, la tresse de cheveux dans la main, avait aperçu Stone. Sans perdre une seconde, il lança son poignard, fit un bond sur le côté pour se saisir de son arme.

Vaughn n'avait plus le temps de regarder si le couteau avait atteint sa cible. Il surgit de derrière la colonne qui le cachait.

— Pas un geste !

Coyd s'immobilisa, les mains au-dessus de la tête.

— Vaughn, c'est si gentil d'être venu nous voir ! J'avais l'intention de t'inviter ici plus tôt, tu sais. J'avais imaginé un traitement pour Kimberley et toi. Hélas, l'arrivée de cet imbécile de Cheney a contrarié tous mes plans.

Vaughn ne se donna pas la peine de répondre.

— Tourne-toi lentement, ordonna-t-il.

Coyd pivota. Quand Vaughn l'eut en face de lui et qu'il vit son regard fiévreux de dément, il se demanda comment ce type avait pu tromper son monde pendant si longtemps. Bien sûr, des exercices de musculation avaient étoffé sa silhouette, ses cheveux étaient teints et il portait des verres de contact. Mais même s'il n'avait pas reconnu les traits de Coyd dans le visage de Lewis, pourquoi n'avait-il jamais décelé cette folie ? Peut-être parce qu'il ne la cherchait pas dans son entourage immédiat, ou bien parce qu'elle faisait ses ravages sournoisement, comme un cancer.

Une lueur soudaine dans le regard de Coyd l'alerta.

— A genoux ! cria Vaughn.

Coyd ne bougea pas d'un pouce.

— Dépêche-toi !

— Va te faire foutre, hurla Coyd qui se rua sur son revolver.

— Lâche ça immédiatement !

Vaughn visa la main de Coyd et tira, mais il rata son coup. Coyd s'était retourné et faisait face aux deux hommes. Il braqua son revolver sur Vaughn, mais avant qu'il eût le temps de faire feu, une balle l'atteignit en pleine poitrine. La détonation résonna longuement dans la grotte. Coyd leva encore une fois son Beretta et appuya sur la détente. Une balle alla ricocher sur les rochers. Deux autres coups de feu, tirés par deux armes différentes, partirent et Coyd s'effondra.

Pendant un instant, Vaughn, abasourdi, contempla le corps inerte de celui qui avait été son adjoint pendant deux ans. Toute cette histoire était-elle vraiment terminée ?

Alors que Stone s'approchait de Coyd pour l'examiner, Vaughn courut vers Kimberley qu'il serra dans ses bras.

— Oh, mon amour, j'ai cru mourir de peur !

Kimberley renifla.

— Qu'est-ce que je devrais dire alors ?

Il passa doucement la main sur le crâne rasé de Kim.

— Je suis désolé de n'être pas arrivé à temps.

— Ça repoussera. L'important, c'est que vous soyez là.

Retirant sa chemise, il en couvrit la poitrine nue de Kim, avant de s'attaquer au ruban adhésif qui lui ligotait les poignets et les chevilles.

— Tu peux te mettre debout ? demanda-t-il quand il eut terminé.

— Je ne sais pas. Mes jambes sont tout ankylosées. (Soudain, elle lui attrapa le bras.) Vaughn, je dois te dire quelque chose, immédiatement.

— Bien sûr, chérie. Tout ce que tu voudras.

— Tu avais raison, la vie est trop courte pour laisser la peur nous la gâcher. (Elle leva les yeux vers le regard d'or de Vaughn et se demanda comment elle avait pu être aussi aveugle.) Je t'aime, de tout mon cœur.

Cette déclaration inattendue inquiéta Vaughn. Il prit la petite main couverte de poussière de Kim.

— Si ce que tu viens de dire est vrai, alors je serai le plus heureux des hommes. Mais je préfère ne pas trop y croire pour le moment.

— Mais...

Un doigt sur les lèvres, il lui fit signe de se taire.

— Répète-moi tout ça dans deux jours, quand tu commenceras à oublier que je t'ai sauvé la vie. Alors je te croirai.

Liz apparut, accompagnée de Ray. En voyant dans quel état se trouvait Kimberley, elle fut épouvantée.

— Nous devons te raccompagner tout de suite à la voiture ! Tu vas attraper la mort !

Vaughn souleva la jeune femme et la confia à Ray.

— Prends bien soin d'elle.

— Entendu, chef, répondit Ray avec un grand sourire.

— Garrett, venez par ici, appela Stone.

Vaughn s'approcha de Stone, agenouillé près du corps de Coyd.

— Il est mort ?

Stone hocha la tête.

— Jetez un coup d'œil à ça, dit-il en lui tendant une feuille de papier jaunie.

A la lueur d'une bougie, Vaughn déchiffra le poème.

Je suis ! pourtant ce que je suis nul ne le sait
   ni n'en a cure.
Mes amis m'ont abandonné comme l'on perd
   un souvenir.
Je vais me repaissant de mes peines ;
Elles surgissent pour s'évanouir, armée en
   marche vers l'oubli,
Ombres parmi les convulsives, les muettes
   transes d'amour.
Et pourtant je suis — et je vis — ainsi que
   vapeurs ballottées.

Dans le néant du mépris et du bruit,
Dans la mer vivante des rêves éveillés,
Où il n'y a plus ni sens à la vie ni joie
Mais la vaste épave de mon estime
Et de tout ce qui fut cher. Ceux que j'aimais
Se sont aussi éloignés, plus étrangers que
   l'étranger lui-même.

Quand il eut terminé sa lecture, Vaughn regarda l'homme qu'il avait considéré comme un ami, s'efforçant de deviner sous ses traits l'âme torturée de l'enfant qu'il avait connu.

— Vous connaissez ce poème ? demanda Stone.

Sans quitter des yeux le visage de Coyd, Vaughn hocha la tête.

— Oui, il a été écrit par un aliéné. Coyd devait avoir conscience de sa propre folie. Ces vers qu'il portait toujours sur lui en sont la preuve.

— Merde ! s'exclama Stone. Ça me donne la chair de poule.

●◆●

Une semaine s'était écoulée. Un avis de recherche avait été lancé sur la personne d'Ed Bailey, alias Mike Drayton, pour le meurtre du père de Kimberley. Lillooet Creek avait enterré Skeeter Barnes et Coyd, et retrouvait peu à peu une vie normale. Jordan Hall devrait encore passer deux semaines à l'hôpital, mais ses jours n'étaient plus en danger.

En pensant à tous les bouleversements que venait de connaître sa vie, Vaughn était encore tout abasourdi. Il avait retrouvé sa mère, ou plutôt, elle lui avait été ramenée. A la façon dont Liz les avait aidés à retrouver le repaire de Coyd, il avait bien été obligé de reconnaître qu'elle possédait un réel don de voyance, ce qui avait bousculé chez lui quelques préjugés.

Et maintenant, en plus d'une mère, il allait avoir un beau-père. Il n'arrivait toujours pas à croire que Ray Cheney, son adjoint, allait épouser Liz. Dans quelques jours, il rencontrerait le reste de sa nouvelle famille : un demi-frère, une demi-sœur, deux neveux et une nièce. Décidément, la vie était pleine de surprises.

Il se retourna vers son fils, assis dans son petit siège à l'arrière de la voiture. Il ramenait Landon à la maison, et pour de bon cette fois.

Son bonheur aurait été parfait sans un dernier nuage qui obscurcissait encore son avenir. Une semaine s'était écoulée depuis qu'il avait délivré Kimberley dans la grotte. Et elle ne lui avait toujours pas répété les mots d'amour qu'elle avait prononcés alors. Kimberley vivait toujours chez sa tante et ils s'étaient vus chaque jour. Pourtant, même si Kim le suivait partout du regard quand elle était en sa présence, elle restait distante avec lui. Il s'en voulait d'avoir écarté la possibilité d'entretenir avec elle une relation purement physique, car il la désirait comme un fou et savait que ce sentiment était partagé. Mais il avait eu raison cette nuit-là de ne pas croire à la déclaration enfiévrée de Kim. Elle avait toujours aussi peur de l'amour et cette pensée était pour lui une torture.

Il s'engagea dans l'allée qui menait jusqu'à sa maison et freina brutalement en apercevant, garée devant lui, la petite Chrysler rouge de Kim. La gorge serrée, il la chercha des yeux. Où était-elle ? Pourquoi était-elle venue ? Il refoula la bouffée d'espoir qui montait en lui. Il était encore trop tôt.

Il descendit de sa voiture et alla ouvrir la portière arrière pour sortir Landon de son siège. Puis, portant son fils dans ses bras, il marcha jusqu'à l'angle de la maison. Kim était sur la terrasse. Le nez collé contre une fenêtre, elle regardait à l'intérieur. Elle portait la ravissante perruque blonde qu'elle avait achetée au salon de coiffure. Vaughn eut soudain l'impression d'avoir déjà joué cette scène.

— Ne te gêne surtout pas ! aboya-t-il comme il l'avait fait quelques semaines auparavant dans les mêmes circonstances.

Poussant un petit cri de surprise, elle se tourna brusquement vers lui. C'était si bon de le revoir !

— Oh, je jetais juste un coup d'œil.

— Kim, cria soudain Landon en pointant son doigt potelé vers la jeune femme.

— Bonjour, mon chaton, répondit-elle.

Mais son regard, comme attiré par un aimant, remonta rapidement vers le visage de Vaughn. Elle aurait voulu se précipiter vers lui, le serrer dans ses bras pour ne plus jamais le lâcher, mais l'expression de Vaughn coupa court à cet élan.

— Que fais-tu ici, Kimberley ? demanda-t-il d'un ton glacial.

— Je suis venue te dire que tu es toujours pour moi l'homme le plus fabuleux de tout l'univers.

— Qu'est-ce que tu racontes ? s'exclama Vaughn qui n'en croyait pas ses oreilles.

Elle sourit en lui tendant un morceau de papier.

— Lis ça.

Il lui prit des mains la feuille et se mit à lire, sans comprendre le sens des mots qu'il déchiffrait.

— Qu'est-ce que c'est ?

316

— J'ai vendu mes parts de mon affaire à Seattle, répondit-elle. Je t'aime et je veux rester ici avec toi.

En voyant l'expression figée de Vaughn, Kim fut soudain prise de remords. Elle venait de se couvrir de ridicule. Après tout, Vaughn ne s'était jamais déclaré.

— Tu, euh… tu m'aimes, n'est-ce pas ? bredouilla-t-elle.

L'estomac tout retourné, elle leva un regard plein de colère vers Vaughn. S'il la rejetait maintenant, elle n'y résisterait pas. Mais soudain, il soupira.

— Bien sûr que je t'aime.

Il tendit vers elle son bras libre.

— Approche.

Kim ne se fit pas prier. Elle vint se blottir contre lui, posant sa tête contre sa poitrine.

— Tu mériterais que je te tire les oreilles pour la semaine d'angoisse que tu viens de me faire passer. Je croyais que tu avais changé d'avis sur mon compte.

— Oh, bien sûr, j'ai longuement réfléchi. Mais invariablement mes pensées revenaient vers toi.

Vaughn ferma les yeux et lui déposa un baiser sur le front.

— M'aimes-tu assez pour devenir en même temps une épouse et une mère ?

Renversant la tête en arrière, Kim leva son regard vers lui.

— Je me trompe ou bien ton fils et toi venez de me faire une proposition ?

Vaughn jeta un coup d'œil vers Landon et fit un large sourire.

— Non, tu ne te trompes pas.

Juchée sur la pointe des pieds, Kim vint déposer un baiser sur les lèvres de Vaughn, puis sur les joues rebondies de Landon.

— Alors, j'accepte. (Puis s'adressant à Vaughn, elle lui murmura dans le creux de l'oreille :) Et maintenant, si nous montions jusqu'à ta chambre ?

Il éclata de rire.

— Sais-tu que tu deviens très hardie ?

— Dois-je comprendre que la réponse est oui ?

— Oui, répondit Vaughn.

Ecartant légèrement son fils, il donna à Kim un long baiser sensuel. Puis il redressa la tête et posa sur elle son regard aux reflets d'or.

— Allons-y, dit-il.

4132

Composition Interligne B-Liège
Achevé d'imprimer en Europe (France)
par Brodard et Taupin à La Flèche (Sarthe)
le 26 janvier 1996. 6827M
Dépôt légal janvier 1996. ISBN 2-277-24132-6

Éditions J'ai lu
27, rue Cassette, 75006 Paris
Diffusion France et étranger : Flammarion